沉月之鑰

水泉——著 竹官——繪

愛藏版・第一部・卷二

Content

〈流痕〉

西風

范統的事前記述

人總是過一段時間就要回顧整理一下之前的記憶，以免忘記，身為人的我自然也有這個好習慣。

首先還是先問個安，大家好。儘管歲月匆匆時間不饒人，一下子又過了……其實也沒多久，總之我們的進展還是停留在殺雞拔毛，而我當然也不會在這麼短的時間內改名，依然叫做范統。

然後是例行的徵女友啟示。老樣子，我為人忠厚老實，無不良惡習，不賭博不抽菸不喝酒，如果哪位善解人意體貼溫柔又不在意我說話有問題的小姐願意與我締結良緣，我會很開心的，長相身材不要緊，我看的是內涵，雖然路邊經過美女的時候我可能還是會多看她兩眼。

喂喂，什麼叫做月退很符合我的徵求條件……拜託，這徵求標準最基本的就是「女」好嗎！我只要女人，別的免談！男人跟人妖都不行！也不要非人類的生物！

這段時間除了抓雞以外，我們還是做了許多事。比如說上學、吃飯、參觀神王殿……還有說起來就傷心的買武器。我跟月退現在都有自己的武器了，但是這一點也不值得高興。

我的人生目前在這個世界面臨了絕望。有誰能告訴我，在符咒學也宣告完蛋之後，我到底還能依靠什麼壯大我的實力，在東方城取得一席之地，受人尊敬——？
沒錢、沒勢、沒女人。男人的困頓差不多也就是這樣了。所以我繼續活下去的目的到底是……？為了不想死的掙扎？我甚至還負債呢！
這個時候，我真的很需要有個朋友拍拍我的肩膀，然後告訴我：范統，你要堅強，好好地活下去，我們需要你。
但是很好，我現在身邊沒有半個人。
誰能告訴我那個該死的青蘋瘋豹到底是什麼東西？我們一行人本來好好地在撿雞毛，卻因為這個突然冒出來的奇怪東西，導致我們分散了，我也不知道現在是什麼狀況、我身在什麼地方，更不妙的是我的符咒通訊器似乎還弄丟了。
這似乎是個執行之前那個計畫的好時機……？自殺，丟下噗哈哈哈——也就是我那把不起眼的拖把，我實在很不想稱呼它為武器——然後還可以順便回水池一解迷路的煩惱……只不過，這樣下去，我真的會債債相連到天邊，一輩子都翻不了身。
月退！硃砂！你們在哪裡！
就算是珞侍從天而降也好啊！我覺得這裡真的不太妙，等一下野獸出現了怎麼辦？快來救救我啊！
現在與我相伴的只有我這不太可靠的拖把而已——雖然它堅持它是拂塵——總而言之就是，咳，沒有人可以給我依靠。

好吧，就讓我們來看看我到底能有多衰？

我真的沒有自暴自棄。我只是……太習慣說反話了，導致腦袋也會錯亂了而已。

章之一 不速之客

『老師應該有教過你，看到落月那邊的人就通通宰了不要留情，你就是不聽！就是不聽！』——珞侍

『我想落月那邊的老師可能也是這樣教的……』——范統

樹上，一男一女，樹下，一群被慘叫聲驚動而發現獵物的野獸。

情況失控。

不過，這是三分鐘前的事。

現在，這名剛才為了從難以理解且無法接受的窘境中逃脫出來而以安全第一為藉口，將樹下的野獸通通以無鋒利度可言的配劍斬殺得一乾二淨的少年，正處在稍微回神過來的恍惚狀態，腦袋尚未完全恢復運作。

不過從樹上跳下來的少女，很快就幫助他恢復了剛才的記憶，也讓他的大腦從停擺的狀況瞬間變成劇烈運轉。

「月退，你果然很強啊，這麼多的野獸一下子就……」

硃砂環顧了一下周遭的野獸屍體，顯得有點驚奇。

月退一時之間不知道應該把視線擺哪裡。硃砂現在還是剛才變化後的女性形貌，漂亮的長

髮與曲線窈窕的身體看起來都跟樹上碰到的時候一樣真實……先不說他習不習慣跟女孩子相處，原本應該是男性的朋友忽然間變成女孩子，要他一下子就適應，這也實在太難了點。

而且，按照先前的話語，這個「女孩子」似乎還是可以變回「男孩子」的。

他到底該把他當成男人還是女人？這是什麼情況？這到底該怎麼辦？

像是沒注意到月退蒼白的臉色，硃砂很快就失去了對野獸屍體們的興趣，又朝月退靠了過去。

不過，她往前一步，月退就退一步，再往前一步，月退又退了一步……

「月退，你在做什麼啊？」

硃砂不滿地叉著腰抱怨，不明白為什麼月退要保持距離，而不滿的另外一個原因是，她知道只要月退不願意，她就不可能拉近距離靠近他，因為他的速度她遠不能及。

「硃砂，你、你……到底是……」

月退語氣微顫地問著她，其實他也不知道自己到底想確認什麼或是問出什麼答案。

「不就是轉換成女性面貌而已嗎？」

硃砂的語氣好像覺得這是很普通的一件事，沒什麼大不了的。

女性面貌？男性面貌？之前好像也聽他掛在嘴邊說過，可是……

在月退無法剖析清楚而短暫呆滯的時候，硃砂抓到機會又黏了上來，在他大驚失色時，手臂已經被再度抱住了。

「吶，變成女生給我看看嘛，我只是好奇啊，不可以嗎？」

硃砂貼著他，用她明亮的大眼睛盯著他軟語撒嬌，這讓他又是一陣頭皮發麻，直冒冷汗。不是每個人都可以變成女生的啊——！不、不要貼這麼近！

他從頭皮發麻到手足無措，還是搞不懂事情究竟是怎麼回事，但是再這樣下去他的心臟承受力快要到達極限了，還是得趕快解決。

「你、你先變回男生再說啦！」

要一直跟一個女生貼身接觸，這是月退無法適應的事情。硃砂變成女生後習性似乎也有些改變，原本的他沒有過這種喜歡貼近人的嗜好啊。

「為什麼？」

不過，硃砂變成女生後，對於覺得不合理的事情會一直追根究柢詢問的精神，似乎還是沒有消失。

「因為這樣子說話很不方便！這樣子、這樣子很奇怪……」

「那你也變成女生就好了啊？」

「那種事情怎麼可能做得到啊！」

「做不到？難道你身體機能有問題？」

硃砂有點不解，接著便一點也不忌諱地想把手伸進月退的衣服裡面了解他的「問題」，此舉當然使月退再也忍不住地尖叫出聲。

「哇——！」

在遭遇如此「大危機」的情況下，月退的下意識反應就是——把她打昏。

以他手掌劈過去的速度，硃砂自然是吭都沒吭一聲就直接中招，往他懷裡倒去，不過硃砂在昏倒後還是維持著女生的模樣，這就有點棘手了。

就在月退煩惱於這個自己製造出來的麻煩時，他忽然如同感應到了什麼，而看向某個方向。

「啊……」

在神情數變後，月退看了看昏迷中的硃砂。

他覺得自己不能繼續待在這裡，可是他也不能把硃砂丟在這裡不管。

猶豫了一陣子後，他終於只能妥協——帶著這被打昏的同伴，一起過去。

「綾侍哥哥，我們現在就在這裡等音侍過來會合嗎？」

雖然聽剛才對話的結論應該是這樣，不過璧柔還是又確認了一次。

畢竟音侍說的話一向很做不得準，他說西的時候心裡搞不好想著東，而綾侍看起來在某種程度上與音侍心靈相通，這大概是長久相處下來後培養出的默契，所以，如果綾侍也判斷要在這裡等，那麼應該就沒錯了吧。

「對。青平風暴剛過，環境氣流不穩定，不能使用直接定點傳送之類的方法，雖然他應該能夠感應到我們的位置，但用跑的還是要等一陣子吧。」

綾侍一面回答，一面做著解說，這時候旁邊的可愛女生甲也好奇地發問了。

「綾侍大人，請問，青平風暴是什麼啊？」

這是個大家都沒聽說過的名詞，從會讓綾侍變了顏色來看，應該是很有殺傷力的東西，當然要打聽一下。

剛才遭遇青平風暴的時候，在綾侍快速反應保護下，她們只知道自己被符咒建構出來的密封結界所保護，結界解除時已經到了一個不一樣的地方，實際情形到底如何，她們也搞不清楚。

「應該算是一種特殊的地理現象吧。」

這種知識性的問題，綾侍基本上有問必答。

「主要發生在東方城領土境內，是大範圍型的沙暴，威力很強大，常常夾雜碎石跟電流，掃過的地方都會造成可觀的破壞……人要是被捲進去，紫色流蘇階級以下正常來說有死無生，除非真的運氣很好。青平風暴移動速度很快，軌跡也不一定，人會在什麼地方被拋下實在無法得知，所以我們才會分散。」

也就是說，剛才如果沒有綾侍的保護，這幾個女生恐怕也死得差不多了，可愛女生乙拍拍胸口，心有餘悸。

「幸好有綾侍大人在，看起來只有范統有事的樣子，我們運氣真好。」

要是范統在這裡大概免不了要對這句話抗議一番，大家都沒事，只有他有事，這算是一個人承受了應該降臨到整個團體的衰運嗎？

「不算運氣好。青平風暴正常來說應該都在較為危險的地區才會產生，現在卻出現在資源二區這種地方……」

綾侍沉吟了一陣子，做出一個結論。

「搞不好是這陣子侍符玉珮用太多了吧。」

所以，那個侍符玉珮到底該算是什麼東西……？放出的能量還有影響環境天氣的效果嗎？

當三個女生正為了這個奇怪的結論而無言時，符咒通訊器傳來了音侍慌張的聲音。

『啊！綾侍！這裡是哪裡啊？我分不出東南西北啦！』

這句話實在讓人不知道該回答些什麼。

「你平常在外面到底是怎麼定位的？」

綾侍耐著性子詢問。

『就，靠各種東西啊。青平風暴剛掃過，我殺的野獸屍體都不見了，到底應該往哪走？』

就算野獸屍體還在，依照他原本那路線扭曲的殺法，綾侍也不信他能找出他前進的路線，一路推回去。

「你都知道青平風暴掃過了，我們還會在原本的路上嗎？」

『啊！老頭你怎麼可以拐帶小柔她們讓青平風暴帶著亂跑！為什麼不在原來的路上等我嘛！』

又是一個無理的要求。而且，明明待在原來的路上，音侍也還是一樣找不到，卻有臉這樣指責人。

「……我不想理你了。」

綾侍的耐心正式宣告用盡。

『咦？你不理我？可是我要去找小柔啊！這樣我怎麼辦啊！』

「用你的愛找過來吧，找不到就是愛不夠，再見。」

說完，綾侍便乾脆地關閉了團訊，音侍似乎又繼續跟璧柔血淚泣訴綾侍的無情了，不過，反正他聽不到，對他來說一點關係也沒有。

『小柔，我的心好冷，腿好痠，人好累……』

「啊！音侍你要不要緊啊？」

聽璧柔的話也知道音侍在裝可憐，綾侍瞥過去一眼，隨口補了一句。

「別理他，唯一沒中青平風暴的人會有什麼事？」

『小柔、小柔，見不到妳，我想妳想得快死了。』

「不要啊！音侍你別死啊！」

「……」

既然他們好像自己玩得很開心的樣子，綾侍就懶得多嘴破壞他們的氣氛了。

青平風暴掃過的區域，由於還有沙子飛舞，空氣品質跟可見視線範圍的狀況都不是很好，他們現在是躲在一個大石頭後面避難，綾侍順便做了個符咒，讓這附近的空氣清新乾淨一點，但周圍濛濛的視野就無法解決了。

儘管看不清楚，要感覺出生物，對綾侍來說還是沒有問題的。

在他發現有人而不是野獸靠近時，他立即要璧柔她們站到自己身後，她們則不明所以地瞧向他。

「有敵人。」

「敵人？」

這個交代太過簡單，她們似乎還聽不明白。

綾侍漂亮的嘴角揚起了一個淺淺的弧度，目中亦露出好戰的色彩。

「是落月那邊的雜魚。」

走在滿是風沙的環境裡，只要是人心情就會不愉快，這幾個人現在不悅的心情尤其明顯。

「所以我就說，根本不想來這裡出這什麼鬼任務！夜止這什麼鬼地方，隨便走走也碰上這種不可理解的天氣現象！」

團體中較為矮小的那名少年，從其扭曲的神情看來，情緒似乎在爆炸邊緣。對於他這種時常瀕臨失控的表現，他的同伴們都很習慣了，只有幾個像是隨從的人害怕地縮了縮脖子，生怕他一個不高興就遷怒到部下的身上。

從他們的穿著、用語與容貌來看，他們應該是來自西方的客人——儘管沒有人邀請他們。雖然為了「低調行事」，他們沒有穿本來符合身分的服裝，而是做了掩飾，但西方城與東方城的衣服本來就是兩個調調，不管華不華麗，還是看得出是來自西方城的打扮啊。

「伊耶，你有看到哪裡有雞嗎？剛剛那怪風掃過之後，生物都不見了……」

走在前面的金髮男子回頭詢問暴躁中的少年。如果音侍在這裡大概會指著他喊「好久不見」，然後他的臉色立即就會變成別人欠他好幾百萬的樣子……由此可知，他根本是看到音侍才會擺出那種難看臉色，平時他在別人面前也是很正常的。

「現在誰還有空管什麼雞！」

名為伊耶的少年瞪向他怒吼時的目光看起來如同想殺人一般，不過很可惜的，現在在他眼前的這些人通通是同伴，一個也不能殺。

其實以伊耶的觀念來說，也不是不能殺，只是殺了畢竟還是不太好，所以作罷而已。

「我們就是來殺雞拔毛的，不管雞要管什麼？」

金髮男子認真地反問，這使得伊耶目中的凶光更盛。

「這本來就是個愚蠢到極點的命令！恩格萊爾的腦袋撞壞了嗎！想做雞毛枕頭，所以叫魔法劍衛們集體來夜止殺雞？胡鬧也要有個限度！想支開人也找個好一點的理由！」

怒氣看來是爆發了。

伊耶的憤怒常常沒什麼道理可言，但這次倒是連他們帶來的部下都默默認同。他們會出現在這裡的原因，實在是太誇張了一點。

西方城以少帝為尊，然後就是長老團與五名魔法劍衛。魔法劍衛身為維護少帝安全的存在，擁有超然的地位，照理說是連長老團都未必有資格調度的崇高身分，但現在他們這幾個高高在上的人，因為少帝恩格萊爾的一句話，居然得千里迢迢跑到東方城的領地來殺雞拔毛。

少帝交代下來的命令十分隨便，確實只有一句話：『聽說夜止的陸雞毛做枕頭很不錯，卿等今天便出發為我帶一些回來吧。』

在收到這種命令的時候，幾乎沒有人不覺得烏雲罩頂、晴天霹靂。

拔雞毛？您要出動所有的魔法劍衛入侵敵國領土，就為了拔．雞．毛．做．枕．頭？而且這可不是什麼祕密任務，是堂堂正正頒布出去，搞得舉國皆知的正式命令，少帝此舉讓西方城的人議論紛紛，不明白這是什麼用意。

究竟是明擺著刻意疏遠魔法劍衛，宣告他們尊貴的地位不復從前，還是想支開這稱得上一股勢力的小組織，趁機做些什麼事情？

或者就如伊耶所說，少帝只是腦袋撞壞了，單純想做一個枕頭？

無論是哪一種，身為當事者，感覺被耍得團團轉的他們都不會高興。所謂的君意難測，測來測去想破頭的都是別人，最後的結果搞不好還很吐血，他們能做的也只有按照命令出發，見機行事。

不管少帝有什麼用意，把雞毛收集好帶回去總不會錯。

而雖然少帝是下令讓五名魔法劍衛都去，但來的人其實只有三個。沒來的那兩個，其中一個號稱天冷風溼痛發作，告病請假，另一個則是人不在城內，已經外出了好一陣子，根本通知不到人，當然也就無法傳達命令了。

「不可以對陛下無禮。陛下此舉必有深意，我們不應該膚淺到只看表面的意思。」

金髮男子正色訓斥著這口出不敬話語的同伴，他們的部下默默別開了臉，伊耶則以「這傢伙沒救了」的表情看向他。

「你這個帝奴！為什麼不乾脆留在西方城等著舔恩格萊爾的鞋子算了！」

「不可以直呼陛下的名字！你雖然這樣說，但還不是一樣遵照命令來了嗎？」

長老團跟他們算是平起平坐，所以要是長老團的命令，可以說擱置也沒關係，但少帝的命令就不同了。

不管少帝有沒有被長老團架空，只要他掛著這個頭銜，就是西方城名義上的主人，統領整個國家，也統御著魔法劍衛。

伊耶是敢不理少帝沒錯，但這種形同與整個國家為敵的事情還是不能做太多次，還是得注意分寸。

不過，像拔雞毛這種糟糕命令要是多來幾次，搞不好他真的會爆發叛國……

「……你找死嗎？」

所以，當伊耶以他那恐怖的眼神掃向金髮男子時，所有部下都為金髮男子捏了一把冷汗，沒有人有把握說出他到底會不會真的動手。

要是真的動手的話，那當然是伊耶穩贏。金線三紋的實力不是說假的，沒有意外的情況下，絕對沒有輸給金線二紋的可能。

「我們現在應該一面找雞，一面跟失散的人會合。」

金髮男子不把他的威脅當成一回事，依舊專注於「任務」的進行。

伊耶不屑地哼了一聲，似乎沒有按照他的提議行動的意思。

一起來的魔法劍衛有三個，不過另一個人與其他隨行部下都在沙暴中跟他們失散了，剛才他們進行過聯絡，得知彼此安好，可是傳送魔法現在不宜使用，只能用走路的會合。

「伊耶，他們應該在這個方向，你往那邊走做什麼？」

「找樂子。」

「找樂子？」

「先前空中的徽印，你不是也看到了嗎？」

伊耶冷哼了一聲，因為想到了他感興趣的事物，而露出一抹笑意。

西方城的人一般都稱之為嗜血的微笑。

「東方城五侍之一的綾侍一定也在這個區域。什麼殺雞拔毛，我沒興趣！殺人決鬥，倒是還可以考慮，要是沒找到人，隨便拿幾個夜止居民開刀也可以。」

「你不要擅自行動！我們的行蹤要是暴露給夜止的高層知道，那對任務有妨礙！」

「殺掉不就不會說出去了嗎？不跟我去沒關係，敢阻止我，我就先把你劈了，看送回去以後恩格萊爾肯不肯拿他的血救你？」

伊耶無視同伴的勸阻，直接朝另一個方向離開，他的我行我素無論在什麼場合都一樣，整個缺乏團體意識與互相配合的合群精神。

「伊耶……！真是……」

金髮男子有點氣急敗壞，他當然沒辦法阻止他，而現在這種情況，到底該不理他還是跟上去呢？

「大人！那邊有一隻陸雞！」

「什麼！在哪裡？快圍起來殺掉！拔毛！這是為了陛下！」

一聽到雞就忘記本來正在煩惱的事……等到雞殺完，拔完毛，伊耶的身影早就已經不見了。

「……」

在半懊惱半慌亂的情況下，金髮男子下達了前去追伊耶的命令，至於接下來事情到底會怎麼樣，他也無法預測了。

從以前到現在發生過的倒楣事，范統已經懶得細數了。現在這樁應該不是最倒楣的一件，不過畢竟情況還未明朗，究竟可以倒楣到什麼程度，他目前還不知道。

說起來，他在原來的世界也沒有這麼倒楣呀？就算注定他人生悲劇的那個詛咒成真後，他也逢凶化吉地運用詛咒的能力讓鐵口直斷的生意蒸蒸日上，越來越好，至少還過著衣食無缺的小康生活，為什麼換個世界就轉運，整個都完全不一樣了？

說不定人死過一次以後就會產生新的命格？但是鬼要命格做什麼？所以這應該是下輩子投胎時要用的命格囉？那麼他沒有順利去投胎算不算一件好事？

「那裡到底是什麼地方啊？我為什麼沒有活啊？」

應該是這裡到底是什麼地方，我為什麼沒有死才對。事實上我也很高興自己沒有死，但是我很習慣遭遇狀況時就會死了，現在這樣真是不正常。

范統記得自己昏迷了一小段時間，醒來時就發現大家都不見了，自己則好像被丟到洗衣機裡面攪過一樣，外表亂七八糟，最重要的符咒通訊器還丟了，而該丟的拖把反而穩穩掛在他的腰上……真是事事不順心，事事不如意。

要不是腳下踩的土地感覺跟資源二區還有點像，范統差點就以為自己又被捲到什麼異世界去了，反正他都這麼倒楣了，這種事情要是發生個一次兩次也不奇怪，當然，他並不希望如此就是了。

雖然在這個世界已經背負了有點龐大的債務，要是去了異世界就不必還債了，但是這也代表他好不容易建立的人際關係會消失啊！

好不容易才交到朋友，當然不可以這樣就結束，而且他連權貴都攀上了，眼見渺茫的飛黃騰達有望，怎麼可以在這種時候離開呢！

……什麼叫做渺茫的飛黃騰達有望，這是什麼矛盾又安慰自己的句子啊？

范統覺得自己在這裡胡思亂想加上自言自語，實在很白痴，於是他決定來思考一下自己接下來該怎麼做。

現在看起來大家應該是分散了，最好的方法應該是自己回家，順便借個符咒通訊器報平安。

如果要待在這裡被動地等人來找他，不曉得要等多久，更慘的是——他們真的會來找他嗎？

范統覺得在音侍、綾侍他們眼中，自己應該是個很不起眼、微不足道的小角色吧，那麼弄丟了搞不好也沒有找回來的必要。璧柔跟那兩個可愛女生應該也不會覺得需要尋找他，硃砂……多半也差不多……看起來會擔心他的安危的，恐怕只有月退，可是月退也不是今天殺雞活動的主導人，總之……

假如他決定站在這裡等，搞不好三天之後會渴死餓死，自己從水池浮起來，順便再腳抽筋溺死個幾次，最後回到同伴面前再進行類似「你們為什麼丟下我不管，我等你們等了好久」、「咦？我們還在想你到哪裡去了，你怎麼現在才回來啊」的對話……更慘的搞不好還會有「范統？哇！我差點就忘記有你這個人了」、「什麼原來范統沒有回來喔？我都沒發現」之類的……為了避免被人這樣羞辱，待在這裡等人這種事，還是算了吧。

范統發現自己很容易往悲觀糟糕的方面想。然後他也認清了一個現實：想自己回家，得先搞清楚自己的方位在哪裡。

范統自認不是個嚴重的路痴，頂多有的時候有點迷糊罷了，但是現在跟路不路痴根本沒啥關係，要是一個人忽然被拋到一個沒見過的地方，還能在無人幫助、無物輔助的情況下回到原來的居住地，那才是不正常的狀況吧？

而他覺得自己是個正常人。也就是說，他回不了家。

人在無助的時候，有個說話的對象總是好的，基於這個理由，他只好把念頭動到他腰間親密的武器上面。

「喂……掃把、掃把。」

拖把變成掃把了。算了，其實也是差不多的東西，我並不在意。

『嗯……？』

感覺像是還沒睡醒的聲音。大白天的，麻煩你差不多一點。

「拖把，別醒了，不，我是說別睡了，快醒醒。」

『唔……叫誰？我是拂塵。』

這傢伙對於它的種類似乎異常堅持。

「不好啦！拂塵不就拂塵啦！總之快點醒醒！噗哈哈哈！」

我決定要鄭重再提出一次聲明，我不是在爆笑，我只是在喊它的名字。

『有什麼事那麼重要一定得打擾我的睡眠……』

噗哈哈哈的語氣聽起來不太甘願，不太想配合，這讓范統一陣無言。

你從被製造出來到現在到底睡過多久了還不夠？

「噗哈哈哈，你認得路嗎？我不要回家。」

『不要回家的話，到處亂走就可以了嘛。』

不是啦……

到現在，范統在內心否定自己說出來的話的聲音已經相當無力了，而噗哈哈哈並不了解他內心的鬱悶，自顧自地說了下去。

『反正我在睡覺，什麼都不知道，我要繼續睡覺了。』

它這麼說之後，范統頓時覺得自己興起向拖把問路的念頭實在是非常可恥，而且這拖把還根本不理他，再怎麼說他也是主人吧？什麼時候才能有主人的威信？

「被捲入那什麼青蘋瘋豹沒死，這樣看來運氣真好……」

我是想說運氣真不好。要是死了就算了，一了百了還可以順便擺脫這拖把，但是卻沒死，導致回不去還得在自殺回水池與否的選擇中掙扎……

『什麼運氣好，是你同伴推了你一把，讓你脫離風暴中心，你才沒事的。』

噗哈哈哈忽然反駁了他一句，讓他有點吃驚。

對喔，的確有人推了我一下，是誰啊？

……不過，你不是說你在睡覺，什麼都不知道嗎？

『范統，後面有敵人。』

你怎麼可以未經許可就直呼主人的名字！……敵人？什麼敵人？

他不知道應該先在意自己的安全可能出現危機，還是拖把比他先察覺敵人這件事。

在回頭一看確認遠方的確有幾個隱約的影子後，范統心中也生出疑問。

「你怎麼知道那不是朋友？」

『你表達的方式真彆扭……』

又不是我願意的。就算我想跟你解釋我的語言障礙，我也不知道該把說明文字放在哪裡，給你那看起來根本不存在的眼睛讀啊。

『他們有西方城的印記。你應該是東方城的人吧。所以是敵人啊。』

喔，這樣一說，感覺真是簡單好懂……慢著，西方城的人人人人！不是西方人，是西方城的人——？

『不要死喔。如果死了，記得要回來撿我回去。』

說這什麼鬼話！就算你是誠心的，我還是覺得你事不關己、幸災樂禍啊！而且死掉可以把你拋棄是我死亡唯一的安慰，你知不知道呀！

「在我們過來之後，他們總不可以先準備一下吧？我先別告訴你我這根拖……拂塵要怎麼使用啊！」

人一緊張，詛咒就更囂張了，這段話真可謂是顛三倒四、亂七八糟到極點，連他自己都快搞不清楚自己本來要說什麼了。

『嗯？果然是我還沒睡醒嗎？聽不懂……』

對不起，這次真的不是你的錯，是我的問題。可是敵人近在咫尺，哇！好像已經看見我了！轉身逃命也來不及了啊！你不要再顧著想睡覺的事情了啦！我們是命運共同體，命運共同體，懂不懂！

……固然好像講了很多話，但其實我都沒有說出口，噗哈哈哈根本也聽不到啊……

「噗哈哈哈，我該怎麼用你戰鬥啊！」

好不容易喊出一句正確的話，噗哈哈哈回答他的卻是……

『噗咻——呼——噗咻——』

打呼聲。

「……」

你也睡著得太快了吧——就算覺得沒睡醒也不要乾脆就這麼回去睡啊！

人在孤立無援的情況下就要自救，可惜范統實在想不出什麼自救的手段，在身上摸來摸去的結果，只有摸出出發前綾侍發給大家的空白符紙，這東西也讓他腦袋一片空白了幾秒。

為什麼符紙這種又輕又不重要的東西沒掉，符咒通訊器那種比較重而且重要性百倍的東西卻掉了——天要絕人之路嗎——

不管符用不用得出來，有得用總比沒得用好——但前提是，他得找到東西畫符。

符紙有了，墨汁也摸出來了，萬事具備，只欠……

范統靈光一現，用熱切的眼光看向了噗哈哈哈。

『做、做什麼？』

大概是感覺到他熱切眼光中的邪惡，噗哈哈哈猛然驚醒了過來。

范統揚了揚手上的符紙，噗哈哈哈大概明白了他的用意，立即激烈反彈。

『不可以拿我寫字，我是拂塵，又不是毛筆！』

「管你是拂塵還是拖把雞毛撢子之類的南北，不都是用來清理髒汙的東西嗎！眼下也只有你可以用了，乖乖配合！」

『拂塵有拂塵的驕傲，你拿我沾墨水，我會恨你一輩子！』

拂塵有什麼了不起啊？借根毛寫個字會死嗎？有夠小氣——你知不知道用拂塵的毛寫字也是要技術的？這是一般人辦不到的事情耶！

看它抵抗得這麼激動，被自己的武器恨一輩子也不是什麼好事，搞不好拿起來甩一下它也會用毛纏住他的脖子把他勒死，為了不要得罪合作夥伴，范統本來想就這麼算了，但他忽然看見了逐漸靠近，並因為發現了他的身影而亮出武器的敵人……加上聽到滅口、不能被發現什麼的……

他頓時瞪大了眼睛。

「喂！噗哈哈哈，現在不是任性的時候了，那個武器……有光……」

有光。

是噬魂武器。

也就是說……被殺掉就……

『咦？』

噗哈哈哈好像有點動搖了。

「我要是被滅掉了，你就會被丟在這裡，大家都知道，路過的人也會撿你回去了！」

誰會知道啊，誰路過會撿一根拖把回家啊，顛倒成這個樣子……

『怎麼可以！跟隨的主人被滅掉這種丟臉的事情讓大家都知道，而且還被路過的怪人隨便撿回去……這怎麼可以……』

啊？威脅居然以別種形式達到了效果。比我想像中的還要愛面子嘛，原來在你心中我的地位還是比路人高一點是嗎？

「所以，借幾根毛……」

『不可以！我不是毛筆！別想染指我的毛！』

你怎麼這麼死腦筋啊！你不覺得與其當一根拖把還是拂塵，當毛筆還要來得高貴得多嗎！

『范統，你還有一個選擇。』

「什麼？」

『在敵人拿噬魂武器殺了你之前，你先自殺，這樣就不會被滅了，可以安心回水池重生，不過還是要記得來撿我回去。』

……

這是什麼混蛋鳥主意！你寧可叫你的主人去死也不肯借點毛來沾墨水！又不是回去就不給你洗乾淨了！

『快點，目測你還有三分鐘的時間可以自殺，不要再猶豫了，越遲疑自殺成功的機會越小。』

不要把自殺這種事情講成不搶著做就沒有的好康東西啦！你說得簡單，要怎麼自殺你說說看！拿你的毛找棵樹上吊嗎！你的毛夠長嗎！

我第一次知道孤立無援手無寸鐵的情況下，不只求生困難，連要殺死自己都這麼不容易……

「你難道沒有想過貢獻自己微薄的力量幫助我禦敵嗎！」

坦白說，事到如今才要問拖把的攻擊方式，好像已經太遲了，就算他這一句話說得正確無誤。

可是他還是暗暗期盼噗哈哈哈其實隱藏什麼特殊功能，例如毛會放電、內藏致命暗器、轉動手把就可以噴出毒物之類的……再怎麼說，它也是價值兩百串錢的拖把啊！

『哼，我可從來不覺得自己的力量微薄。』

這拖把居然還不高興了起來。

「可是你看起來就是很有用的樣子，你是我的武器，卻叫主人去死，這算什麼……」

什麼很有用的樣子，這樣不就又變成在稱讚它了嗎？這種時候還捧它，我實在是太吃虧了……

『唔，雖說你是個沒用的主人，不過跟了一個沒用的主人也是我決定的，這樣看來我好像應該救你嗎……』

啥？稱讚的話起效果了？不不，慢著，淪落到要被拖把救，好像又慘了點啊？我身為人的尊嚴怎麼辦？

而且它還不是很想救的樣子，我只能在這三分鐘內祈求它的施捨？

等一下啊，它說是這麼說，但它真的有本事救我嗎？是等它願意後，就會傳授我什麼開天闢地絕世無雙拖把二十一式，讓我瞬間頓悟，然後就成為絕頂高手，一下子秒掉所有敵人？

……我是恐懼到產生幻覺了吧，這怎麼可能，根本是妄想中才存在的事……

『我覺得，人還是應該自己用自己的武器戰鬥，才能頂天立地地活下去。所以還是算了吧。』

你真的在三分鐘內就決定了啊！可是你會不會放棄得太乾脆了啊——！你被路人撿走也沒關係了嗎——？

「就算你要我自己戰鬥，我也知道拂塵怎麼用啊！而且我一點武術細胞都沒有耶！」

『咦？你居然知道拂塵怎麼用？我都不知道耶……』

……你居然不知道！你居然不知道——！世界上唯一有可能知道的傢伙就是你了，可是你居然不知道——

『你說你沒有武術細胞？但是你明明會劍術啊，把我當成劍用不就好了？』

不是我在說的，拿拖把當劍也太超過了吧？

還有……我什麼時候會劍術了？我這輩子第一次碰劍就是上次去挑武器的時候，你是不是搞錯人了啊？

「你在聽什麼，我哪時候會劍術了——」

又聽說不分了。

『唔？不是嗎？可是你腦中明明有劍術的記憶……我們現在契合度還不好，我幫你把記憶抽出來重現好了，也只能這樣了。』

耶？什麼？慢著！我還沒有答應啊——！

范統還來不及抗議，就覺得一股電流似的感覺從握著噗哈哈的掌心流入，接著直接觸到腦部爆發開來。

然後就是腦袋一片空白了。

❀

在經歷了所謂感覺上彷彿惡靈附體的經歷後，范統甫一恢復神智，看到的就是一名癱倒在地的西方城士兵以恐懼的眼神盯著他發抖的景象。

「不、不要殺我——」

啊？

啊？啊啊？到底發生了什麼事？這個時候問他請問我做了什麼是不是很蠢？

范統臉色有點難看地把噗哈哈舉起來，想研究一下自己到底做了什麼好事，對方則誤以為他要攻擊，當即發出慘烈的叫聲，連滾帶爬地跑走了。

「喂、喂！」

生命危險解除是不錯啦，可是這種被當成窮凶極惡殺人犯的狀況，是怎麼回事？有沒有誰可以來給他解釋一下？難得好像、疑似、或許、可能當了一下高手，卻是在失去意識的情況下進行的，這會不會太空虛了一點啊？

『你看，只要你想，還是可以做得不錯的嘛。你明明就會劍術，剛才還想騙我救你。』

范統覺得被一根拖把稱讚一點也不值得開心。而且所謂做得不錯，整個過程他根本是狀況外莫名其妙，實在有必要搞清楚事情的經過。

「噗哈哈哈，我剛剛到底做了什……哇啊啊啊啊！」

他本來正想轉身確認一下身邊的狀況，豈料一轉身，馬上看見兩具新鮮的死不瞑目屍體，讓他當場驚叫出聲，倒退了好幾步保持距離。

『人是你殺的，嚇成這樣做什麼……』

我殺的？我殺的？我殺的嗎！

「你騙人！拖把怎麼可能造成這種銳利的傷口！」

『這裡沒有拖把，只有拂塵。』

我剛才是想說拂塵的，只是詛咒把話顛倒成拖把了，原來詛咒覺得拂塵是拖把的反義詞嗎……這不是重點啦！

「拂塵就拂塵，不管是拖把還是拂塵都不一樣啦！拂塵難道就能造成這種銳利的傷口嗎！」

『因為我不是一般的拂塵。』

對，你是兩百串錢的拂塵。所以呢……？

所以傷口到底是怎麼造成的啦！

所以人真的是我殺的嗎嗎嗎嗎嗎——！

媽媽！我殺人了！我居然殺人了！為什麼會這樣！雖然比起被殺，殺人還是好那麼一點點……

「噢，他們是新生居民對吧？所以他們還是會回去水池復活對吧？」

大概是內心渴望消除罪惡感，他這次問出來的話也是正確的了。

對嘛，雖然拿著噬魂武器，但是失去意識前我有瞄到，他們是新生居民沒錯，落月的新生居民可以拿噬魂武器啊？還是有特殊的原因？

正當范統在安慰自己時，噗哈哈哈又涼涼地澆了他一桶冷水。

『不會。』

「……為什麼？」

難道是因為他們死在東方城的範圍？可是不對啊，以前好像有人說過，無論跑到什麼地方去，只要身上有東方城的印記，就會死回東方城的水池，那落月照理說也一樣不是嗎？

『因為……』

噗哈哈的聲音聽起來有點愉悅。

『我是噬魂武器啊。』

……它就這麼用愉悅的聲音，在他腦中丟下一枚炸彈。

范統的事後補述

不——！天殺的！噗哈哈哈你是認真的嗎？你是噬魂武器為什麼不早說？我真的殺人了！我明明只是個與世無爭的善良老百姓，為什麼要這麼對我——

的確，花了兩百串錢的武器，我也想要有一些特殊的功能，即使這兩百串錢不是我出的，它還是兩百串錢，可是我不想要這種違規犯法傷害善良風俗的功能啊——！

東方城明文規定新生居民不能持有噬魂武器，這下子我會不會被抓起來？但是我又不知情，我是無辜的，噗哈哈哈陷害我，這個黑心貨！

……可是，珞侍說噬魂武器不會講話啊？

是啊，噬魂武器明明不會講話，靈能武器才會講話啊？

而且噗哈哈哈明明不會發光……

該不會噗哈哈哈是要我的，它只是假裝自己是噬魂武器想自抬身價吧？我到底該拿去給誰鑑定一下？不、不過鑑定出來，要是真的是噬魂武器，我不就倒大楣了嗎？這可不行啊！

啊啊啊啊——我到底有沒有殺人啦——可惡！都是噗哈哈哈害的，搞得我其他該好好思考的事情通通都忘光光了！

章之二 落月少帝的魔法劍衛

『魔法劍衛是什麼？』——硃砂

『啊，可能是後宮吧。』——音侍

『咦！』——月退

『絕．對．不．是。』——伊耶

陰天之下，黃土之上，范統直挺挺地站著，以兩具據說是他殺的屍體為陪襯，跟他的武器大眼瞪小眼。

正確來說，因為噗哈哈哈的眼睛不知道長在哪裡，所以范統瞪的應該是它的……不知道哪裡。

他現在腦中彷彿有千言萬語，可是一句話也說不出來，導致整個快要爆了。可能是因為情況太過荒謬，他才會神情扭曲卻吼不出來，過了好一陣子，等到噗哈哈哈都隱約傳出細微的打呼聲了，他才抖著問了一句話。

「你……你不是噬魂武器！騙人的吧？你沒有光又不會講話，這作何解釋？」

話語又開始亂七八糟了起來。噗哈哈哈也顯得有幾分不耐。

『我是噬魂武器。我明明就會講話啊。現在是沒有光，剛才可是有光的，總之，你使用起來要小心，不要打到你自己。』

騙人的吧！這是謊言吧！而且我剛才都沒看到拖把的攻擊是怎麼樣，該不會只要被拖把尾掃一下腦袋，靈魂就受損了吧？

「為什麼會有的時候、有光有的時候沒光！不能控制一下嗎？正常來說噬魂武器不是應該一直維持有光？」

『哼，本拂塵不是普通的拂塵，說過好幾次了。』

這跟拂塵不拂塵的根本沒有多大的關係好不好！

『噬魂之光要不要使用自然是可以控制的，可是我們還沒有心靈相通，契合度不夠高，所以現在是由我自己控制。』

雖然這樣聽起來，早點打好關係比較好，可是什麼心靈相通、契合度的……這種詞彙，我比較希望對象是個美女啊！為什麼非得是拖把不可！

「那你剛才為什麼要放光！不可以亂殺人，以後通通維持有光的狀態！」

不！我是說通通維持無光的狀態啊！

『通通維持有光的狀態……？范統，看不出來你這麼嗜殺……』

你不要直接忽略我前面那句話啦！

「是，我是說通通維持有光的狀態，我喜歡殺人。」

喂！不要再惡搞我了！什麼爛詛咒！

『可是這樣很累。我也是要休息的，我要睡覺。』

你已經休息多久了啊……不對，拒絕得好，快拒絕我，千萬別再放光了，我求你。

我們還是快點建立好關係吧，如果可以直接心靈對話，就省去很多麻煩了……

「到底要怎麼樣才能跟你肉體相通啊……」

……

……

我受夠了……

『……！你、你想做什麼？通、通、通什麼通，雖然這樣子可能看不出來，但我是男的！誰、誰、誰要跟你通……』

我也沒有要跟你通，我又不是變態。光聽聲音就知道是公的不是母的了……不過你這反應聽起來很像在害羞耶……？

「我是說我想跟你透過肉體交談，這樣比較方便一點，對我們應該都沒有好處……」

別再肉體了。我已經心灰意冷了。都快被誤會成濫交魔人了……不過都沒有好處這句，在前面這樣顛倒過後，倒是顛倒得很正確。

『……跟錯主人了，跟錯主人了，當初甜言蜜語騙我上賊船居然打著不良主意，我要睡覺了，不理你了。』

這是天大的誤會，真的。幸好你沒說你考慮一下，不然我真的得慎重思考未來的問題。

「白色流蘇？」

范統才剛放下來的心，因為這忽然出現的陌生聲音，又猛地吊了起來。

「殺了我部下的人就是你？」

他慌亂地轉過身來，只見幾個人在他沒察覺的情況下已經出現在他的視線範圍，帶頭的看起來是領導人的傢伙則面露不善地拿劍指著他，場面看起來一觸即發。

在混亂之間，這些人長什麼樣子、說了些什麼，范統都不是很清楚，他只有注意到這個人腰帶上的標示。

金線二紋。

金線二紋！是金線二紋啊！那不是跟綾侍大人差不多了嗎！殺我就跟切西瓜一樣了吧！人不是我殺的！跟我無關啊！不要找我尋仇，一切都是這根拖把幹的好事——

噗哈哈哈！不要睡了！你還在做什麼！剛剛那個再用一次，讓我變成殺人不眨眼的高手啊！不然我真的要死無葬身之地了！

『咦……范統，你快自殺，抽出記憶重現沒辦法短時間內再用一次，再不自殺就來不及了。』

噗哈哈哈是醒了沒錯，也很有默契地感覺到了他的想法，不過它卻這樣回答，將范統打入絕望的深淵。

『誰叫你殺人不殺乾淨呢，跑走了一個就叫救兵來了……』

而且還叫大尾的。我知道，我都知道。我已經在後悔了，殺人算什麼，噬魂武器算什麼，比起自己被滅掉，還是滅掉別人比較划算啊……

金線高手無預警的一劍劈過來，范統驚呼一聲勉強以狼狽難看的姿勢閃過了這一擊，光看他可以閃過，就知道對方這一劍沒出全力，只是試探他罷了。

「真的是他？不過是個白色流蘇，看起來也破綻百出，沒什麼實力……」

這個金線高手用一副看著閒雜人等的表情盯著他，像是有點懷疑部下的報告，因為范統看起來一點也不像強者。

沒錯！我弱到不值得你動手殺，所以放過我吧——

「大人，是他，就是他沒錯，他們的屍體還在旁邊呢！」

那名先前逃走的西方城士兵以驚魂未定的神態指認凶手，看來今天他是跳進黃河也洗不清了。

不過，先不說這個世界應該沒有黃河，人嘛……的確是他殺的沒錯，只是叫他再來一次，他也辦不到了。

「無論如何，既然你已經看到了我們……」

等一下！我說等一下！這是什麼老掉牙標準殺人滅口的台詞啊！讓我再為了我的生命掙扎一下！不要一下子就秒殺我！

范統覺得自己現在是被蛇盯住的青蛙般僵直的狀態，而且這個金線高手手上拿的又是噬魂武器了。

完蛋了，光，又是這個光，難道我真的要命絕此地？

如果我死在這裡會不會有人發現啊？雖說都靈魂毀滅了，收不收屍似乎也沒那麼重要，但是如果又要等到哪一天他們經過這裡發現我的殘骸，才驚覺「原來范統已經死了」，那想來想去還是覺得很悲哀啊——

而且死在這裡的話，不就等於跟噗哈哈殉情？

我不要一根拖把陪葬啦！換一個！換一個！也不是說換一個好一點的殉情對象，我就會甘願去死，只是要我接受拖把，這還是太⋯⋯

金線高手已經舉著發光寶劍朝他劈過來了，看來是不想多浪費時間在他這種小人物身上，想直接一招了結他了。在距離死亡如此近的這一刻，范統覺得自己彷彿沒有恐懼的餘力，只能瞪大眼睛，看著劍以極快的速度朝自己斬落。

❀

恭喜！你的人生正式在此畫下句點，請問你要選擇回顧死亡畫面、回顧一生精采重點，還是直接結束，化為宇宙間的一粒塵埃？

在盯著那把發光的噬魂武器往自己劈下來時，范統總覺得自己的腦中浮現了類似這樣的選項，這當然是他的腦袋自己杜撰出來的，不過這選項實在非常沒意義，死亡畫面重複播放再多次也無法讓他安息吧，至於一生精采重點回顧……他的一生還有什麼精采的東西可以回顧的嗎？是城門前被輾斃的神奇亡姿、鐵口直斷生意最興隆時單日號碼牌發到六百六十六號、還是跟一根拖把成為人生伴侶的一瞬間？

范統越想越覺得悲哀，同時也覺得自己的腦細胞真是發達，在劍舉起劈落然後尚未斬到他頭上的這短短幾秒間，他居然還有閒情逸致可以在腦中瞬間跑過這麼多東西……

然後就要乖乖受死了嗎？他的倒楣人生就這麼結束了嗎？這到底是好事還是壞事？

忽然間，「砰」的一聲，范統只覺得自己被大力撞倒，然後是「鏘」的一聲清晰的金屬撞擊聲，他用眼冒金星的眼睛鎮定下來一瞧，才發現撞倒他的人是月退。

月退似乎是抓準了縫隙卡進來的，他握著劍的右手準確地招架了那名金線高手的噬魂武器，左手則按在范統的胸膛上，撐住身子。

總而言之，范統逃過了一劫，剛才他還處在疑惑著「月退，你怎麼推倒我」的腦袋渾沌狀態中，現在他才真切地體認到自己沒死的事實。

「月、月退！」

范統好不容易才找回自己聲帶的功能，驚喜中帶有惶恐地喊了一聲他朋友的名字。驚喜是因為暫時逃得一命，惶恐則是有點擔心他的朋友出現在這裡，下場會不會是跟他一起死。

「范統，沒事吧？」

月退雖然在關心他的情況，但並沒有看向他，應該是因為視覺等感官都專注於敵人身上的關係，這也導致范統雖然想用點頭搖頭來回答，他卻看不到，使得范統只能出聲回應。

「有事……」

然後果然又說出了反話。

「哪裡受傷了嗎？」

月退一聽立即緊張地轉過頭來，這讓范統跟著緊張了起來。

哇——！不要回頭啦！敵人還在你前面耶！哇！哇！他又舉起劍要攻擊了！卑鄙！哇！月退！快看前面啊！

當月退依然維持著盯著他看的狀態，然後右手如同長了眼睛一樣充滿力度地一架，又準確地擋下那名金線高手的武器時，范統已經不知道該對他說什麼了。

「范統，你看起來沒有外傷啊……還是內傷？」

他那雙天空藍的澄淨眼睛在他身上掃了一遍，除了關心以外還帶有不解。

我覺得……現在這已經不是重點了。你快點想起來我有語障這回事吧……然後啊，那個，你真的是人嗎？你要不要考慮把頭轉回去注意一下你的敵人，不管你打不打得過，這樣藐視人家不太好吧，他好像有點不受重視耶……

這時候對面那個金線高手似乎也真的被激怒了，感受到他身上傳來的殺氣，月退皺起眉頭，不得不重新面對他。

月退看起來沒有跟他們交談的意思，范統則是沒有跟他們正常交談的能力，從月退的態度來看，他應該希望救到人就趕緊帶著人離開，但敵人卻步步逼近，緊纏了上來，逼得他不得不出劍應對。

范統覺得只一眨眼的時間，就「鏘鏘鏘鏘」地交錯了一堆雙劍交撞的聲音，他的眼睛都沒跟上速度，實際上他們卻已經交手過十幾次了，月退只是防禦，而且看起來沒有敗象。

「夜止的白色流蘇不是最低階級嗎？怎麼都這麼奇怪？」

西方城的士兵嘴裡唸了這麼一句，范統也聽見了。

不好意思，我們就是很奇怪啊……不，奇怪只有月退，我還是很正常的軟腳蝦啊，我身上唯一奇怪的只有武器而已，你們不要這樣誤會我，我遠沒有他奇怪，真的。

比起我們白色流蘇的問題，你們那位金線二紋的大人才該檢討吧，跟白色流蘇的新生居民打成平手，那金線看起來好像是假的一樣……

接著又是一聲清脆的金屬交撞聲，不過這次卻出現了一點意外——月退的劍斷了。

應該是承受不住接連的受力，那把劍乾脆地斷裂，前端摔在地上，范統看不到月退的表情，他自己倒是瞪大了眼睛。

不——劍斷了還怎麼打！早就跟你說不要買做壞的武器了，你偏偏不聽，壞掉的武器怎麼比得上人家的神兵利器啊！這下子怎麼辦——拖把借你要嗎——

可是你那殺刀手握上去後可能會把噗哈哈哈殺掉……我不是覺得可惜，只是心疼那兩百串錢，然後我也不想聽到噗哈哈的慘叫聲，那一定很難聽。說起來，這種場合要是拿靈能武器戰鬥，主人的腦中會不會一直出現「痛死了」、「輕一點」、「你會不會打啊」、「不要用那裡擦撞」之類的聒噪抗議聲？假如會這樣，那還真是挺干擾戰鬥的耶，就算這樣輸掉也不奇怪啊……

「范統！」

月退看著自己剩下半截的劍，一抿唇，忽然朝范統伸出手。

「把你的拂塵借我！」

……啥？你說什麼？我聽到了什麼？

你、你、你是認真的嗎？我剛剛這麼想的時候只是在心裡開玩笑的，你卻要把這個玩笑付諸實行？姑且不論你忘記了你握一把武器殺一把武器的天煞之手，你居然會想拿著一根拖把戰鬥？你覺得把拖把當成劍真的是可行的嗎！你要拿它看似柔軟的毛去招架對方的武器？雖然我疑似剛才真的把它當劍用過，可是、可是……！

「噗哈哈哈，你願意嗎？」

范統知道時間緊迫，可是他覺得還是應該徵詢一下噗哈哈哈的意見，畢竟這是攸關它生命的大事。

如果它願意犧牲小我成全大我，為了局勢與狀況燃燒自己照亮別人的話，那他就義無反顧把它交給月退折磨，如果它不願意，那他也懶得曉以大義，就看看月退能不能用一把斷劍創造奇蹟……

『噗咻——呼……嗯？嗯嗯？什麼願意……求婚？』

可是這個無視狀況隨處可睡毫無緊張感的拖把，好像完全沒搞清楚他在問什麼。

誰跟你求婚啊？你的腦袋還停留在前面那個肉體相通的話題嗎？

因為范統沒有立即反應過來將拂塵遞給月退，敵人自然不會放過這個機會，立即接著殺了過來，月退這次閃身避過，沒有拿剩下一半長度的劍硬碰硬，就在范統的求生意志快要壓過良心，準備把噗哈哈哈交出去時，另一個聲音忽然又插了進來。

「住手！」

在聽到這個聲音時，范統直覺是有救了，不過這個有救了的後面，可能還要打個問號。

出現在這關鍵一刻的人，是在資源二區到處迷路的音侍。

雙方僵持的情況下，我方出現一個純黑色流蘇的高手，理當是勝率大增，但因為這個高手是音侍，總讓人覺得很不能安心。

噢……音侍大人啊，您每次總是出現得很剛好，我們這裡還真是熱鬧。可以靠您嗎？我們可以靠您拯救嗎？真的可以嗎？

雖說按照綾侍大人的說法，以及您這次殺雞的速度，您應該是挺有實力的，可是對上落月的高手又會怎麼樣呢？

那個金線二紋是不是真的金線二紋，西方城的金線二紋實力究竟如何，范統並不曉得，音侍的實力有沒有純黑色流蘇的資格，東方城的純黑色流蘇又是什麼實力，范統還是不曉得，可是……

比起音侍能不能打倒敵人、拯救他們，范統比較擔心的是他會不會在打倒敵人的途中一個不小心失手把他們一起做掉。

原本沒死，卻被好不容易等到的友軍殺死，這也太感傷了吧？這麼感傷的事情希望不要真的發生……

交戰的情況下突然冒出一個人來，金線高手也得看看來的是什麼人好評估狀況，一看之下，他的臉色頓時變得不太好看。

「音侍……！」

音侍是從他們的右邊方向出現的，金線高手和月退的打鬥已經先停止了，范統也退後保持安全距離，西方城的幾個士兵則是提高了警戒。

「你沒有看到他們拿的是白色流蘇嗎？」

音侍一面走過來，一面以難得嚴肅的神情問出問題。

「你不知道被噬魂武器殺死的人，即使是新生居民也不能復生嗎？」

他單方面的提問，使用的是西方城的語言，而他似乎也不需要對方的回答。

「你……」

「給朕閉嘴！可惡！」

音侍在罵了他這一句後，隨即抽出了刀鞘中的長刀。

「我最討厭的，就是恃強凌弱亂殺人的混蛋！」

他說完這句話的同時，他拿著刀的右手也同時動了。

從那個距離，他的刀根本是碰不到敵人的，無論是誰來看都會這麼判斷，可是事情卻不是這麼一回事。

他那把平凡無奇的刀一揮之後，肅然帶起一片銀白色銳利的光線，那純淨清冷的光帶著一種無情低溫的氣息。

墨黑的長髮順著動作飄揚，深紅的眼沉澱著憤怒的情緒。

一切就在轉瞬間發生。那道致命的銀芒，音侍收刀入鞘的動作，對方淒厲慘叫，被直接削斷的右手鈍聲落地，從傷處噴濺出來怵目驚心的鮮血。

「大人！」

「啊……啊——」

那隻手是連著盔甲一起被斬落的，平整得看不出任何阻力，儘管這一幕十分血腥，范統看了看一下子就被重創的金線高手，再看看收刀後不發一語的音侍，依然不由得生出一個感想。

音侍大人，您好帥……

不對吧？這哪裡不對勁吧？我居然會如此自然而然地生出這種感想？這不就跟璧柔的花痴狀態一樣了嗎？

我是因為動作帥才感嘆，可不是因為那張臉。但這還是一點也不值得高興……

不過剛才那到底是什麼？刀光？音侍大人用的不也是壞掉的武器嗎？

金線高手斷臂的傷口彷彿有什麼正蒸騰消失著，西方城的士兵完全陷入了驚恐中。

「護送大人離開！」

由於情況嚴重，他們已經決定無視環境的不穩定，直接使用了傳送的魔法。看著他們從眼前消失，音侍也沒有追擊的意思，敵人走了，那麼重點就該放到自己人身上了。

「啊，你們有被傷到嗎？有沒有？有沒有？」

……在他走過來之後，好像又變回原本那副沒神經的笨蛋德性了。

「沒有……」

月退搖搖頭，神色有點複雜地看著他，接著又想到了什麼而轉向范統。

「范統，你怎麼樣？你剛剛說你有受傷？」

這次范統終於可以如願用搖頭來回答了。

『范統，看起來你應該沒事了，真是好狗運，那我要安心睡覺了喔。噗咻——呼——』

什麼叫好狗運！別這種時候才在那裡沒誠意地放什麼馬後砲！剛說完下一秒就睡著又是怎樣！這也是一種天賦嗎？

平復下被噗哈哈挑得激動起來的心情後，范統看著音侍腰間的刀，好奇地發問。

「音侍大人，原來您買的刀是裝飾品啊……」

喂，不要顛倒成這種沒禮貌的話好嗎？

「耶？被你發現了，其實那時候我買錯了，我真正擅長的是劍術，不過其實用起來也沒有太大的差別啦……」

有沒有搞錯，這樣也能歪打正著套出話來？不過您身為術法軒掌院，真正擅長的是劍術，這又該從何說起啊？

「啊，小月，你的劍斷了？不然我的刀跟你換好了，都是壞掉的嘛，差不多。」

我覺得您的腦袋大概也壞掉了。您換一把斷掉的劍做什麼？斷掉的您用起來難道也差不多？還有……什麼小月？小月是誰啊？

如果月退是小月的話，那我是什麼……

范統光是想這個問題就不寒而慄了。此刻他覺得自己非常不想從音侍口中聽到他對自己的稱呼，繼續不認得臉、不記得名字，說不定也是一件好事。

「喔……好。」

月退愣愣地把斷劍收進劍鞘再跟音侍交換，他愣住的時間大概也是在適應小月這個暱稱吧。

「音侍大人，剛才那是什麼人啊？您好像不認識他？」

范統還來不及在心裡感傷再度說錯話，音侍就直接回答他的問題了。

「唔？好像……可能……應該……搞不好，沉月通道搶人打來打去的時候有見過吧？不認識。我不擅長記人的臉。」

您是不擅長記人的臉，還是不擅長記男人的臉？

而且，我覺得您也不擅長記人的名字……特別是男人的。綾侍大人跟您在一起多久才讓您記住他的名字啊？珞侍的話，大概是因為您把他當成美少女看待吧，這個不算。

這樣說來，綾侍大人其實也可以當作美女看待……扯遠了，都扯到哪裡去了……

「啊，小月，你怎麼會在這裡？你不是跟小硃一起待在樹上嗎？」

音侍到現在才想起這件事，他這句話裡面出現的另一個稱呼也讓范統無話可說。

小豬？

「我……他……」

提起硃砂，月退看起來有點困窘，他這曖昧的態度讓人摸不著頭緒。

「我帶你們去找他。他現在昏迷中，因為帶著他移動不夠快，我把他安置在一個安全的地方。」

喔——真是明智的決定。要是慢個一秒，我就成了劍下亡魂了耶。

「噢，好，我先跟綾侍聯絡一下。」

由於綾侍已經關閉團訊，璧柔也在綾侍要求「讓他專心趕路」的情況下關了符咒通訊器，音侍只能百般無聊地把通訊器收起來，現在要聯絡，也是直接聯絡綾侍，不使用團訊了。

「綾侍……」

『別吵，正忙。』

音侍一頭霧水。

「啊，忙？你這老頭還能忙什麼？」

『招待落月的迷途羔羊。』

「……！啊！你不要亂殺人！說好今天你不准殺的！」

『你說的是雞，又不是人。反正你迷路到趕不過來，你也管不了這麼多嘛？老大。』

「什麼，氣死我了，我馬上就過去，你不要亂殺人啦！」

音侍結束了通訊，看起來心浮氣躁的，月退也忍不住問了一句。

「怎麼了嗎？」

因為這是他們的私人通訊，范統跟月退只聽得到音侍講的話，所以不太明白狀況。

「那個死老頭又忘記自己的本分，六親不認大開殺戒，快點帶我去找小珠，然後帶我去找他！啊，你們認得路吧？」

原來您是迷路迷到歪打正著發現我們的嗎？果然……果然就只有月退會想來找我……

但是您都在東方城住這麼久了，資源二區應該也跟您家後花園差不多了啊，居然要靠新生居民帶路，您無論什麼時候都要當個這麼超過的人真是令人敬佩……

當月退帶著他們到一段距離外的隱密草叢中撥開草，讓他們先看到一雙腿時，范統一時之間還真有種尋找棄屍地點的錯覺。

而當月退彎下腰將人抱起來後，范統跟音侍都充滿了疑惑。

「小月，這個女生是誰？」

「月退，硃砂呢？」

為什麼你跟硃砂在一起，會出現一個第三者啊？不，不對，第三者好像不是這樣用的，在一起也不是這個意思……

「這……這就是硃砂啊。」

月退用一副難以啟齒的表情這麼告訴他們，先叫出來的是音侍。

「咦！小硃不是男生嗎！」

就是說啊。上半身都看過了，我們當室友當那麼久了，月退你睜眼說瞎話這樣是不對的，你以為騙得到我們嗎？還是老實把這女生的來歷交代出來吧？我本來以為你很清純的，居然弄昏人家丟在草叢中……

「她、她真的是硃砂啊！」

月退有點急地把那名少女的臉轉過來，讓他們看清楚。

這……臉是有那麼一點像，但是只憑這樣就要我們相信這是硃砂，好像證據有點薄弱吧？她還挺有料的，硃砂明明沒有胸啊。

「衣服還破了一點……」

范統總是會看到不該看的地方，月退的臉也因而泛紅了一下。

「那是她變成女生後撐破的！」

哦？硃砂本來穿什麼衣服我倒是沒有注意，不過這衣服的確合身了點，就這身材來說的話。

「啊，不然，我們把她叫醒，叫她變給我們看看。」

音侍的雙眼閃閃發亮，對於有趣的事情，他總是格外有興趣。

但……不是吧？音侍大人，莫忘初衷啊！您已經忘記您說要趕路去找綾侍大人，阻止他大開殺戒的事情了嗎？現在不是在這裡浪費時間的時候吧？

「我們不是要趕去找綾侍大人……」

月退顯然也還記得這件事。不過他到底是惦記著這件事，還是單純不想面對「把她叫醒」之後的事，還有待商榷。

「啊！對喔！那我們趕快先去找他，等把他解決了，再來看看小硃到底是不是小硃。」

我覺得您乾脆連綾侍大人一起檢查一下算了，還是你早就驗明正身過了？這年頭一堆男不男、女不女的人，大家就不能像我一樣正常嗎……

綾侍現在笑得非常高興。

在他隨手擲出瞬間畫出的符文，讓一個倒楣的西方城士兵四分五裂後，他的笑容就更加溫柔燦爛了。

根據東方城居民的說法，要看到綾侍大人笑得這麼嬌艷明媚，只有在他遇上可供屠殺的西方城居民，心情相當舒爽的時候，才有這個機會，不是想看到就可以看到的，不過像這樣以血肉橫飛的人體為背景，現場的三個觀眾顯然不會有什麼心情欣賞。

可愛女生甲跟可愛女生乙，這輩子跟上輩子都還沒親眼見過殺人的場面，基本上在第一個受害者爆開變成十幾塊後，就已經尖叫、面無血色、暈倒了，現在現場的血腥殺人畫面，只剩下璧柔一個人在看而已。

血腥殺人場面，璧柔不是沒看過，只是好歹她也是西方城過來的，要這樣一直看著西方城的人被殘殺，心理還是會有點不適。

當然事前她也有試圖溝通過，不過對話是這樣的：

『綾侍大哥，一、一定要殺掉嗎？』

『對。』

『不先進行和平談判了解一下他們出現在這裡的原因嗎？』

『不需要問理由。』

『咦？』

『無端入侵我國領土，殺無赦。』

話都說成這樣了，求情應該也沒什麼用了，體認到這一點，璧柔也就沒再多說下去，以免被投以緬懷故國的懷疑眼神。

但是，之所以不問理由、不談判不溝通，搞不好也只是因為綾侍不懂得西方城的語言……想是這麼想，不過在看到綾侍殺人的表現後，璧柔覺得也該考慮一下「他就是想殺人」或「他覺得殺敵很快樂」之類的可能。

「噯，還有呢？都沒有人要逃走，落月的士兵真有勇氣。」

綾侍甩了一下衣袖，心情大好地迎向前方剩下來寥寥無幾的敵人，此刻不管他長得再美，對面那些人還是畏如蛇蠍。

璧柔看了看布置在四周圍的符咒結界。

都做了結界讓人跑不掉了，還稱讚人家不逃走，這實在有點不道德吧？

「救……救命啊！」

「誰來救救我們，伊耶大人，您們在哪裡——」

新生居民雖然聽得懂兩邊的語言，不過大家在自己的國家待久了，還是比較習慣說自己國家的語言，所以他們喊的話綾侍還是聽不懂的。

反正聽不懂他們在說什麼，綾侍手掌一翻，又是一個人慘死在他的符咒之下，死無全屍。

「你們不都是新生居民嗎？死了也還是會從落月的水池復生，我又沒有使用噬魂武器……怕什麼？」

如果范統在這裡，一定會大肆抗議，這不是會不會復活的問題，根本是殺人者本身給人造成的精神壓力過大，而且他自己還毫無自覺。

「要是我還是西方城的人，綾侍大哥也會這樣對我毫不留情嗎……」

璧柔心驚膽顫地低低唸了一句，綾侍倒是有聽見，也回答了她的問題。

「敵人不可縱放，頂多是看在認識的份上，用點比較舒服的殺法。」

比較舒服的殺法是什麼……？可以知道嗎？

雖然綾侍向敵人逼近的步伐並不急躁，但他出手都很乾脆，取人性命乾淨俐落，沒有玩弄敵人的嗜好，這方面來說，手法也算光明正大了吧。

不過無論光明正大與否，對這些西方城的士兵來說，現在的情況也跟排隊上斷頭台受死沒什麼兩樣。如果硬要分出差別，那就是上斷頭台還可以留有完整的屍體，給綾侍殺就未必了吧，瞧瞧那精美的爆裂符咒，中了一發之後身體會變成幾份，他們簡直想都不敢想。

即使對新生居民來說，屍體毀損就毀損，反正回到水池又可以得到一具新的——但任何人都不會想嘗試這種四分五裂的死法是什麼滋味，除非他腦袋有洞、精神有毛病。

當然，在面對這樣殘酷的屠殺者時，他們也是有試圖抵抗的，不過綾侍光是開場前丟在自己身上的防禦符咒，就完全擋下了所有他們費盡心血做出來的攻擊，還拋出另一個結界符咒讓他們逃都逃不掉，當其中一名意圖抵禦綾侍的攻擊符咒的同伴身受重傷，再被綾侍以更凌厲殘暴的手法殺掉後，所有人就失去了反抗的意識，只剩下求生意志作祟，讓他們不斷地喊救命。

很可惜目前看來，喊救命喊不到救兵，還會讓那個殺人的傢伙嫌吵而激起更深的殺意。

「落月的人到這裡來有什麼陰謀呢？不知道究竟密謀著什麼？」

綾侍一面自言自語，一面揚手一揮，便又是一片符咒帶出的火浪掃倒了幾個倒楣的士兵，看樣子是沒留下活口。

如果真的想追究，應該留人下來問話才對，只是他先前也說過沒有必要詢問理由了，看來倒是言出必行。

至於西方城的士兵出現在這裡的原因，如果他知道了他們是來密謀拔雞毛的，不知道作何感想。

有沒有誰可以來阻止他啊？

璧柔心裡唸著這句話。上天彷彿聽到了她的請求，終於出現了打破這個局面闖進來的人。

然而這個人並非跟范統、月退在一起的音侍。

綾侍布在外圍的結界，是被無聲無息地一劍劃破的。

結界被破開，綾侍皺起了眉頭，那些西方城的士兵則是宛若看到救星，發出了聽起來幾乎要喜極而泣的聲音。

「伊耶大人！」

一劍劈開結界出現的人，以身形容貌來判斷，可以說他是個頭矮小的俊秀少年，然而以他身上散發出的氣勢與他的神情，便會讓人覺得他其實是長相與年齡不符的嚴重娃娃臉，再加上發育不良長不高。

雖然大家每次看到他這令人產生深深違和感的模樣，都會忍不住在心裡冒出這些評語，但在西方城敢當著他的面說出來的人不多，因為將這些話說出口的後果，即使是能夠一再重生的新生居民，恐怕也難以承擔。

「娃娃臉」、「矮」、「發育不良」、「欺騙世人的臉」、「絨毛玩具」、「小弟弟」、「小孩子」、「漂亮可愛」、「不知者無罪」、「三圍」、「童裝尺碼」、「年輕真好」……等詞句，通通是他的禁句。在他面前，愛惜生命的人是千萬不能提起的，所以看到他的時候，還是老老實實喊一聲「伊耶大人」就好。

這樣看來他的禁句實在是挺多的，而且最近又加上了「陛下英明」跟「雞毛」兩個詞句，除了跟他一樣身為魔法劍衛的同伴以外，說出來的人都會有生命危險，在他面前說話必須十分小心。

只是，這些禁忌都是西方城的禁忌，對綾侍來說，當然沒這回事，他又不認識這個人。

即使認識，在敵人面前也是想說什麼就說什麼。

即使想說什麼就說什麼，他們語言不通，他說了什麼對方也聽不懂。

「哦……順著異常氣場來找，果然讓我找到了，五侍之一的綾侍，對吧？看來不會無聊了。」

先開口的人是伊耶，其實他根本不是來救人的，他只是想找人砍殺抒發鬱悶焦躁而已，至於剛好救到了自己人，那只不過是個美麗的巧合。

「伊、伊耶大人！救救我們！她根本是個魔女！」

「夜止的女人好可怕！嗚嗚嗚……我要回家……」

伊耶的話以及混雜著出現的西方城士兵哭訴，綾侍通通聽不懂，所以他皺著眉頭，將眼神投向身邊唯一清醒著，同時也理當懂得西方城語言的璧柔。

「他們說什麼？」

如果音侍在這裡，他就會問音侍，然後音侍就會給他亂翻一通，搞得他們自己人先自相殘殺內鬥一番，現在問的是璧柔，自然不會有這種問題，不過關於對方「又」把他錯認成女人這樣的話語內容，璧柔實在不知道該不該說給他聽。

這種時候璧柔就十分哀怨為什麼那兩個身為新生居民、聽得懂雙方語言的室友都昏倒了。

「呃……」

璧柔將手靠在臉旁，猶豫了一下子，她總覺得翻譯後雙方就會開始激戰了，這應該不是好事吧？

「小柔，他們說了什麼？」

因為她這陣猶豫，讓綾侍的笑容變得更加燦爛，彷彿添加了某些勢必要問出來的決心，讓璧柔頭皮發麻。

「綾侍大哥，他們說你是魔女，東方城的女人都很恐怖，然後剛出現的那個人知道你的身分。」

比起看見他們開打，璧柔發現自己更不想看綾侍這艷麗到令人發寒的笑容，所以她選擇老實把內容告訴他，接下來會怎麼樣就不關她的事了。

綾侍在聽完她的轉述後立即收斂了笑容，看來剛剛屠殺產生的好心情已經消失殆盡了。

「落月的士兵真懦弱，被『女人』欺負居然是找個發育不良的小孩子哭訴啊？」

他這句話完全忽視了伊耶身上金線三紋的標記。

由於對方看起來明顯是朝這邊發話，伊耶也哼了一聲，詢問他面前這些剛剛才死裡逃生的部下。

「她說了什麼？」

「……」

所有士兵身上都冒出冷汗。

大家都才死裡逃生，實在是不想馬上就死在讓他們死裡逃生的救星手中。

這句話可是包含了兩個絕對不能被伊耶大人聽到的詞啊！即使只是翻譯，出自他們的口中就有一定程度的危險啊！

「我剛才沒聽清楚，你給伊耶大人翻譯吧！」

「不，我剛才也沒聽清楚……」

「我剛剛根本沒注意到有人說話啊——」

「還是你吧，你……」

看著這些士兵明顯的互相推託，伊耶的目中閃過了不耐煩的危險光采。

「一群廢物！你們通通都想重新訓練嗎！」

雖然外表長那個樣子，但伊耶的聲音可不像小孩子一樣稚嫩，而是成人的低沉嗓音，在他這聲怒斥下，所有的士兵全都嚇到肝膽俱裂般地跪地求饒。

「伊耶大人饒命！伊耶大人饒命啊！」

「……」

這次無言的是另一頭完全聽不懂的綾侍。

「他們在演戲嗎？搞笑？」

「不是，是綾侍大哥你的一句話，就造成了人家的生命危機。」

「是嗎？落月真是個野蠻的國家，自己人都要自相殘殺。」

「音侍如果在的話，你們也會啊……」

璧柔小聲唸了一句，不知道算不算聲援祖國的反駁。

「音？我跟那個常常護著敵人的笨蛋可不是什麼自己人。」

綾侍當然不可能沒聽到，還立即這麼回答。

反正綾侍心情不好的時候十之八九是音侍惹的，這種情況下他都會對音侍很不齒，璧柔也就不多問了。

「小柔，那個小孩子妳認識嗎？」

因為璧柔是西方城來的，綾侍才問她這個問題。

「我知道他是誰，不過不算認識。魔法劍衛之一，『鬼牌』伊耶，聽說脾氣很差。」

魔法劍衛是什麼，綾侍是知道的。

在西方城，這是個由強者擔任，具有特殊地位，直屬少帝恩格萊爾的護衛。就身分來說，是西方城的重要人物了，他們甚至有私人衛隊，介入西方城的軍事體系，可說是長老團也不敢輕易得罪的人。

魔法劍衛的繼任者都是由前任舉薦，或直接從小培養起的，據說五名魔法劍衛以從古傳下來的法陣聯合結出的魔法結界，足以防禦任何攻擊，沒有人能打破，這傳言是否言過其實，目前也還沒有人能證明。

「魔法劍衛？」

綾侍的眼神變得凶惡。多半是因為對方這麼敏感的身分出現在東方城境內，而讓他引起了很多邪惡陰謀的猜測。

「女人，拔出妳的武器，即使是女人我也不會手下留情。」

伊耶那邊似乎已經擺平了，只是當他說出這句話時，璧柔實在不知道他是對綾侍說還是對自己說。

而見綾侍沒再詢問便抬起了手看似要動武，璧柔也不由得問了一句。

「綾侍大哥，你不問他說了什麼嗎？」

「武器都亮了，自然就是要動手了，沒什麼好問的。」

這麼判斷其實也沒錯，反正伊耶說的那句話的確不怎麼重要。

「小柔，妳沒有武器嗎？」

看璧柔閒在一旁完全不警戒的樣子，雖然本來也不認為她會動手，綾侍還是稍微問了一下。

「嗯，我沒有，不過我也可以戰鬥……」

璧柔當然不會笨到以為綾侍到現在還不曉得她的底細。反正現在四周沒有什麼不該知道的人，那麼就沒必要偽裝成只有草綠色流蘇階級的弱女子了。

「不，妳不必戰鬥，音侍說不能讓妳傷到一根頭髮，所以我會保護妳。」

聽到綾侍這麼說，璧柔反而不知道該怎麼反應了。

到底該說好還是不好呢？而且，也不是音侍說什麼他就做什麼的吧？

「但、但對方是金線三紋的高手，還是五名魔法劍衛中的最強者，你一個人有把握嗎？」

璧柔知道質疑人家的實力可能會損及人家的自尊，不過要是為了自尊丟了性命，那可一點也不划算。

不管對方用的是不是噬魂武器，他們可都不是能一再重生的新生居民啊。

「也許打不過，但保護妳應該不成問題。在防禦上我很有自信，妳不必擔心，無論發生什麼事情都不要出手。」

綾侍都這樣說了，璧柔自然也不好再多說什麼，就乖乖往後退了一步，躲到綾侍的背後。

「那麼……」

原本收斂起笑容的臉孔，又重新露出一抹微笑，綾侍擺出了迎戰的姿態，面對這難得值得一戰的對手。

「東方城五侍中的綾侍，就在此候教。」

戰鬥的一開始，無形的壓力便直接籠罩到這片區域，讓眾人都能感受到那種氣氛。

通常對付摸不清底細的敵人時，一般人會先以虛招進行試探，但伊耶卻絲毫沒有這個意思，一出手就是凌厲的殺招，直取對手的要害。

那聲勢奪人的迅捷攻擊，以往都會讓人措手不及，才在那樣的劍招中感到劇寒與恐懼，就已經見血斃命。

不過，想要在與綾侍對決時一招定勝負，那是不太可能的，伊耶首先遭遇的，就是一道一道不斷亮起現形的符咒，這是伊耶所不熟悉的力量。

儘管如此，他仍只有冷冷一笑，便直接以強勢的破壞力硬碰硬，意圖強行突破。

他的劍強橫掃過的地方，那些形成阻礙的符咒一一如被風吹過的殘花一般破碎凋零，一時之間被斬碎的符文碎為亮點、黯淡消失的畫面，形成一種形容不出的奇異美感，這景致中亦包含危險殺機。

綾侍用來防禦的符咒在伊耶巧妙的劍技下，個個都沒能抵抗幾秒就被破壞，雙方的距離因而不斷拉近，乍看之下，局面對綾侍相當不利，以符咒為主要作戰手段的符咒師，如果被以武器攻防的劍士近身，那後果幾乎是可以預見的。

剛才對付西方城士兵時看起來很強大的符咒，在伊耶面前卻變得像是騙人的把戲一樣無力，期間為了擾亂而使出的攻擊符咒，也僅僅在爆出聲光效果後，就被伊耶發動的魔法擋下了殺傷力，完全沒發揮出該有的效果。

直接交戰後，伊耶證明了他身上繡有的金線三紋絕非名不副實，他展現出來的實力唯有以強悍形容，而且這恐怕還不是他全力出手的狀態。

冷厲的劍氣一路突破到綾侍身前，至此，綾侍所有的防禦都已經被破除，伊耶的劍直接以欲將他當場格殺的殺戮之氣劈去，長長的細劍就這樣往他頭頂斬落。

在璧柔的驚呼聲中，綾侍不閃不避，只舉起了左手迎擋。

以劍的銳利，綾侍的手理當被斬斷，血濺當場，然而劍砍上了他的手臂後，居然無法再下壓分毫，他那略嫌纖細的手臂穩穩接下了這殺過不知多少人的利器，甚至沒被劃出一道傷口。

「這是……」

當伊耶為之吃驚的一瞬間，綾侍的右手飛快地將數道符咒接連著近距離砸上去，伊耶的身子一下子猝不及防地被轟飛了好一段距離，趁著這空檔，綾侍揉了揉左手剛剛被劈中的地方，又重新在周圍布下了一大堆防禦的符咒。

「綾侍大哥，你的手……」

雖然肉眼看來，他的手完好沒事，但這實在太不可思議了，璧柔很難相信他真的沒受傷。

「哥哥我是練過的，妳可不要學。」

綾侍回給她的卻是如此耐人尋味的一句話，有解釋跟沒解釋差不多。

「伊耶大人！您沒事吧？」

西方城的士兵這是第一次看到伊耶中招，伊耶一直是他們心目中不敗的強者，因此，這樣

的場面，他們除了大為震驚，也十分慌張。

而前去關心的士兵，還沒靠近伊耶身邊，便被一股氣勁彈了開來。

只見伊耶動作無所滯礙地從地面站起，剛才的符咒好像也沒對他造成什麼真正的傷害，除了衣服有些破損，倒也不見血跡。

只是當他抬起頭來時，那張俊秀的臉卻完全變成了另一種神態。

「哈哈哈……哈哈哈哈——」

從那瘋狂的笑聲聽來，他整個人彷彿是失控了，可是那雙眼睛看起來卻清明又冷靜，並不像失去理智的樣子。

「很好，這樣看起來應該可以得到不少樂趣……」

當他再一次舉起他的劍，縈繞在他劍上的氣息，已經和先前截然不同了。

「世界上不可能有毀滅不了的事物。在妳死在我的劍下之後，我會記住妳的名字。」

雖然綾侍依然聽不懂他說的話，但他現在流露出的氣勢還是讓他肅起了臉孔，捏在手上的符力，也進階成另一種模式。

「綾侍大哥，真的不讓我幫忙嗎？」

如果先前的伊耶是讓人不敢輕舉妄動，現在的他便是讓人從骨子裡感到恐怖，璧柔察覺得到他的改變，也因而不安了起來。

「沒有關係，他殺不了我。倒是妳可以考慮先跑，反正他現在興趣在我身上，應該不會管妳做什麼。」

綾侍淡淡地做出要她逃命的建議，至於一旁昏倒的兩個女生，他倒是沒有多交代，反正新生居民死了也可以重生，只要敵人別狠到拿噬魂武器屠殺。

「怎麼可以這樣呢！我才不會拋下同伴跑掉呢！」

但璧柔顯然不願意接受這個提議，她根本連考慮都不考慮就直接拒絕了。

「但妳不是新生居民……」

綾侍嘆了一口氣，璧柔則立即打斷他的話。

「那又怎麼樣！我討厭這個樣子，每次應該戰鬥的時候總是不在場，每次總是沒做到我該做的事情……」

她似乎是想起了過去的事情，語氣都跟著顫抖了起來。

這個時候，伊耶已經開始出手破壞新建的符咒結界了，他一揚手就是一大片符咒構築出來的結界崩離，這些防禦伎倆就猶如紙片一般不堪一擊。

綾侍並沒有多問璧柔過去發生的事情，他只是默默地在已經被破壞的結界後面再架設更為複雜的結界，然而仍舊效果不彰。

「綾侍大哥，沒有逃走的辦法嗎？像是傳送法陣、符咒之類的……」

「我說過我不會死，頂多是真的受點傷。」

跟璧柔說話讓綾侍修補結界的速度也慢了下來，遠慢於伊耶破壞的速度。

那把閃動著紅芒的劍，就像是索魂令的化身，即使綾侍知道自己不會死在這把劍下，也不想再被砍一次。

而當他思考著解決辦法時，璧柔忽然衝出去，朝伊耶喊了幾句話，在伊耶因為從她的口中聽見西方城語言而愣住時，她接著要說的話就被好幾個突地冒出來的人聲打斷了。

范統的事後補述

噢，發生了好多事情的感覺。

我一定要說，能夠死裡逃生真是太好了，月退真是我的好朋友，交這個朋友一點也不虧，穩賺不賠的，然後啊，他的實力真是讓我覺得越來越深不可測了，居然還有意圖使用拖把的勇氣，他果然不是普通人。

不過在草叢中藏了個昏迷的少女這件事實在是……嘖嘖嘖。硃砂？硃砂明明是男的，如果他是女生，我們同居就有福啦。這謊話實在是不太高明。

今天也是我第一次不含嫉妒地覺得音侍大人好帥。難得有一次真心純粹這麼認為……這就是危機之下產生的感情效應嗎？患難見真情？好像不是這麼用的。音侍大人長得很帥，人盡皆知，可是他動刀的那一瞬間我居然覺得他帥到讓我覺得目眩神馳啊……我一定是病了吧？

雖然男人也可以當英雄崇拜，但音侍大人分明是個白痴啊，英雄與白痴難道會是一線之隔？英雄都要哭了啊！

我想，回去以後還是找米重探聽一下有沒有心理醫師好了，我比較懷念那個看到音侍大人的俊臉會覺得刺眼的我，我想恢復正常。這樣刻薄挑剔救了我一命的人，似乎不太厚道，可是他之前也害死過我，就當作抵銷了吧。

今天我也和我的拖把建立了複雜的關係，進行了有史以來最長的交流。

嚴格來說很失敗，因為我把話又說糟糕了，搞得我好像在跟它求愛似的，導致它看起來暫時不想理我了，實在不知道該不該說可喜可賀。

結果我還是不知道它到底是不是噬魂武器。該說幸好買了武器之後月退跟我都還沒去上武術軒的實戰課嗎？不然搞不好已經被當成可疑的危險分子抓起來了……

從我們到達後的狀況來看，綾侍大人這邊好像也發生了不少事。

空氣中殘留的一堆符咒氣息，還有對面那個殺氣騰騰的小孩子……這裡是怎麼了啊？綾侍大人您拋棄私生子被人家找上門來嗎？女方是誰？

章之三 誤會還是要和平解決

『像是誤會綾侍大哥是女人，誤會魔法劍衛有陰謀，還有誤會硃砂的性別之類的。』——璧柔

『嗯？哪來的誤會？這是誤會嗎？』——音侍

『……這個白痴生在這裡可能是個誤會，有誰可以把他送去投胎嗎？』——綾侍

「伊耶！你在做什麼！」

「啊，終於找到了，小柔！我想妳想得好苦啊！」

「音侍大人，您不是來找綾侍大人的嗎……」

帶著部下的金髮男子從伊耶後面的方向出現，音侍則從綾侍、璧柔那邊出現，月退在他身邊忍不住唸了一句，范統則在把硃砂安置一旁後也跟了上來……總而言之，一下子冒出了很多人，讓現場的人有點反應不過來。

璧柔也在反應不過來的名單中，音侍看了看這裡的狀況，疑惑了一下。

「嗯？這裡是怎麼回事？」

音侍看看那邊，再看看這邊，猛然好像明白了什麼，馬上指著綾侍捧腹大笑。

「噗、噗哈哈哈哈哈！老頭，你遭到報應了吧！你也有被人殺的一天啊！哈哈哈哈哈哈

哈哈！」

這開朗到極點的笑聲讓大家都黑了臉。

這不該是友方的態度吧？音侍大人您到底幫誰啊？范統總是會對音侍與綾侍之間到底算什麼交情感到深深的疑惑。

不過他可以肯定，這只是單純的笑聲，而非在喊他家拖把的名字。

「我可還沒死呢。」

綾侍也二話不說就臉色難看地賞了他肚子一拳，雖然是揍在護甲上，音侍還是被揍得噴出一口氣，然後又開始叫痛。

范統對他們的打情罵俏不感興趣，而且他也知道，打情罵俏這四個字說出口就換他等著被打爆。現在他比較好奇的是對面那邊的人，看起來是西方城的，就不知道是什麼人？

而且……金線三紋，金線三紋耶，仔細一看那個小鬼居然是金線三紋，這不就是跟傳說中那個變態的落月少帝一樣的怪物嗎？

「伊耶，我們有正事要辦，你不應該在這裡節外生枝！」

金髮男子指責他的語氣帶有一定程度的責備，被連續的事情衝擊得有點煩亂的伊耶則不耐煩地回應。

「你不要阻止我殺人！」

怎麼，兩邊都是來阻止自己的同伴殺人的？雖然我們這邊的已經忘記他本來的目的了。

不過，伊耶？這名字好像……有點微妙？有種莫名的熟悉親切感？為什麼啊？我不可能認識他啊？

「我們與夜止現在不是戰爭狀態，你隨意殺他們的人會有糾紛，陛下沒有吩咐過這樣的任務！」

「雅梅碟，不要在我面前提到陛下！」

噗！呃咳！咳咳咳咳咳咳咳咳咳！

在伊耶喊出他同伴名字的一瞬間，范統整個爆噴出一口氣來，然後被口水嗆到，蹲到旁邊咳嗽不止，差點跪倒到地上。

伊耶——！雅梅碟——！

這是什麼？不要——住手——？難怪這麼耳熟！你們明明是西方人，名字讀音這麼剛好像是日語是怎麼回事！太超過了！這可以拿來當人的名字嗎！別人叫你們的名字時多尷尬？堂堂兩個金線的高手……不行，我臉上抽搐了，而且根本只有我會聽成日語的樣子……

「范統，你怎麼了？」

月退拍拍他的背，不明白他為什麼會突然失態。

這是個不能說的祕密，你別問了。

范統在這裡腦袋炸掉，那邊殺與不殺的爭論還是繼續著。

「你對這次的任務幾乎都沒有貢獻，為什麼你就是不能好好跟著一起殺雞……」

殺雞？啥？啥殺雞？我聽到了什麼？我聽錯了嗎？其實我聽到的是一種跨國界全民運動？其實是馬殺雞？

「我的劍不是做這種低能用途的！」

伊耶臉孔扭曲地回答，范統倒是覺得自己很能體會他生氣的原因。如果他剛剛聽到的真的是殺雞的話。

「總之你不可以殺他！你已經害我們的祕密行動被發現了！」

「喂喂喂……你們等一下，你們為什麼自己討論得那麼高興？要殺我們的人，要先問過我吧？」

音侍在旁邊聽了很久了，終於忍不住再度心中無祖國地以西方城的語言插嘴，新生居民跟西方城的人都聽得懂，所以依然只有綾侍聽不懂。

您總算說出一句比較正常的話了，音侍大人，比剛才嘲笑綾侍大人報應不爽的好多了……

「怎麼又是……」

雅梅碟現在才正眼瞧了瞧對方的陣容，然後因為看到音侍，他的臉色又變成了那種別人欠他好幾百萬的臭臉。

「啊，對，又是我。你們討論殺啊不殺的討論得那麼高興，至少也得打倒我再說吧？難道你們以為自己穩操勝算？」

如果是智商的話可能是對方獲勝喔，音侍大人。那個住手先生……雅梅碟先生看起來雖然有點呆，但是我覺得他還比您聰明一點……或者該說是腦袋正常一點。

「我們談我們的事情，你這夜止的人不要亂插嘴！懂不懂得禮貌！」

不，其實雅梅碟先生可能也半斤八兩。那麼就是綾侍大人跟不要先生……跟伊耶先生的智商對決了？

「話說回來，你們幾個魔法劍衛來我們東方城的領土做什麼？」

音侍總算抓到重點問了一個比較相關的問題，雅梅碟則立即正色回答。

「我們奉陛下之令，前來此地殺雞拔毛，回去給陛下做枕頭。」

……

啊？

正當大多數人都聽得腦袋一片空白，懷疑著「這是真的嗎」的時候，伊耶青著臉惱羞成怒地舉起手就狠狠朝雅梅碟的腦袋拍下去。

「不要把這麼可恥的事情說出來！別人問什麼你就答什麼，你是笨蛋嗎！」

……啊？

慢、慢著，本來很像是假的，我都想嘲笑你們理由可以再爛一點，說謊都不打草稿，天底下哪有這麼可笑的事情，可是這反應看起來卻很像是真的？

搞什麼啊！東西方的高層都在殺雞拔毛？這雞跟你們犯沖嗎！流年不利啊！還是該說兩邊的高層都不知道在想什麼，自貶身分打混摸魚做得很兇？

所以先前遇到的那個金線高手跟那些落月士兵也是來拔雞毛的？為什麼不早說！言語明明可以溝通！早說的話，我把雞毛交給你們就沒事了，就別殺我了嘛！目的一致搞成這樣，結果動刀動劍的死傷慘重，漁翁得利的還不是雞？

「你們為什麼這種反應，他們說了什麼？」

這種沒得參與的感覺很不好，所以綾侍皺著眉頭發問。

「他說他們是來拔雞毛的。」

音侍難得正常給他翻譯了一次，卻馬上招來綾侍的狠瞪。

「你當我沒長腦袋嗎？就算聽不懂我也知道不可能是說這個！你能不能少開一點玩笑？」

不……綾侍大人，這次真的是您誤會了，您對音侍大人的成見太深了，他們真的是這麼說啊……

「啊？我？死老頭，你胡亂冤枉人，我是老實告訴你內容的耶！」

音侍一臉無辜又委屈地抱怨，一旁的月退跟璧柔也好心幫忙作證了。

「他們真的這麼說。」

「是啊，綾侍大哥。」

即使有兩個人的作證，綾侍還是不太相信的將眼光投向第三個人。

「真的？」

……不要問我，不要問我啊，我只會說反話，這樣不就變成找音侍大人的麻煩了嗎？

對了，這問題可以點頭嘛！

在范統急忙點頭解決問題後，綾侍又有了新的疑問。

「他們拔雞毛做什麼？」

「……回去給他們的陛下做枕頭。」

月退在回答這個問題的時候，眼神彷彿飄向了遠方。

「死老頭，你冤枉我都不道歉……」

音侍看似很介意地唸著，綾侍則瞥了他一眼，看來毫無歉意。

「真是抱歉。既然你來了，關於落月的魔法劍衛與其部下未經許可入侵我國領土的事情，應該怎麼處理？」

綾侍大人，您腦袋燒壞了嗎？您怎麼會想問音侍大人這麼正經的議題該如何處理？搞不好他會回答您「那我們就同心協力一起快樂去拔雞毛啊」？您有沒有想過啊？

「啊，傷腦筋，我不太想管這事情耶，我們是來拔雞毛的，還沒有拔完……」

幸好音侍這句話是用東方城的語言說的，不然對方要是聽到他們也在拔雞毛，不知道作何感想。

「就算他們真的只是來拔雞毛，也不能就覺得不重要，放任敵國的人在我們的地方亂走吧？」

綾侍瞇起了眼睛，看起來對他的答案非常不滿意。

「啊！對啊！綾侍你好聰明，我都沒想到，這樣他們會跟我們搶雞毛的！」

當音侍一拍手一副恍然大悟的樣子說出這樣的話時，大家都不知道該對他說什麼了。

這就是大人物的腦袋的思路嗎？原來處理這麼敏感的事情的最重要原因是為了雞毛的利益糾紛？講得好像是什麼很珍貴的東西似的……

「你……」

跟音侍在一起，常常有機會體會到氣到發抖的感覺，大概無論過多久也無法免疫吧。

「那我叫他們滾，雞是我們要殺的。」

如果說「雞是我國資源應該妥善保護」，聽起來還好一點，結果只是叫別人不要殺，自己來殺，這實在是……太直白？

「我們殺的人要計較嗎……」

范統本來是想說對方殺的人也該計較一下的，畢竟他自己就差點被殺了，就這麼當作沒這回事，感覺很差。

至於說出來的話變成這樣實在不是他能掌握的。

仔細想想，落月的傢伙好像也沒殺到人嘛！都是我們殺的啊……綾侍大人殺了一地，我的拖把意外殺了幾個，音侍大人重傷一個……結果我們才是壞人嗎？

「我們清除入侵者，理由正當。」

綾侍想也不想就這麼說。音侍便跟著開口。

「打也打了，殺也殺了，叫他們離開就好了。」
「如果他們不肯走呢？」
「咦？那就算了。」
「……不是應該開戰嗎？交涉無用就用武器驅逐吧？」
「啊，可是綾侍你又打不過人家。」
「那個小孩子當然是你應付，另外一個我就沒問題。」
「可是我不打小孩子跟女人啊。」
跟音侍講話總是會很累。而這邊在吵架，那邊也在吵架。
「事情沒有和平解決的話，雞毛也不用拔了，這樣有負陛下的交代……」
「那個愚蠢的任務我已經不想理會了！你還想跟敵人講道理？」
「我們也不是佔上風吧？兩敗俱傷有什麼好處嗎？」
伊耶聽了雅梅碟這麼說之後，咬了咬牙。儘管他內心有十分強烈的廝殺慾望，因為難得遇上值得動手的人，但在人多出這麼多之後，現實還是有很多事情需要考量。
儘管他做事的時候一向不怎麼顧慮其他因素，不過除了現實因素，也還有另一個讓他在意的問題。
「喂喂，你們討論完了嗎？我們可以當作沒看到你們偷偷潛進來的事情，不去跟櫻報告，但你們必須在一個小時內離開我們的領土，這期間不能傷害東方城的人，這是我們這邊的意見。」

大家好歹也是時常在沉月通道搶人時遇見交手的老交情了，溝通一下應該不成問題，音侍是這麼想的。

不過他那句偷偷潛進來莫名地讓人有種不知道該說什麼的感覺。

真的要說偷偷潛進來……璧柔才是吧？這才是名副其實的偷偷潛進來吧？甚至都已經從偷偷潛進來變成光明正大名正言順的東方城居民了，這實在是很可怕啊……

伊耶不發一語，不知道在想著什麼，看來是把決定的權利交給雅梅碟了，雅梅碟想了想，事情似乎也只能這樣解決，所以他同意了這個要求。

要知道他們一個小時後有沒有離開很容易，這裡既然是東方城的領土，他們自然有監視的手段，也就是說，不能表面上敷衍，答應了就必須做到才行。

「綾侍，他們答應了，我們可以走了，快去繼續殺雞吧，不用管他們了。」

「哼。」

綾侍沒反對這個意見，瞥了他們一眼後，便去處理那兩名昏迷的女學生的事情。

「啊，對了，還有小硃……咦？小硃？」

在音侍忽然想起硃砂的事情時，他也看見了忽然出現在這裡的硃砂，頓時出現了一點疑惑。

范統也沒注意到硃砂是什麼時候出現的，因而有點訝異地看看硃砂，再看看月退。

「咦？」

他還特地到剛才放下人的地方看看，沒看見半個人影，於是他忍不住發問了。

「那個男生呢？」

又問錯了。

「哪個男生？」

月退這倒不是裝傻，是真的愣住了。

「剛剛不是女生嗎……剛才那個到底是不是小硃？小硃，你是男生還是女生啊？」

音侍的腦袋有點轉不過來，如果剛才那個女孩子不是硃砂，那麼人又上哪去了呢？

「我不懂這個問題。」

硃砂冷淡地回答。綾侍在聽見這邊的狀況後，也冷淡地看了過來。

「音，你現在已經性別不分到這種地步了嗎？」

「啊！才不是！剛才明明……小月，你不是說那個女生是小硃嗎？」

月退僵了一下，遲疑了一下，然後搖頭。

「可能是您記錯了。」

不知道為什麼，范統可以理解月退為什麼會反應這麼生硬。

因為他不習慣說謊。看起來他應該是想隱瞞什麼事情。

「咦？拖把的主人你應該也有聽到吧？」

……

您叫誰？

比起范統這個人或是他的名字，音侍印象比較深刻、有記住的，居然是他的武器，姑且不論拂塵記成拖把的問題，他的名字都已經這麼好記了，音侍居然還記不住，這也太黯然銷魂了。

求求您記住我的名字！不管叫小范小統還是小范統都好，再怎麼樣就是別叫我拖把的主人！這什麼糟糕玩意兒！

「啊，為什麼不回答我，有拖把的人難道不是你嗎？那到底是誰啊？」

這個時候，綾侍已經讓兩個女生清醒過來了，他似乎不太想再讓音侍浪費時間，所以過來阻止了這個話題。

「那種一點也不重要的事情就別管了，已經白白花掉多久的時間了？快去把你殺雞的工作做好，難道你還想來第三趟嗎？」

「唔？只要是跟小柔約會，去哪裡去幾次都沒關係啊。」

音侍一面回答，一面對璧柔露出笑容，當場讓璧柔又陷入了興奮花痴的模式。

「呀！音侍，你好帥喔！」

這直白的讚美居然讓音侍不知所措了一下。

「啊，有嗎……」

一個長這樣的人居然會到現在還不習慣被說帥，這實在是太不可思議了，也許是東方城的少女表達都比較含蓄吧？

他們處理這些事情處理完，西方城的人就已經不見人影了，見他們離開，綾侍才問了音侍一個問題。

「音，剛才那個小孩子你有把握打贏嗎？」

綾侍知道，自己跟伊耶交手，是肯定落敗的，所以他想知道，換成是音侍有沒有勝算。

「啊，沒打過，不知道啊。看起來是結合了魔法、邪咒和劍術的行家，不過我會的東西比較多，也許有贏面吧？」

音侍沒有立即肯定自己能獲得勝利，讓綾侍皺起了眉頭，這時候璧柔又插了一句話。

「音侍！你會好多東西喔！邪咒你也看得出來？你到底會哪些啊？」

「啊，我精通術法、符咒、劍術、魔法，邪咒是通，但是不能用，武術也不錯，不過在熟人面前會失去警覺心，所以我常常被這死老頭打中……嗯——我最擅長的是劍術。」

……東方城的術法、符咒、武術和落月的魔法、邪咒、劍術……您根本是兩邊全通了嘛！要怎麼樣才能辦到這種事情？天才才做得到嗎？可是音侍大人您這種少好幾根筋的樣子分明一點也不像是天才啊——

「你最擅長劍術，為什麼是術法軒掌院……？」

璧柔問出了范統心中也有的疑惑，音侍則頓了頓，想了想，然後好像終於想起了原因。

「啊！好像是因為……違侍說他想當，我不想給他當，所以我把他打敗了，然後就……」

搞半天是見不得人好。那現在違侍大人也當上武術軒代掌院了，您怎麼不去搶過來一人兼任二職？

「嘖，只要提起死違侍就生氣，那個討厭的傢伙。要是今天的事情他知道了，一定又恨不得鬧大，哼。」

音侍說著，便自己不高興了起來，綾侍則輕輕嘆氣幫違侍說了一句話。

「他其實也不是壞人，只不過是個深信自己所做的事情都會讓這個世界變得更好的智障罷了。」

雖然看起來是幫違侍說話，范統還是感到一陣無言。

綾侍大人，您真狠……人家通常都會用傻瓜、笨蛋之類比較沒那麼貶低人的詞，您口頭上說他不壞，卻直接就拿出智障這麼嚴重侮辱人的詞語來，您真的對他沒有惡意嗎？

「綾侍你在說什麼，好複雜我聽不懂。」

「……智障跟智障倒是挺配的。」

「啊！什麼！你怎麼可以說我是智障呢！」

快點把雞毛拔完吧，您們別再鬧了，真是的。

談。

先離開了現場的伊耶、雅梅碟與他們殘存的部下，在距離夠遠後，也開始進行了私下的交談。

「伊耶，我聯絡不上他，不過用魔法偵測後，他應該已經離開這裡了。」

雅梅碟指的是和他們一起來的另一個同伴，他們在被青平風暴拆散後，一直還沒碰到面。

「可惡，膽敢自己先回去……」

一想到有人先溜了，自己還得跟這個笨蛋同伴繼續陷落在這個拔雞毛的蠢任務中，伊耶的話就說得十分咬牙切齒。

當然，他們那個同伴被音侍斷了一隻手臂，然後被部下帶著緊急撤離的事情，他們是不會知道的。

「雅梅碟，剛才那個女人……」

「哪一個？」

他們到現在還把綾侍當成是女人。

而被問到這個問題的伊耶明顯呆滯了一下，因為他回答不出來。

「你這無視人臉的習慣能不能改一改？」

雅梅碟感到無奈。伊耶看著人的時候，總是沒把對方的形貌印進自己的腦袋，通常他看的都是對方的劍招軌跡、魔法流動方向等物，至於人體本身，他根本只判別部位好知道該攻擊哪裡，除此之外就沒有了。

在這種習慣下辨別男女，只不過是第一眼的粗略印象。

「好吧，那你要說什麼？」

看伊耶不說話，雅梅碟只好接著問。

「……」

伊耶依然沉默，於是雅梅碟更加無奈了。

「被人打斷話，常常轉眼就忘記要說什麼的毛病也改一改吧？」

這可不是想改就有辦法改的。連續被點出兩個弱點，伊耶有點惱羞成怒。

「我已經想起來了！那個女人很奇怪，她會說西方城的話……」

「什麼？音侍是男的吧？」

雅梅碟覺得自己好像聽到了什麼不可思議的話，所以不由得打斷了他的話。在他的認知裡，會說西方城的話又很奇怪的就是音侍，畢竟之前璧柔說話的時候他不在場。

「音侍又是哪一個啊？」

伊耶快要失去耐心了，也有點被搞混了。

「就是後來出現的，那個黑色頭髮的男人啊。」

伊耶根本不記得誰是黑頭髮，不過後來出現這個敘述他總是知道不對的。

「不是後來出現的！」

「綾侍也會說西方城的話？」

「也不是綾侍！」

伊耶總算想起來自己戰鬥的對象是綾侍了，倒不是他認得他，只是空氣中對東方城居民才有效的綾侍符禁令，氣息通通是來自他對戰的對象。

「好像還有一個女人吧，但她應該是新生居民不是嗎？新生居民會說西方城的話有什麼好奇怪的？」

雅梅碟這麼說之後，伊耶還真的一時之間找不到話可以回。

哪裡奇怪？因為她喊得出他的名字？但是士兵也有喊，聽到也不奇怪。

伊耶回想不起來他當時會在意的點到底是什麼，事實上，璧柔到底說了些什麼，沒說完的那句話開頭是什麼，他也都不記得了。

「別管這個了，我們只剩下一個小時，不快一點不行……」

「快什麼？」

聽到伊耶這麼問，雅梅碟露出一副覺得他搞不清楚狀況的表情。

「當然是想辦法在一個小時內拔到做枕頭夠用的雞毛，以不負陛下所託啊！」

「……」

「這是我們的任務，你難道連這個也忘了嗎？」

「……」

就是因為沒有忘，伊耶才會無話可說，同時非常想賞這個腦袋有問題的同伴一劍，讓他去投胎，看下輩子會不會變正常。

「萬一真的來不及……伊耶，你擅不擅長偽裝？」

「問這個做什麼？有什麼用處？」

「這是後備方案，如果來不及拔到做枕頭的雞毛，我們至少要有一個人設法潛入夜止的城去……」

在聽到這裡的時候，伊耶還以為雅梅碟轉性了，居然會想潛入東方城做什麼情報探聽之類的滲透工作，或者恩格萊爾還是有交付什麼祕密任務，但在聽完整句話後，他發現他錯了。

「不管是你還是我都可以，潛入夜止城裡去買一個雞毛枕頭，這樣也可以算完成任務！」

「……」

潛入夜止……就只是要買一個枕頭？

還用買的？不會直接用搶的？貨幣呢？你有夜止的錢嗎？

難道用搶的怕被人發現，然後西方城魔法劍衛特地進夜止搶一顆枕頭的事情傳遍整個夜止，再傳回西方城，讓魔法劍衛顏面盡失？

如果還知道什麼叫做丟臉的話，這種提議根本不應該出現啊——！

伊耶在「如果真的要搶，為什麼不多搶一點湊個十顆枕頭算了」的思考出現之前停止去想這件事情，然後非常果決地用劍鞘直接一招敲昏雅梅碟。

「伊耶大人……」

看到伊耶對雅梅碟使用暴力，士兵們都有點傻眼。

「扛起來，帶走，回家。」

伊耶冷著臉直接下達了指示，就這麼結束了這場魔法劍衛到東方城收集雞毛的鬧劇。

范統的事後補述

我們拔雞毛升個級真是艱辛，還得過關斬將、幾經波折……我從來沒想到拔個雞毛也會遭遇生命危機，拔個雞毛硃砂也會變性，拔個雞毛璧柔跟音侍大人也會分手……呃，沒有這回事，我也沒有詛咒他們，可能是詛咒中久了即使是內心說話都會不太正常吧，啊哈哈哈。

經過多方面的了解，我們遇上的是魔法劍衛們，可以說是落月的大人物。那個矮個子還讓綾侍大人差點不敵，真是難以想像。

本來以為會有什麼滔天陰謀或是衝突，不過，他們卻是來這裡拔雞毛的。

聽說是因為他們的皇帝想要做雞毛枕頭。我只能說，搞、搞、搞什麼亂七八糟的東西啊！你們是不是腦袋都裝水泥？你們搞屁啊！

會為了雞毛枕頭特地派金紋階級的強者去敵國的人也是有毛病吧！

有毛病啊這個世界！

不過殺過三十萬人的落月少帝，跟這要枕頭的形象好像不太符合啊……？可能想成血腥大魔頭是我個人的誤會？一個人本來就有很多面，聽說少帝年紀還輕，搞不好也還很幼稚嘛……

解決一連串的問題重新上路後，在傍晚的時候，我們終於拔到了足夠的雞毛。

音侍大人的殺雞路線還是一樣豪邁，也幸好他殺得很專注完全不管我們，我們才不必遭受他跟璧柔的閃光攻擊，雖然如此，在一切結束後，拿到雞毛的那一瞬間，我感覺到的不是感動，而是腰痠背痛……

明天開始，我就是草綠色流蘇階級了！有薪水了！哈哈哈哈！這還是值得興奮一下的，儘管現在大笑會讓我覺得全身都痛。

而且在這之前，還是得先去找珞侍拿我們的雞毛和雞皮，以及解決一下硃砂的問題……

章之四 記憶的片頁

『恭喜，第一次進行記憶解封，期待嗎？』——珞侍

『我總覺得按照我的人生走向，會想起來的可能也只是最後一餐吃了什麼之類的東西啊……』——范統

勞累的殺雞拔毛活動告一段落後，原本范統還以為可以大家一起吃個飯，讓他順便賺一餐的，可惜事情不如他所願。

「櫻沐浴的時間快到了，我必須回去做準備。」

這是綾侍的說法。擔任女王的近侍……到底該不該說很辛苦呢？

「啊，還有時間嘛，那小柔我們去找個地方看風景。」

這是音侍的說法。難得他開竅了想來個一對一的約會。

「好啊——去哪裡都好——」

這不用說也知道是誰。當然就是璧柔了。

有錢的人都要做自己的事去了，范統、月退跟硃砂當然也只能在跟另外兩個可愛女生告別後，自己回宿舍吃公家糧食去。

不過范統回到宿舍做的第一件事並不是吃飯，他本來就對公家糧食興趣缺缺。對他來說，

他想先了解的，是硃砂的事情。

「月退，硃砂到底是怎麼回事啊？」

其實本人就在旁邊，這問題應該直接問本人，但范統總是不太敢跟硃砂說話，所以才選擇問月退。

「你們才是怎麼回事呢，你們為什麼這麼奇怪？」

月退還沒有回答，硃砂就不太高興地搶先開口了。

「硃砂，之前那個女生真的不是你嗎？你到底是男生還是女生？」

既然硃砂都說話了，范統也只好改變說話對象。幸好第一句說出來的話還可以理解。

「哪有什麼男生女生之分，人生下來就是擁有男性面貌和女性面貌啊！」

聽硃砂這種說法，范統頓時冒了點冷汗。因為硃砂是很認真不開玩笑的人，所以，這是代表之前月退說那個女生是硃砂的事情是真的了？

「月退說只有我是這種狀況，你們都不是，不要讓大家知道比較好……為什麼你們都不會變？」

硃砂似乎無法理解同為人類為何有這麼大的差別，而經過了這麼長的時間，月退也已經冷靜下來思考過了，便以自己的想法向他解釋。

「硃砂，新生居民畢竟是來自各個世界，每個世界有自己本身的特色，你們世界的人都擁有兩種性別，但那可能是你們世界才有的現象，我們都沒有那種能力。」

這樣聽起來也有幾分道理。硃砂沉默著，看起來好像正在試圖接受，而范統還是對他這特殊的生理現象感到好奇。

「你可以變一次給我看嗎？沒親眼看到實在很容易懷疑。」

很難相信變成很容易懷疑……算了，意思是一樣的。

「小事一樁。我才不像你總是喜歡說謊呢。」

硃砂對他的成見依然很深的樣子，而他在答應後也隨即變身，於是「砰」的一聲，就像是變魔術，霧氣效果消散後，出現在兩人面前的便是一個俏麗的美少女了。

哇！這不是作夢吧！真的變成女人了！而且就近仔細看看，身材還真好！

這樣子我們還能繼續當室友嗎？我跟月退都是正值青春的男性吧？雖說要是真的夜襲，也會有對方忽然變成男生導致夜半驚魂的危機，不過這凹凸有致的身段真的很讓人垂涎啊……

「為什麼不是大家都這樣啊？這樣人家怎麼辦？」

硃砂變身之後聲音跟說話模式都有點改變，范統有注意到這一點。

「什麼怎麼辦？」

「就是選定伴侶的問題啊！」

聽到硃砂這麼說，兩個人一時都有點疑惑，搞不懂她要說什麼。

「我原本的世界，每個人都擁有男性面貌與女性面貌。在選定伴侶的時候，必須自己體內的男性與女性和對方體內的女性與男性都看得順眼才可以，在戀愛的過程中，也可以和對方另一個性別的樣子成為好朋友……但是你們卻只有一個性別！這樣就……這樣就……」
這樣就不能一石二鳥、一箭雙鵰、一心二用了是吧？我懂。啊，請不要在意我剛才用的成語，那都是一時心直口快亂說的。話說回來，原本一男一女看對眼就不太容易了，你們還得兩男兩女都同意，這交往機率會不會太低啊。
「范統那傢伙不能變成女人就算了，反正我不喜歡他，也對他會有什麼樣的女性面貌完全沒有興趣，可是月退你為什麼不行呢……」
喂喂喂，差不多一點，沒事挑剔到我身上來做什麼？我也一點都不想幻想自己變成女人的樣子好不好！咦？妳後面那句話的意思是……？
「我、我？」
月退整個人又緊張了起來，感覺上他應該是不習慣跟女生說話。
「是啊，我覺得你是很理想的對象，女性面貌應該也很好的，可是你居然只有一個性別……」
哇喔，這算是告白嗎？搞半天，硃砂妳對月退有興趣啊？
我覺得客觀一點來說，應該是「你居然有兩個性別」，而不是「月退居然只有一個性別」才對吧。
「理、理想的對象象象？」
月退慌張的臉色可以用精采來形容，他說話也結巴了起來，范統完全是當旁觀者在看好戲，反正這事情與他無關。

「是啊！我本來就在想，了解你的女性面貌後再問你願不願意跟我交往的，可是事情卻變成這個樣子……」

不是變成這個樣子，是本來就是這個樣子。反正都這個樣子了，妳就試著讓自己的兩個性別都愛上月退不就好了？我觀念很開放的，就算你們要談這麼另類的戀愛，我也不會因而看不起你們啦。

「我……」

月退像是沒面臨過這種狀況，大概也沒有異性對他直接表達過想進一步深入交往的意思，所以他完全不知道該怎麼處理，只能用求助似的眼光看向范統。

咳，月退，就算你那樣看我，我也幫不了你啊。你該不會又要說你沒受過面對這種情況的教育，所以不知所措了吧？這種東西老師不會教的啦，要自己在經驗中成長，我相信你很有潛力。

雖然第一次被告白對象就有點特殊，但我相信你會堅強振作起來的。

「難道要分成兩個人嗎？可是這樣又太複雜了……」

硃砂抱怨完便又自言自語了起來，看來她的想法正在往「找一個男性情人給自己的女性面貌，再找另一個女性情人給自己的男性面貌」的方向發展，這讓范統覺得不太妙。

一般來說這叫劈腿吧，還會被誤以為是雙性戀，這種三明治關係用想的就覺得很恐怖，妳還是不要比較好。說不定女方還會跑來打月退一巴掌說「你這個不要臉的男人居然勾引我男朋友」……算了，還是不要想太多好了。

「這種事情以後再想不遲，新生居民可以活很久，現在還是求學為重吧……」

月退選擇了這種說法來勸她，有點逃避的意味。

「嗯……其實是不急沒有錯，學業也很重要……」

硃砂心中那份認真求學的熱忱似乎被喚醒了，她總算決定將尋找伴侶的事先拋在一邊。

而他們也說好了，替硃砂保密。畢竟說出去後，硃砂有可能因為女性面貌的問題不能繼續跟他們住在一起，基於目前相處得好好的，不想換室友的前提下，這件事情就成為他們共同的祕密了。

符咒通訊器真的是個十分方便的東西，雖然范統的昨天弄丟了，但還有月退的可以用。

靠著符咒通訊器，他們很容易就聯絡上了珞侍，約好早上上學之前帶他們去繳交雞毛和雞皮。要不是有符咒通訊器，他們還真不知道該上哪找人，畢竟神王殿那種地方，不是他們隨便說一聲要來找朋友就可以隨便進去的。

珞侍帶來了上次替他們保管的物資，以及綾侍重新做好、要補給范統的符咒通訊器，一樣跟他們約在宿舍門口，也一樣遭人側目。不過范統現在已經不會像之前那樣不自在了，頂多是覺得背上被看得癢癢的。

「你們一大夥人昨天一起去殺雞拔毛啊？聽起來好像很有趣的樣子……」

走去辦事處的路上，自然免不了閒聊。珞侍在說這話的時候面上不自覺地浮現了少許羨慕的神色，似乎很遺憾沒能參與他們的團體活動。

一點也不好玩。一直追著音侍大人斬完的動物屍體跑、一直彎腰拔毛，累死了。而且還遇上落月的人，以你這麼仇視落月的個性，肯定會出亂子。

「下次有機會，你也可以跟我們一起去啊。」

月退友善地表示出歡迎之意，聽他這麼說，珞侍又臉皮薄地別開了臉。

「我也不一定有空的！反正……反正如果要我幫忙，再通知我，我有空就會考慮。」

我覺得你看起來就算有事也會推掉趕來。害羞些什麼嘛，真是的。

「是嗎……真可惜。珞侍有很多事情要忙吧？如果能一起活動應該會很快樂啊……」

月退絲毫沒察覺珞侍說的不是真心話，就這麼接著說了下去，珞侍面對他那張肖似暉侍的臉一陣僵硬，過了好幾秒，終於投降放棄。

「我其實也不是那麼忙啦……先約好就沒問題了……我也、我也想去……」

最後那句「我也想去」幾乎小聲到聽不見。范統實在不曉得他到底在內向害羞些什麼。

「那真是太好了。」

月退對他露出燦爛的笑容，珞侍則好像不知道眼睛該看哪，迅速轉過了頭。

遲鈍真是個可怕的缺點，天然真是個可怕的武器啊，月退。

「范統，你沒睡飽嗎？眼神渙散了呢……」

月退關心地問了他一句，范統則乾笑了一聲。

「沒事、有事。」

「到底是沒事還是有事……」

我也很想知道。這天殺的詛咒。

繳交物資的辦事處，設在神王殿的附近，看起來是個十分寧靜的處所，沒有什麼出入的人。

生意真差的感覺……噢，用生意來比喻可能不太貼切。的確啦，可能一個星期都不見得有一個人來升級，這裡自然冷清嘛。

「你們進去吧，我在外面等你們。綾侍應該也在裡面等著了，我告訴過他你們會來交物資。」

珞侍後半段的話讓他們兩人頓了一下，搞不清楚狀況。

「……你們該不會都忘記了升一小階可以解封一小部分記憶的事情了吧？」

「喔。」

范統一臉就是忘了的表情，月退則露出了些微驚訝的神色。

「范統，你這副忘記了也沒什麼大不了的表情是怎麼回事？」

你那不滿的語氣才是怎麼回事咧。我一定要表現得很震驚的樣子才行嗎？像是「喔喔喔喔喔！對喔！有這回事啊？我居然忘記了！」這樣？這不符合我冷靜知性的形象啊。

「因為我又不知道我記得什麼，忘記了也沒差啊。」

別把我的話顛倒得好像我是個醉生夢死的人好嗎？

「你是想說……反正你想起來還是會再忘記，所以沒差？」

珞侍皺眉試圖翻譯，他已經有點搞混了。

不！不是！你弄錯了！

「我是說我沒忘記的東西反正也不知道是什麼了，那麼我當然很在乎啊！」

「我不想跟你說話了，好累。」

喂！不要這樣好不好，語障的人也是有發言權的啊！

「算了，無論怎樣都好，我們離開吧，月退。」

「喔，好。」

月退似乎從出神的狀態中清醒過來，應了他一聲好。

……你在作夢嗎？我把進去說成離開，你還說好？

幸好這句要理解比較容易，珞侍幫忙補充解釋後，月退就乖乖跟著他一起進去了。

交雞毛和雞皮的手續十分簡易，讓負責人員從新生居民的印記辨認身分、點完物資、交回原本的白色流蘇，接著嶄新的草綠色流蘇就發到了他們手上，這意味著他們也成了有薪水的階級，不再被列為無用人口了。

「綾侍大人在裡面等著進行記憶解封了，到裡面的房間去吧。」

綾侍已經在裡面等他們，這還真讓范統有種自己是什麼重要貴賓的感覺。

掀開紗帳進入內室後，綾侍美麗的身影便在房間的中央靜坐著，見他們出現，他也公式化地交代一下。

「負責記憶封印與解封程序的人是我，我想你們應該也知道了。也就是說，你們每次升級都會在這裡見到我，不過昨天才見過，今天又見面，早就沒有什麼新鮮感了吧。」

的確是。現在見到大人物好像已經可以習以為常了，呃，女王例外。

如果是米重手上有雞毛跟雞皮，他一定會為了爭取兩次見面機會，把雞毛跟雞皮分成兩次交……

「該做的事情做一做吧，你們誰先？」

范統對於誰先其實沒有意見，在他看向月退想了解一下他的意思的時候，月退略帶遲疑地開口了。

「那個……范統做就可以了，我並不想進行這道手續。」

聽到這樣直接的拒絕，綾侍和范統都有點意外。

「第一次聽到有人不想接受記憶解封的程序……為什麼呢？」

「是啊，月退，為什麼啊？放棄感覺很賺耶，記憶拿了也是白拿啊。」

我是說放棄很吃虧，不拿白不拿啦……

「我對目前的生活很滿意。我不想要有任何改變。」

月退半垂著眼皮這麼回答。這理由聽起來還算合理，就是龜縮了點。

「每個人的選擇我會尊重，你既然不想做解封手續，我也不會勉強你。」

綾侍算是答應了他的要求，接著看向范統。

「那你呢？你如果也不想做，我也省事，現在就能直接回去了。」

……您怎麼說得一副好像希望我放棄，反正我的記憶一定也沒什麼價值，幫我解封是浪費您的時間的樣子啊？就算我覺得記憶這種東西忘了後不痛不癢，也不是這樣子的吧？

「你要做！」

嗚啊！這什麼讓人想一頭撞死的錯誤！

在被詛咒扭曲的話脫口而出之後，范統就覺得很不妙，果然綾侍看向他的眼光立即變得帶有幾分冷淡。

「口氣倒是很大啊，居然使用命令句？」

「我我你只是太悠閒一時口誤……」

我是說太緊張啦！太緊張！雖然這也不是真正的理由……我到底有沒有必要跟不常見面的

綾侍大人解釋一下我的語言障礙呢？搞不好他也會跟硃砂一樣不相信……

「范統他的嘴巴有的時候有點不聽話，我想他只是想表達他想做……」

月退好心地幫忙解釋，范統也以感激的眼神瞧向他。

「這次不跟你計較。如果你碰到的是違侍，你就會想改掉這種毛病了。」

就算沒碰到違侍大人，我也很想改掉我嘴巴的毛病。可是這不是我想改就能改的……當年那位阿姨，妳可不可以收回妳的詛咒啊！都幾年了還沒氣消嗎？

「那麼就過來吧，我為你施行解咒。」

范統依言走到了綾侍面前，帶著一點緊張的心情與一堆胡思亂想。

不知道記憶解封這方面的技術，到底是符咒還是術法？

其實符咒還是術法都不要緊啦，雖說綾侍大人是符咒軒掌院，但那不代表他的術法就不強，這種東西也未必要讓術法最強的人來做吧？

而且，假設身為術法軒掌院的音侍大人是術法的最強者，那讓他來處理記憶相關的事情，感覺只是更令人不安罷了，搞不好解封還會造成記憶錯亂，什麼跟什麼雞飛狗跳的……

解封記憶的手續跟封住記憶的手續差不多，綾侍的手在他面前優雅地轉動，接著便是一道浮水印般的咒印打進了他腦中，隨即開始發揮效力。

原來是封閉狀態的部分記憶，從關著它們的門流了出來，解封的過程感覺是很微妙的，因為那些事情都是本來已經遺忘的，如今重新想起來，卻也不知道該遭到衝擊還是自然地接受，畢竟這些記憶原先還是他的沒錯，要再重新迎接它們的歸來，似乎也不是一件難事。

那些緩緩流動出來展現在他腦海中的記憶，瑣碎而跳躍。有的是生活瑣事，有的是過去學過的東西，基本上的確就如他所想——無關緊要，有沒有想起來似乎都沒有太大的影響。

倒是某些鐵口直斷的生財職業能力浮現的時候，范統心驚了一下，搞了半天他記得自己的職業卻忘了怎麼做這一行，還絲毫沒察覺有問題，就這麼過了這麼久……這也太糟糕了點。

綾侍為他解封的記憶並不是封起來的全部，只是提升兩個階級後可以獲得的部分，因為量不大，在解封的過程中，這些記憶會在他腦中重新轉過一次，讓他清楚得知，而這個過程也快到了尾聲，結束之後，要怎麼整理這些不太連貫、有點雜亂的記憶，就是他的事情了。

解封的咒在他身上散發的光芒逐漸消失，而在過程結束的最後一瞬，從那即將封閉起來的記憶之門中流出的最後一句話，忽然讓他睜大了眼睛。

那句來自他記憶的一部分的話響起後，解封的咒也剛好失去了效力，整個手續到此結束，但他卻處在一片混亂與不解中，沒有相關的記憶輔助，讓他根本無法分析這突出到讓他完全無視其他記憶的話語，究竟是怎麼回事。

那句話其實很短，只有四個字。

即使是現在再回想一次，依然是那四個字，他確定自己沒有聽錯。

——「封印沉月」……

范統不能明白。

這句話為什麼會在他的腦中出現？

而這句話的意義與目的，又是什麼呢？

❀

「范統，怎麼了進去一趟就像失了魂似的？」

等在外面的珞侍一看到他們出來，就覺得范統怪怪的。

「別人是記憶解封，你是被勾魂啊？快醒醒！」

見范統沒有回應，珞侍索性一巴掌朝他後腦打下去，當場讓他哀叫出聲。

「好舒服！打我做什麼？」

「……要不是我知道你嘴巴有問題，我真的會以為你是變態。」

咦！太過分了，你那嫌惡的眼光很傷害人耶！

「范統剛才做完解封的手續就有點心不在焉了……是不是想起了什麼重要的事情呢？」

月退到現在對范統的語障知道的範圍還是只在「常常說錯話」的程度。而他這麼說完之後，珞侍就不以為然地看向了范統。

「例如因為嘴巴的問題一共被幾個女人拒絕的事情嗎？還是你猛然想起其實你還有一個指腹為婚的未婚妻？」

喂！為什麼一定得是男女關係這方面的事情啊！難道對你來說，我只會覺得這類的事情重要嗎！

儘管被誤會有點不悅，但他也不打算解釋清楚記憶的事情，畢竟連他自己都還沒搞清楚。也許回去再跟月退討論好了？兩個人想總比一個人有建設性，月退口風應該也挺緊的吧？想到這裡，范統下意識把頭轉向月退，然後大吃一驚。

「月退！你今天印堂發白，運氣很好，可能會發生好事！」

慢、慢著，我是說印堂發黑……啊！可惡！消災解厄的方法呢？居然還在被封印的記憶裡沒有想起來嗎？

「嗯？是這樣嗎？」

月退對這話沒有特別在意，畢竟好事的定義太模糊了，他實在沒有概念。

「月退、范統，今天放學還是約在學校門口吧。」

「……？」

「慶祝你們提升階級，我請你們吃飯。」

喔喔喔喔！有這種好事啊！

噢……不行，聽到有好吃的一時激動了，一般來說我還是很冷靜知性的，咳，咳咳咳咳。

「好的，謝謝你的好意。」

月退代替范統答應了下來，反正光看范統的表情，就知道他很想去。

「那你們去上學吧，我先回去了。」

從這裡走回學苑的路，他們自然是認得的，於是他們就和珞侍分別，朝學苑的方向前進。

回到熱鬧的大路上後，街上的人那種針對西方臉孔的不友善眼光便又出現在四周圍了，他們還是一樣裝作沒看到，通常那些人也只是瞪一瞪，在背後議論一番，不過今天的狀況卻有所不同。

當他們這條路走到一半時，突然出現好幾個人擋住了他們的路，光看神情，就可以知道他們不懷好意。

這、這是什麼陣仗啊？平常不也就是路過故意撞一下的程度而已嗎？除了上次搶劫比較過分……現在我們身上可沒有什麼東西好搶的啊？

還有，不是我在說的，諸位的面相看起來都是成不了大器的那種，感覺就是一輩子得當默默無聞的小人物，即使取了什麼氣宇軒昂的名字，報上去之後別人也不會記得……就算因為這樣，你們也不要自甘墮落自暴自棄放棄自己的人生啊！成為欺負人的三流壞人是不會有前途的！照照鏡子看看你們現在的臉孔就知道有多不上鏡頭！

「請問……你們有事嗎？」

眼前這些人擺明了是不會簡簡單單就讓他們過去的樣子，月退遲疑了一下，然後才用維持基本禮貌的口吻詢問。

你們真的沒有發現，你們站在這裡只是更加陪襯出月退的俊美嗎？就算人多勢眾找麻煩成功，也不會有女孩子為你們臉紅尖叫的，麻煩讓讓路，我們要去上學。

聽見月退的問題，對方那五六個人中站最前面的那個人一副志在必得的樣子，將他的流蘇朝月退遞過來。

「我要求決鬥。」

在他說出這句話後，月退微微睜大了眼睛，范統則是大大地睜大了眼睛，兩個人都有點懷疑自己有沒有聽錯。

再仔細看看，這些人拿的不是淺綠色流蘇就是白色流蘇……所以他們是打著打贏月退，然後名正言順奪走他努力的成果，讓他跌回白色流蘇的主意囉？

不過，這是不是打錯算盤了啊？你們以為我們是被音侍大人照顧，帶著殺雞拔毛才能升級，其實自己一點能力也沒有嗎？好吧，我也許是。但你們有沒有去問過武術軒跟月退同班的那些人？問問他們知不知道自己是怎麼被打倒的？你們自己也不過是最低兩個階級的，憑什麼認為自己有勝算？難道就因為月退看起來弱不禁風的樣子？

「對決？我？」

月退彷彿覺得這是很不可思議的事情，應該說，他根本沒預料過自己的人生中會有這種事情，所以他忍不住確認了一次。

沒錯，就是你，快上啊！給他們一點顏色瞧瞧！英文怎麼說……Give they some color see see？說起來月退到底懂不懂英文呢……不過不管懂不懂，我這麼破的英文水準都派不上用場吧……

「對。不敢接受嗎？如果拒絕，那就是直接降一小階。」

「……」

月退蹙起了眉，似乎不太喜歡現在的狀況。

「如果怕了就拒絕吧，還可以省下重生的一百串錢！」

那個人說著，他們那群人就轟笑了起來，看他們這種囂張的態度，范統忍不住在月退耳邊低語。

「月退，慢點把他解決，上學快要早到了！」

我是說直接給他難看，快速斃了他就好啦……順便給四周那些看熱鬧的人下馬威。

「知道了。」

你知道了？你、你知道什麼？你確定你了解我的意思？

「我接受你的挑戰，在我的手接到流蘇的時候開始吧。」

月退平靜地看著他面前這個大漢，伸出了手，將自己白淨的手掌平攤向上。

對方以一種隨便的態度把流蘇放到他手上，下一瞬間，在他招都還沒出，架式也都還沒擺好的情況下，忽然「唰」的一聲，接著是一聲悶聲，幾乎大家都什麼也沒看到，這名挑戰者就閉著眼睛倒往旁邊，昏死了過去。
這個狀況自然讓現場一片譁然，范統剛才有看到影子隱約閃過，應該是月退以非正常的高速手一揮重擊了對手的頭部，將其擊倒，這樣的秒殺的確是快到不能再更快了。
「下一個？」
月退將手中的流蘇拋回那個人身上，似笑非笑地瞧往其他擋住路的傢伙。
由於同伴被擊倒得太快，他們還有點反應不過來，等到終於搞清楚發生了什麼事後，又有另一個人被月退悠閒的態度給激怒而走上前來。
「不過是出其不意進行攻擊罷了！有什麼了不起？」
「是沒什麼了不起。」
月退淡淡地回應，也朝他伸出手。
「你也想試試？」
那個人忿忿地拿下自己的流蘇，像是覺得拉開距離比較有利而遠遠地丟給月退，月退也沒有因為這樣就不接，他伸出左手將空中朝他飛來的流蘇握住，而在他握住流蘇的一瞬間，又是人影一閃，「砰」的一聲，做出挑戰的人再度倒地。
月退則像是站在原地沒有動過一樣。
「還有嗎？」
剩下的幾個人目中流露出了恐懼與難以置信，圍觀的群眾也議論紛紛。

唉，月退，你這樣不對，你不會玩，要挑起氣氛的話，應該適時做一些讓步，比如說公開講明下一個挑戰的你讓他先攻擊，再下一個挑戰的你讓他十秒，或者你雙手不動，製造出越來越不利的環境才能吸引人家繼續下去嘛，你這樣不就沒戲看了嗎？用這種快到看不見的手法出手，大家無法實際看清楚，就無法深刻感覺到你很強啦……

好像是我要你快一點解決他們的。不過比起這種樂子，上學遲到一下又有什麼關係——

「嘖！這事情不會就這樣算了的！」

壞人即使要走，還是要留下一兩句狠話才能顯示自己好像沒有太失敗，不過街頭挑釁就這麼結束，范統還是有點失望就是了，畢竟難得有機會可以躲在朋友身後看朋友教訓人，自己不用出力還可以看得爽爽的。

『怎麼就沒有人找你決鬥呢？真是瞎了眼的一群人……』

忽然冒出來的一句話讓范統疑惑地尋找發話來源，然後才猛然想到是他的拖把在作祟……在說話。

沒有人找我決鬥還不好嗎？難道你就這麼想大展身手？你以為正常狀況下的我真的曉得怎麼使用拖把？

因為旁邊有人，范統不想開口回答噗哈哈哈，這樣看起來會好像對著一根拖把自言自語，那場面可不太好看。

『好無聊喔，我繼續睡覺了……』

沒有人拜託你醒來啊，先生。當個武器還這麼大牌，這到底是哪裡來的大爺啦……

經過早上無味的術法軒課程後，在月退的勸導下，范統終於做出一個決定，那就是跟月退一起，再次踏入武術實戰課的教室。

其實，要不是他自己也有那麼一點意願，就算月退說破了嘴也不可能說動他的。而他之所以會想再嘗試一下武術這門科目，除了上次拿著噗哈哈殺人的事情，符咒學上遭遇的挫折也是個原因。

這樣說起來其實很無奈。術法完全沒有希望，符咒礙於嘴巴問題無法使用，變得他不得不慎重考慮把原本想丟掉的武術撿回來練。

坦白說，他依然不覺得自己有任何武術上的天賦，而且也依然對武術興趣缺缺，為了未來出路必須勉強自己嘗試自己不喜歡的東西，想來想去還是覺得很悲慘。

這兩天經歷的事情，已經讓他有種「我的記憶是不是有什麼問題」的感覺，雖然還沒有很深刻，可是這種記憶不可信的感覺實在很差，如果可以一口氣把全部的記憶都解封就好了。

但這當然是不可能的。這種不合體制的事情，綾侍自然不可能為他破例，據說新生居民要想解開所有的記憶封印，必須升到純黑色流蘇才行——簡單來說，就是再怎麼樣都不會讓你拿回所有記憶的，東方城純黑色流蘇的人也不過女王跟音侍兩個，像他這種普通人想升上純黑色流蘇，那簡直是痴心妄想。

即使這輩子升到純黑色流蘇無望，尋找各種提升實力的途徑，還是很要緊的。

月退之所以到今天才拖著他回來上武術實戰課，主要是因為之前武術實戰課的機車老師請假請了一陣子，到今天才重新開課。而對於開課第一天就來捧場的他們，機車老師擺明了不歡迎，一見面就給臉色看。

「同學，你上這班的課根本等級不對，換個班級好不好？」

這話是針對月退說的。他顯然不想要這有點麻煩又制不住的學生。

畢竟這個老師的嗜好就是欺負學生，特別是新生，會對月退感到棘手也是理所當然吧。

不過范統其實每次看到他都很想問：老師，你走在路上真的都不會被你以前教過、後來變強的學生砍死嗎？還是你教出來的學生都沒前途？

對於機車老師的不歡迎，月退看了看范統，才搖搖頭。

「老師，我想跟范統一起上課。」

會想一起上課，大概是覺得讓范統一個人上武術實戰課，他覺得不放心吧。

而月退這麼說之後，范統覺得附近的同學看過來的眼光好像有幾分不齒。大概就是那種「找到靠山了不起啊？不要臉」的眼光。

「噢，范統同學，你這麼需要別人的保護？沒有自己一個人來上武術實戰課的勇氣嗎？」

機車老師直接開口揶揄他，他也毫無羞恥心地搖頭。

「沒有。」

這次詛咒沒有發作，不知道該不該說幹得好。

我當然沒有自己一個人來上這個課的勇氣。我不想再增加我的負債了，老師你根本不懂問題所在。

好吧，怕死怕痛也是人的天性，就算不必擔心錢的問題，我還是不喜歡。雖然沒經過苦難成不了大器，但我覺得機車老師你會加在我們身上的，根本就是不合理又沒有必要的苦難，那純粹只是你的個人樂趣吧。

「居然這樣一口承認，你有沒有身為男人的骨氣啊？」

噢……這是個有點嚴肅的問題，談到男人的骨氣，事情似乎就嚴重了許多，讓我好好想一下我的答案。

「不會吧，這個問題你還需要考慮？」

是怎樣啦，讓我安靜決定一下人生的大方向也不行？不是每個人的道路都那麼清楚的，好嗎？

「范統的骨氣不是用來浪費在忍耐不合理的待遇上的。」

月退有點不高興地說了這麼一句，似乎對機車老師咄咄逼人的詢問感到不滿。

「謝謝老師的建議，我想，在老師您這裡的確學不到什麼東西。范統，我們走吧。」

咦？哦？啊？要走啦？這麼快？

范統有點沒主見地跟著月退離開，搞不太清楚現在是什麼情況。

「月退，你不是說，我們要上課嗎？」

讓我重新翻譯一次：月退，我是說，我們不上課嗎？

「對不起，是我勸你來的，結果卻……」

月退面帶歉意地道歉。范統很想說自己並沒有責怪他，但他實在不曉得要怎麼說對方才聽得懂。

「范統，我想，要增強武術實力，應該還是有很多途徑的，我們別再上那個老師的課了，真的沒辦法的話，我也算懂一點，我也許可以教你。」

你那樣還叫只懂一點啊！你會不會謙虛過頭啦！我只要有你的十分之一就很滿足了耶！

讓月退來教導他武術，聽起來倒是個不錯的提議，只是，就不曉得月退有沒有教人的才華，上次純粹想像就說得不清不楚……

最重要的是，月退曉得拖把的用法嗎？

「既然你拿的是靈能武器，跟武器培養好感情跟默契是很重要的，這可以讓你的戰鬥能力上升很多，你試著跟它多多交流，至少達到可以用心靈溝通的地步吧，它是一把好武器。」

月退這樣告訴他也是好意，可是聽到他說噗哈哈哈的好話，范統就是會感到不爽。

它是不是好武器，你又是從何得知的啊？你知不知道它一天到晚只會睡覺，見到有危險還叫主人自殺？好武器的標準是什麼？價格嗎？

「我不覺得它有哪裡不好……」

該死，又變成稱讚噗哈哈的話了。

「你也喜歡你的武器嗎？那很好啊。」

無語問蒼天。

「月退，我可以拿拿看你的武器嗎？」

他好不容易提出了一個正常的要求。月退現在裝備的，是之前音侍跟他交換的「壞掉的刀」，一樣是一把壞掉的武器，但那個造型在范統看來順眼多了，至少很正常。

「你想拿拿看？也沒什麼不可以，不過，你不會喜歡的……」

月退一面說，一面將刀從自己身上解下，朝范統遞過去。

范統開心地伸手去接，不過月退才剛放手，他的表情馬上變得鐵青，刀也「鏗啷」的一聲摔在地上，根本拿也拿不住。

這是什麼重量？這是給人拿的嗎？月退你平時就裝了這麼一個重物在身上，戰鬥時還有辦法拿起來揮舞？你到底是不是人啦！

「壞掉的武器都是很重的，所以我說你不會喜歡。」

月退從地上將刀撿起，慢慢地說明，范統則是心情更加鬱悶了。

看起來，他除了這根勉強還肯跟他訂契約的拖把，好像真的沒有什麼別的選擇啊……

放學時間，在校門口順利跟珞侍會合，然後他們便跟著珞侍前往目的地……不過，行進的方向有點詭異，走到一半，范統忍不住開口了。

「珞侍，餐館不在神王殿附近嗎？」

「我懶得想你原本是要說什麼了。我們現在是要去神王殿。」

珞侍回答過後，范統跟月退兩個人都「咦」了一聲。

「請我們吃飯也用不著去神王殿吧……」

月退似乎跟范統一樣，都不太想接近那個階級水準跟他們差太多的地方。

「對啊！雖然在自己家吃飯比較浪費錢，但如果又遇上違侍大人怎麼辦？」

范統是覺得自己家能開伙的話，在外面吃很花錢，但對王子來說，這好像又不太一樣了。

「這又不是我的主意！本來我也想請在餐館的啊，結果音侍知道了，非要湊熱鬧不可，我哪可能帶他出去丟人現眼啊！說著說著，最後就說到音侍閣去吃飯了。」

珞侍回答得有點氣急敗壞，好像對事情變成這樣也感到很惱怒的樣子。

丟人現眼啊……這還真是個好問題。如果是獨立的包廂，應該就不會讓人看笑話了吧？或者他是那種看完菜單會跟服務生說「給我一碗滷肉飯不加滷肉」的刁客？

「你這麼聽綾侍大人的話啊？又不是音侍大人……」

……等一下，我說了什麼？

這詛咒到底是怎麼回事？音侍大人的反義詞是綾侍大人嗎？關聯性何在啊？為什麼不是違侍大人？

「我還是聽不懂你在說什麼。」

珞侍被他顛三倒四的話搞得有點不耐煩，索性自己解釋了起來。

「反正音侍那個無聊傢伙沒事就愛湊熱鬧，他纏著我說了兩個小時，我實在不勝其煩，只好順著他的意思了。」

兩個小時……哇，整整一個時辰呢，音侍大人真是有夠無聊……不，真是有毅力！

「他還叮嚀我，要我跟你說記得帶你的拖把。」

珞侍看了看范統的腰間。

「你拖把有帶出來嘛？那就好。」

「……」

范統感到不開心了。拖把也好，拂塵也罷，明明就是把不起眼的東西，卻比主人還重要……

抵達神王殿後，他們便直接朝第三殿走去，這次路上沒有遇到什麼阻礙，很快的，音侍閣的入口就在前面了。

啊啊，人家都說一回生，二回熟，來第二次的感覺果然不像第一次那麼緊張。不過即使熟悉了進宮的感覺，也不代表我已經變成很偉大可以跟王宮扯上關係的人了，真是心情複雜啊……

我記得我以前也幫人看過風水。可是我現在又不記得怎麼看了，想評判一下王宮的格局也不行。記憶被鎖住的感覺真的好討厭喔……

「小珞侍，你們來啦——」

音侍從入口處帶著燦爛的笑容迎出來，看起來他已經在這裡等很久了。

時間這麼多，怎麼不會去找你家小柔玩？

「音侍，你別再穿那身護甲了好不好？」

珞侍似乎看到他就有翻白眼的衝動，音侍則擺出無辜的眼神，摸了摸身上穿著的護甲。

「不好看嗎？小柔說很帥啊……」

別再三句不離小柔了。小柔說很帥，小珞侍覺得很白痴，您要選擇聽哪邊的意見？

「算了算了，那一點也不重要，帶我們進去吧。」

「嗯嗯，跟我走吧。」

音侍走在前面帶路，大概是要帶他們去上次那個廳堂，他開了門跨過門檻就很自然地走了進去，但在跟在後面的月退也想進去的時候，異變橫生。

從四面閃現而過的金光穿過了月退的身體，速度快到沒有人反應得過來，在大家還尚未驚呼或尖叫的時候，月退就軟軟地倒了下去，沒了呼吸。

啊啊啊啊！月退！月退！你醒醒啊！殺人啊——

范統驚恐地蹲下身子想檢查，然後被珞侍眼明手快地拖住拉開。

「笨蛋！防護機制沒解除，你現在靠過去是想一起死嗎！」

啥？防護機制？難怪這場面這麼眼熟，這不就是上次讓我在這裡喪命的東西嗎？我只是沒注意到而已，我當然不想一起死，沒事沒錢殉什麼情……

這不是重點啦！音侍大人，您這什麼殺人凶宅呀！賠月退的命來啊！

我就說印堂發黑沒好事嘛！不過也不是每個印堂發黑的人都會血光之災到死亡的地步吧？月退你為什麼會特別衰？難道是跟我在一起久了被帶衰，人自然地變倒楣？

「音侍！你為什麼就不能小心一點呢！不要因為你自己是屋子的主人，不受防護機制的影響，就忘記有這個東西的存在啊！」

從珞侍的吼聲可以聽出他的憤怒，音侍也難得顯露出了做錯事的惶恐，整個人有點不知道該怎麼辦。

「啊，我忘記了……」

人命是一句我忘記了就可以換回來的嗎！好吧，新生居民也許可以。仔細想想，月退雖然遭遇了無妄之災，但畢竟還可以復活，真是不幸中的大幸。音侍大人你這丟三落四的習性，最好還是別邀您家小柔到您這裡來玩，以免發生什麼不可挽回的慘劇。

「范統，走，我們去水池接他。」

「嗯。」

「啊，我也跟你們一起去……」

結果，好好的一餐慶祝飯還沒開始吃，氣氛就搞糟了，還得先做飯前勞動。

該說這果然是音侍大人的風格嗎？

「你一定要賠償！這次是你的錯，你一定要賠償！」

撐船池面上，月退還沒出現，所以珞侍就先跟音侍吵起了賠償問題。

「我知道，我會負責的……」

負什麼責？這用詞很讓人誤會。您要負責照顧他的下半生嗎？

「你要怎麼負責？」

珞侍沒有提出賠償方案，而是要音侍自己說，看看他的誠意。

「我可以幫他出軀殼的費用，然後如果他還是生氣，我想……我應該可以讓他捅一刀，再多就不行了，我沒辦法一命抵一命，我不能重生……」

嘖嘖嘖，索賠的時候，最重要的就是錢啊，有錢好說話，至於那什麼捅一刀就不必了，三千串錢成交，您意下如何？

「誰會想捅你一刀啊！做點物質上的賠償吧！」

唉——我意外死亡的時候，珞侍你應該沒有這麼積極向音侍大人討賠償吧？人比人氣死

人……

「啊，小珞侍你是說錢嗎？可是用錢來解決問題，好像很、很、很那個，讓人印象不好啊？這是我最近聽說的。」

誰告訴您的啊？雖然凡事用錢解決很失禮，而且充分顯現出財大氣粗，但我們就是需要錢，所以您也不必在意啦。

「還是等接到月退再看看他的意思好了，不曉得到底重生在哪裡……」

其實月退的游泳能力不錯，倒也不必擔心救援太遲他會溺死，所以他們只是把小舟停在中央，觀察四周的水面動靜。

新生居民重生一次的時間，大致上不會差太多，所以從范統重生的時間來算，大概就可以推算出月退什麼時候會出現。網子衣服這些必備物當然早就準備好了，畢竟有過經驗。

等到時間差不多的時候，他們也加強了搜尋水面的專注度，不過，似乎在水底的月退先發現了小舟的影子，在他們注意到船震動的時候，正巧看到月退的一隻手搭著船沿，從水下探出頭來。

「啊！小月！你還好吧！」

這樣直接把他拉上來就好了，倒也省去了撒網的麻煩。

「我沒事……」

月退抓著船沿，判斷船上三個人的重量可以讓他上來後，便使力撐起身子。

「月退，衣……」

范統本來正要將衣服遞給他，卻在看清楚他的身體狀況後不自然地止住了聲音。

不只是范統，珞侍和音侍也一下子都呆住了。注意到他們的目光，月退才終於發現自己身上可能有什麼不對而低頭看了看。

一看之下，他的臉色立即慘白，幾乎是用最快的速度扯過衣服，便毫不理會穿法就披上拉緊，將自己的身體包好蓋住。

「那是什麼？為什麼會……」

最先找回聲音的是珞侍，他顯然無法理解剛剛重生的月退身上，為什麼會有那些傷痕。

「水池好像偶爾會失誤，重生後會重現新生居民第一次死亡時的身體狀況……」

音侍在旁邊補充了一句解答他們的疑惑，月退的唇則抿得緊緊的。

范統回想著剛才看到的傷口，腦中也浮現了當初月退描述自己的死亡時的話語。

『第一劍，是從這裡橫劈到腹側的。』

『第二劍，是從這裡刺進來的。』

『第三劍便斬向我的雙腳，然後他用劍刺穿我的右手掌，把我釘在地上。』

『然後他雙手扼住了我的脖子，一寸寸地收緊……』

當初只有聽描述，就已經覺得殘忍可怖，然而剛才，他甚至實際看見了這一個一個動作留下來的證據。

斜劃過身體的巨大傷痕、貫穿胸膛和手掌的血洞，斷了腳筋的砍痕，還有脖子上的印痕……

其他可能是掙扎扭動時留下的痕跡不提，親眼看到這些傷口，范統真的不知道該說什麼，也不知道再次看見這些的月退會不會回想起當初的情景，現在又是什麼感受。

至少在范統看來，他看起來快哭出來了。

那像是一種無意間被看見不願意暴露出來的過去時的無助，也如同好不容易才能遺忘擱置的東西，卻又無預警地給掀上來的衝擊……總而言之，他看起來狀況很不好，不管是身體還是精神。

「月退，現在會痛嗎？傷、傷口這樣子的話……」

說是水池偶爾的失誤，那麼就等於這次重生是失敗了吧，既然如此，是不是再重新弄一個正常的軀殼會好一點？

「……」

月退因為聽見自己的名字而看向他，但他似乎根本沒聽清楚范統說了什麼，一點開口的意願也沒有。

「啊，這種不正常的狀況，大概一天就會消失了，然後身體就會恢復正常。這可能是心理因素產生的問題，這些傷痕雖然存在，但是不會有痛覺，也沒有效果，還是可以正常動作……」

音侍解釋了一番。這樣看來，應該不用讓月退再死一次，但范統還是無法因而感到高興。

音侍說這些傷口不會痛也沒有效果，可是他卻覺得，月退很痛很痛。

這些傷口不必引發神經的反應，只要存在那裡，就足以發作了。

因為月退不開口，大家都不曉得該說什麼。這個時候似乎也不適合責怪誰，卻又找不到方法來安撫他。

披上去的衣服，已經被傷口滲出的鮮血染上了血漬。

血漬蔓延開來，就像是記憶渲染出的黑暗越來越大一樣。

「月退，對不起，讓你遇到這種事情……」

雖然是音侍粗心大意的錯，珞侍還是不由得跟著道歉了，他總覺得自己也有一點責任。

「……」

月退又是一陣沉默，但這次珞侍說的話他有聽見，他僵硬的臉勉強扯出一個笑容，說出來的話依然讓人覺得難過。

「沒關係。我沒關係的。不是你先進去，真是太好了。」

珞侍是原生居民，要是今天是他先踏進去，那可真的就是人命一條了。

只是在這種情況下他居然還是想著這種事情，這使得珞侍也跟著沉默了下來。

「我們要回去吃飯嗎？還是……小月你想回去宿舍休息？如果宿舍睡得不舒服，住我那裡也可以……」

啊啊啊——雖然我很想吃大餐，可是這種時候，真的不是吃大餐的氣氛吧！音侍大人——

「我想自己靜一靜。回去可能會嚇到硃砂，可以麻煩音侍大人收留我一晚嗎？」

……月退，你居然做出我覺得最不可能的選擇，你怪怪的……

還有，你不要又這副靜得沒有人的感覺的樣子啦，這樣看起來真的很難親近耶，真的……

「去音侍那裡太危險了吧？連防護機制有沒有解除都搞不清楚！還是到我住的地方去？」

現在是怎麼樣？搶人啊？我可不可以也留宿一晚，畢竟王宮沒住過，感覺好像也挺新鮮的……

「都好，麻煩了。」

月退沒有意見，那雙一向澄淨的藍眸，此刻看起來相當黯淡。

最後，他們一起回到神王殿隨意吃了點東西，就決定在珞侍閣住下了。

經過這意外造成的心理折騰，月退像是想早早休息，便將燈火弄暗躺到了床上，問他為什麼不乾脆熄掉，他只搖了搖頭說不喜歡黑，便沒再說下去。

「月退，你不睡嗎？」

因為有點擔心月退，范統也跟著住下來了，反正珞侍閣房間多的是，珞侍也不在意多一個人住。

「……我擔心作夢。」

他頓了半天，最後卻是回給他這樣的答案，讓范統有點驚訝。

怎麼會呢！基本上我還挺期待作夢的，通常夢境都很有趣啊，雖然有惡夢的機率，不過不高嘛……

如果我作的都是些有趣的夢，你卻只會作惡夢，那為什麼我純粹想像不合格啊？

「很有關係呢，你如果半夜尖叫、滾下床、說夢話，我一定會嘲笑你的。」

我是說我……罷了，這詛咒有夠沒良心，連讓我安慰一下心靈受創的患者都不肯。

「……你上次打呼傻笑從上鋪摔下來，我都沒有嘲笑你耶。」

月退悶悶地說，被提醒了醜事的范統頓時有點想挖個地洞鑽下去。

「反正，睡一覺一切就會過去了，好好休息對身體也比較好，明天就可以回去了。」

這次詛咒總算沒惡搞他，讓他好好說完了一段話，真是令人欣慰。

「回去？……哪裡才是我該回去的地方呢？」

月退突然冒出來的這句話讓范統有點摸不著腦袋。

「怎樣都好，反正我會陪你回去啦。」

所以，不用怕硃砂，雖然我很怕。

「你會陪我回去嗎？」

月退的語氣宛如在確認的是另一件事情，范統雖然不太了解，但還是點了點頭。

「是嗎？那真是太好了……」

范統依然不明白他所謂的太好了是怎麼回事，但是他好不容易笑了，看起來心情變好了，這的確是值得高興的事情，所以他也跟著開心了起來。

於是，他們互道了晚安，便讓這一夜隨著閉目後的沉眠過去。

范統的事後補述

我有種我的人生變得一團亂，事情變得一團複雜的感覺。

首先是我出現落差的記憶。能想起生財能力是不錯，但那句「封印沉月」是怎麼回事？什麼封印啊？沉月是那個地位很崇高，維持新生居民生命的法器沒錯吧？這是叫我自殺嗎？

接下來是月退的事情。到底是誰這麼殘忍，出這種重手對付一個這麼善良的孩子？他到底發生過什麼事呢？我越來越在意了，究竟可不可以問？

離開月退的房間後，珞侍跑來找我，問了關於月退的傷痕的問題，我就把之前聽說的死因用寫的告訴他了，他看起來好像很難過，基本上，只要有點同理心的人都會難過吧。

無論如何，之前他也重建心理撐過來了……這次或許也沒問題？

至少在說晚安之前他有露出開心的笑容，讓我安心了點，我想我可能說了什麼他想聽的話……

結果，因為發生了這個意外，我也沒機會跟月退討論一下我的記憶落差的問題了，我本來還想問問他對封印沉月這句話有什麼看法跟見解的……

然後我突然也有點害怕知道我是怎麼死的了。

萬一我哪次死亡重生失敗，從身體的狀況意外得知我在原來世界的死因，那該怎麼辦？千萬不要死得很蠢啊！那會在我內心留下陰影的！如果死得很蠢就不要讓我知道！拜託！

希望明天早上醒來時，一切又可以恢復正常。

然後……也希望一夜未歸，硃砂不要認為是我拐跑了他的意中人而發脾氣……

✣ 章之五

月落之境

『不可理喻的君王、腐敗的社會、愚蠢的人民……』——伊耶

『伊耶，你怎麼可以對陛下無禮？』——雅梅碟

『……還有無藥可救的臣子。』——伊耶

幻世只有兩個國家，一個是位在日出方向的東方城，另一個，便是與東方城遙遙相望，總是迎接月亮沉落的西方城。

不同於東方城的建築風格、不同於東方城的居民分布，西方城展露出來的是一種華麗輝煌的風情，而非東方城那樣的神祕靜謐。

西方城的街道，一向只有白天熱鬧。所有的活動幾乎都是在白天進行，入了夜後不用多久，就會連營業的商家都看不見，頂多是一些有門路的人才曉得的店，或是偷偷摸摸進行的不正當交易。

除了夜晚不允許公開營業，西方城的街道上也不允許行人在夜晚遊蕩，只要踏出家門被守衛發現就會被勒令回去。這樣限制居民生活自由的法規已經存在了許久，最初的說法是，皇帝討厭有人趁夜密謀聚會，商討一些不法的事情，而究竟是幾代以前的皇帝頒布的命令，現在也

沒有幾個人說得上來了。

若要密謀聚會，有心的話，白天也可以進行，只不過白天人多，要掩人耳目比較不易，而且工作學習等事也都是白天進行的，大致來說，西方城的居民白天比較不可能有空，所以限制禁令才會限制夜晚。

西方城的晚上，照理說只有巡邏的衛兵。如果是有緊急公務奉令出來的人，會帶著公文，遇上巡邏衛兵時都得配合提供公文檢查的，巡邏的衛兵當然也彼此認識，看到生面孔就是要盤查，這是既定的規矩。

不過，現在大街上正悶聲不吭走著的那個人，就算再多給衛兵十個膽，也沒有人敢過去盤查，大家都很有默契自動當作他在執行公務，見到他時只遠遠地打招呼。

不管他究竟是為了公務外出、閒得發慌出來透氣、心情不好散步解悶，還是其實想跟人密謀將恩格萊爾拖下台都好，為了自己的安全，大家只想跟他保持安全距離，不要過問他的任何事情，誰叫魔法劍衛的地位高高在上，伊耶本身又有讓人感到可懼的實力與脾氣？

對伊耶來說，這些人遠遠不敢靠近，他也覺得比較舒服。最好就連一句「伊耶大人好」也不必說，雖然這是基本禮貌，但一直被問好他也覺得煩。

反正人際關係這一塊，他這輩子缺乏到極點，也不打算補足了，他喜歡獨來獨往，不喜歡受限於任何人事物或者被什麼東西牽絆，跟人相處只讓他覺得煩。

之所以會接受少帝授動，接下魔法劍衛的位子，很大的原因是家裡那個老頭子一直囉唆，要他盡忠報國，他很懷疑那個老頭子其實應該是雅梅碟的父親，因為這兩個傢伙的思想根本如出一轍，和他完全搆不著邊。

而現在家裡那個老頭子也不在了，他當然也不會像以前那麼乖，至於會不會有一天受不了就辭掉這個位子，還得看同事與上司要挑戰他的極限到什麼地步。

他會在這個時間走在街道上，主要是要來找雅梅碟的。至於雅梅碟為什麼會在這個時間在街上晃……他一點也不想知道。

之所以不想知道，是因為直覺來說，一定又跟最近他很厭惡的恩格萊爾有關。

照理說他們是直屬恩格萊爾的近臣，但事實上，從授勳那天見過一面後，他們就幾乎沒再跟恩格萊爾接觸過了。恩格萊爾從來不發命令給他們，他們一般執行的工作，就只是在恩格萊爾有公開場合需要出席的時候，一同列席當護衛罷了——長老們甚至連哪一次坐在位子上的是本尊，哪一次是替身都不讓他們知道。

伊耶一直覺得他們應有的責任義務被恩格萊爾與長老團忽視到好像將他們降階為吃閒飯的保鏢，而這當然不是很好的感覺，特別在他們都不是無能之輩的時候。

每次陪同出席時，看著恩格萊爾衣飾上那跟自己一樣的金線三紋，他都不禁想冷笑。

恩格萊爾哪裡需要魔法劍衛的保護？這制度根本是在皇帝實力不足的情況下才有存在的意義吧？

他根本不需要他們。即使他們不曾交談，他也看不見年幼的少帝腦子裡在想些什麼，他依然直覺性地這麼認為。

這件事在五年前也得到了證實。在西方城告急，東方城的軍隊即將突破西方城所剩無幾的軍防時，他們被告知待命留在城內，而他們應該護衛其安全的那個人，卻連護甲都沒穿，拿了那把專屬他的神兵，就這麼衝去戰火前端直接面對敵軍。

事情的結果是他獲得了壓倒性的勝利。這也說明了一件事，就是他只要自己一個人就夠了，什麼護衛什麼防禦結界，全都是笑話。

過去長老團以恩格萊爾年紀尚幼為由，很少讓他在朝政上露面，又以保護為名義，即使是某些節慶或者必要儀式，也常常端出替身來，加上恩格萊爾覆面的布條幾乎遮住大半個臉，替身只要有點神似就可以了，問題是，他們也從來不知道是誰神似誰。

唯一可以肯定的就是，五年前出城去戰鬥的那一個是真的，其他就無從得知了。

其實布條會那樣覆蓋住眉眼，也讓人覺得很奇怪，有人猜他根本是瞎子，還有人開玩笑地說這是為了找替身方便，眼睛顏色不必符合……

這些事情現在也不是很重要了。如果以前伊耶不悅的是跟名義上的上司沒有交集，根本不了解對方是什麼樣的人，那麼最近這陣子的「了解」，則讓他深深有種不如永遠不了解比較好的感覺。

他所感到的是君主昏庸可笑的憤怒，某些人感覺到的可能是理想幻滅。近期恩格萊爾出現的頻率似乎變高了，頗有一種成年後要將屬於他的權力漸漸收回掌中的感覺，但他的某些作為，與其說是試探，還不說是在任意耍人，仗著權勢玩弄部下，以彰顯自己的影響力。

伊耶覺得魔法劍衛就是被愚弄的那群人之一。要說成年，恩格萊爾今年到底幾歲，他們也搞不清楚，但最近他開始有些動作，事情不再都是由長老團決定也是真的，例如他之前給他們的那個拔毛命令，就足以讓他永生難忘。

接到這種荒謬的命令是人都該抱怨，偏偏同伴裡還有個笨蛋秉持著對皇帝的信任，彷彿至死不渝一般，讓他越看越火大。

那天打昏雅梅碟帶回來後，雅梅碟還對於沒有成功完成任務驚慌失措，責怪他責怪得不遺餘力，害他差點又要動用武力直接讓他說不出話來，好求個耳根清靜。

說起來他沒有直接滅掉雅梅碟，可能是因為雅梅碟個性跟他家那個已經不在了的老頭子很像的緣故吧，雖然他不喜歡，還是會下意識投射，然後被激怒……真是一件很糟糕的事情。

在繞過幾個巷口後，伊耶總算在街上看到了垂頭喪氣的雅梅碟，於是他直直走過去，雅梅碟在他靠近的時候就發現他了，也因而看向了他。

「伊耶？你怎麼會來這裡……」

「你才是在這裡做什麼？」

雖然他很不想知道雅梅碟在這裡的原因，因為知道了也只會讓他生氣，但見到了人後，他還是不由自主地問了這個問題。

「你也知道，我們回來都半個月了，陛下應該也知道，但是陛下都沒有召見我們詢問雞毛的事情，我也因為任務還沒完成不敢進宮報告……」

不要再跟我提雞毛的事了——！伊耶臉部開始抽搐。

「這半個月來我一直想找機會補足不足的份，可是要潛入夜止的領土不被發現實在很難，來來去去要做枕頭可能還是不太夠，眼見明天祭陵就要見到陛下了，我才想上街看看有沒有可能買到夜止的雞毛，結果……」

伊耶已經不想說話了，雅梅碟還是自顧自地說了下去。

「結果時間已經太晚了，店家都關門了，繞來繞去也沒有哪一家有開的，我正想放棄，你就出現了。」

店家關門又怎樣？你是魔法劍衛，一聲令下包場看貨會有什麼問題？

還是你也意識到為了看有沒有雞毛買，動用特權是很丟臉的事情了？

「伊耶，你找我有事？」

再怎麼樣，來找他的事情總是要解決，於是伊耶從懷中掏出一封信交給他。

「我要申請三個月的長假，明天開始。你幫我交給該收的人。」

他連一聲「陛下」都不想稱呼了，雅梅碟愣愣地接過後，才覺得事情不太對。

「等等！三個月？這麼久？而且，明天的祭祀呢？你不打算去了嗎？」

「不去。所以才委託你轉交。」

「你怎麼可以不去，我們是保護陛下安全的魔法劍衛啊！」

「他那麼強，需要誰保護了？」

其實對於恩格萊爾這個名義上的上司，伊耶的情緒很複雜。

一方面覺得待在他身邊沒有用武之地，一方面，他又不想屈居於實力不如自己的人，因為會覺得無法心服口服。

也許是後者的情緒佔據比較大的成分，所以他才會繼續留下來，直到現在吧？雖然比起承認這個主人，他更想做的事情是跟他打一場，知道一下誰比較強。

「伊耶……」

「不必再說了，無論你說什麼，明天我也不會出席的，請假函已經交給你了，你自己看著辦。」

目的已經完成，伊耶自然不想繼續逗留，不理會雅梅碟在身後的呼喊，他隨手魔法一使，便離開了現場，準備開始為期三個月的無聊假期。

沒錯，無聊假期。因為他即使請假也沒事做，純粹只是不想參與這些行程才請的假。

無聊歸無聊，至少可以遠離這片烏煙瘴氣，讓他覺得心情舒坦一點。

❀

西方城的祭祀活動不只一種，而今天進行的是前往歷代皇帝陵寢的祭祀，這樣的活動，主角當然是少帝，而這也算是屬於皇家的活動，平民不可能跟隨參加。

歷代皇帝的陵寢不在城內，因此少帝前往祭祀的車隊必須出城，與東方城開放人民瞻仰、舉街歡迎的作風不同，在西方城，凡是少帝的帝駕要行駛的道路，一律封閉管制，不允許不相關的人進入，少帝本人也是乘坐在馬車內，不會在車台上露面的。

這可說是嚴密的過度保護，已經持續很多年了，西方城的居民多半也習慣了這樣的情況，那些必經道路上的店家雖然嘴巴上哀嚎沒生意做，也沒有能力反對。

原本人民對少帝沒有十分愛戴，只有五年前的戰爭讓他們對於自己的王印象稍微有所改變，畢竟少帝在戰爭中保衛了國家，也等於保衛了他們的身家財產，人民對這點還是心懷感激的，可是最近少帝的所作所為，讓懷有明君治世的幻想的人又徹底失望了一遍，特別是在少帝拒絕以血為重傷歸來的魔法劍衛治療之後。

在大家的心中，年輕的少帝的形象，已經從原本的神祕、不近人情，轉為了如今的任性妄為、冷血無情。

不過人民沒有選擇君主的權力，無論他們喜不喜歡，都沒有能力隨自己的喜好換一個皇帝。

西方城的王宮——少帝與長老團居住的地方——名為聖西羅宮。宮殿的建築十分剛硬厚實，與貿易區華美繁複的風格相去甚遠。灰白色的宮牆高聳，讓人無從窺探內部，聖西羅宮就像是一個城中城，宛若獨立於西方城中獨自運作，外人無法干涉，也無法得知裡面的情況，只能偶爾聽聽裡面流出來的謠言消息，滿足一下自己的好奇心。

這次前往先帝陵寢祭祀的事情，從上午就開始準備了。主祭的少帝必須沐浴淨身，換上素白的衣衫，被挑選出來隨行的人員，也有自己負責的東西得籌備。在正式出發之前，整個聖西羅宮難得充滿了忙碌感，不若平時冷清。

馬車帝駕早已在宮門前的廣場等候了，隨著時間一分一秒過去，人們也紛紛就位，等待一切備妥。

雅梅碟在少帝的座車旁已經等待許久了，遲遲等不到人並沒有讓他心浮氣躁，因為他也曉得，少帝不喜歡等待，寧可讓眾人等他，所以他一定不會早早上車，正常來說，大概要等到最後才會出現。

身為人家的下屬，乖乖在這裡守候也是應該的。

他又等了好一陣子，好不容易後面終於有了動靜。他要找的人在許多人的簇擁下朝這裡走了過來，不過遠遠看過去，雅梅碟卻有了幾分錯愕。

按照禮儀慣例，今天他應該穿白色的衣服，然而那道略嫌細瘦的身影身上的衣服卻是暗紅色，儘管顏色稱不上濃艷鮮明，那華美的樣式依然與儀式要求的樸素距離太遠。

「陛下。」

在青年走到他面前時，他單膝跪下，行了臣下的禮。即使他心中覺得對方的服裝有點問題，他也不可能出言指正的，對他來說，這是十分不敬的行為，而他絕對不可能允許自己對少帝不敬。

「卿不必多禮，起來吧。」

以白色布條覆面的青年輕輕開了口，得到他的許可，雅梅碟便站了起來，他首先處理的第一件事，是將伊耶的請假函呈交上去。

「陛下，這是伊耶的告假信，從今天起他要請假三個月。」

青年將信接了過來，淡淡一笑，那笑容中包含了幾分不悅。

「這是自動放假嗎？所謂的假，連申請核准都不需要就可以直接生效？好個傲慢的鬼牌，他的眼裡還有我嗎？」

「陛下請息怒……伊耶他只是不太擅長處理這類的事情，臣想他沒有惡意。」

見青年冷下了臉色，雅梅碟連忙替伊耶說話，事實上伊耶有沒有惡意他最清楚，那根本已經到了蔑視的地步了。

「不必說了，還有什麼事？」

青年隨手將信函交給身邊的一個人，連看一眼寫了什麼都沒有興趣的樣子。

「陛下……梅花劍衛的傷，您……」

五名魔法劍衛的稱號，是用五種花色封的，伊耶是鬼牌，雅梅碟是紅心，這次斷手負傷的那一個則是梅花。

「我應該已經明確拒絕過了。卿的記性不好嗎？那傷口是噬魂武器傷的吧，救回來也無法恢復正常了，又何必浪費我的血？殘了一個劍衛，再選一個就是了，也不是非他不可吧？」

將這段話不輕不重地說完後，青年像是不想繼續在這個話題上糾纏，轉身便欲上車。

「啊！陛下！還有一件事……」

雖然雅梅碟覺得這樣將皇帝攔下來相當無禮，但東西都帶來了，總該交代並報告清楚。

「先前陛下吩咐的陸雞毛，臣帶了一部分來，不知道這是不是陛下要的東西？」

他呈上了打開來的袋子，裡面是清洗整理過的乾淨羽毛，青年因為他的話而回轉過了身子，停下了腳步，就這麼面對著他，由於他的眼睛被白布蒙住，看不到他的眼神，也猜不到他在想什麼。

「原來是這件事啊，我都快忘記了。」

青年說著，伸手在袋子裡抓了一些捏在手上把玩。

「只是，現在我又不怎麼想要了。」

他微微一笑，反轉過手鬆開手指，輕盈的羽毛就這麼被風吹散，四處飄飛，一下子雜亂地撒落一地。

「既然都收集了，還是收拾一下拿進宮裡去吧，搞不好未來的妃子會喜歡也不一定呢？」

語畢，他便上了車，由侍從為他關上車門。雅梅碟則是愣在原地，直到車隊駛動離去，他還是不知道該對這樣的情況做出什麼樣的反應。

「雅梅碟大人，我們幫您撿一撿吧？」

幾名打掃宮殿的侍女也看到了剛才的那一幕，見車隊走了，這才湊上來關心。

「嗯……謝謝，有勞了。」

如果伊耶在這裡，看到少帝這形同羞辱的動作，也許會嗤笑著問他，人家這樣踐踏你的忠誠，你還要繼續口口聲聲「陛下英明」下去嗎？

雅梅碟想不出個結論。

也許陛下真的只是忽然間不喜歡雞毛了吧？

現在的他，也只能這樣想著。

安葬皇帝的陵墓就在西方城外的不遠處，當初規劃的時候，為了顧及環境因素，沒有建成庭園，而是建成了地室，對外只有一個狹窄的入口，讓墓碑比較不容易被非人為因素所破壞。祭祀沒有什麼祭品，只有各色的鮮花會被放置在這裡，隨著時間腐朽。在禮官宣讀完祭祀的文卷後，少帝必須下到墓室中奉上淨水，這個部分是沒有人陪同的，反正事先檢查過內部，控管唯一的入口，應該也不至於在安全上出什麼問題。

「陛下，這是淨水。」

將盛著淨水的盤子奉上的人是黑桃劍衛．奧吉薩。在少帝最近開始增加露面後，五名魔法劍衛中，就屬他最常出現在少帝身邊，同時他也是資歷最深的一名劍衛，奉獻出自己的時間給工作的他至今都尚未成婚，照他的同伴的說法，已經頗有邁向中年大叔的危機，儘管某些女性堅持奧吉薩大人即使有點年紀依然相當英俊有魅力，但歲月留下的某些痕跡還是不爭的事實……

「奧吉薩，你風溼痛好了？」

青年接過淨水時，隨口揶揄了他一句。

是的，隨著年歲增長伴隨而來的弱點，例如風溼痛。

「已無大礙，陛下。」

奧吉薩回答得面不改色，基本上，他也是個逗不動的人。

「是嗎？那真是太好了，你終於可以重新回到你的工作崗位執行你的職務了吧？我感到很欣慰。當我聽到你為了這種毛病告假的時候，我可是真心覺得很困擾的呢，你有沒有什麼賠償方案？」

青年在對他說話的時候，遣詞用字都不太一樣，這似乎跟親切生疏度有很大的關係。

「很抱歉。」

看樣子他並不打算提出什麼賠償方案，給對方佔便宜。

得到如此冷淡的回應，青年也不多說什麼，便準備捧著淨水進去。

不過一轉頭，看見那墓室的入口時，他又忍不住微微一笑，有感而發。

「每年我來到這裡，看到這個黑色的入口，都有一種好像要被吸進去再也出不來的感覺呢……」

針對他的感想，奧吉薩平淡地回答了一句。

「裡面暗，點燈就好了。」

大叔果然還是很不懂人心思的大叔。

不過點燈其實還是必要的，儘管少帝的眼睛被布條覆蓋住，讓少帝獨自一人走進一個黑暗的空間還是有點不成體統，所以，在負責的人讓下面的墓室有點微弱的光源後，青年才在大家的目送下往內走去。

進到地道內沒有多久，他就不耐煩地把覆面的布條扯掉了，能用自己的眼睛看著路走，對他來說還是方便得多。

地道走到了盡頭，便是一個面積廣大的墓室。他將淨水注入應該注入的地方後，就在這裡欣賞起那些墓碑，一點也不急著上去。

墓碑是順著年代排下來的，所以，要特別找誰的，也十分容易，他就這麼巡了一圈後走到了前任皇帝的墓碑，盯著那墓碑上的字，發出充滿諷刺性的笑聲。

「生前什麼也沒有，只不過是長老團控制的棋子，哪知道死後皇帝的待遇一樣也不少呢，父皇？你覺得高興嗎？只要下一個皇帝不要再像你一樣淪為長老團的工具，你就滿意了？」

他對著墓碑說話的態度沒有任何敬意，話語間流露出濃濃的鄙視，或許還有一點憎恨。

「如果是這樣，現在的結果，你想必很滿意了……只可惜你的兒子不是你所期待的孩子，你也不能再為這件事做什麼了……」

他不知道自己是不是很期待這一天。穿著如同低調表示慶祝的衣服，來到這蒼涼的墓碑前，愛說什麼就說什麼，沒有任何人可以反駁他的話。

因為這裡只有死人。

「奧吉薩，你下來做什麼？」

察覺到地道傳來的腳步聲，青年轉過身，盯著剛下來的這個人。

「您下來有點久，我來看看有沒有什麼問題。」

「有點久？也不過就一下子吧？那些老賊就這麼不能等嗎？」

因為一般來說，處理完淨水就該上去了，他們會覺得有點久也是正常的。

「反正也沒事了，上去就上去吧。」

青年感到無趣似的這麼說，隨即拿起白布，準備重新纏回去。

看著正在纏布條的他，奧吉薩沉默了許久，終於問了一個早就想問他的問題。

「您到底想做什麼呢？陛下。」

青年處理布條的手微微停頓，因為這個問題，而用他湛藍的眼睛看向他。

他對這個問題的回應，僅是抱以一笑，而儘管那笑容很美，他的眼中卻沒有半分笑意。

這個笑容，就如同將問題丟還給他的反問句。

「范統！好久不見啦！最近有綾侍大人的消息嗎？」
一週一次假日的一大早就遇到了好久不見的米重，對范統來說，不算什麼愉快的事。
「有就會跟你說。」
不，我是要說，有也不會告訴你啦。
「咦？你什麼時候這麼夠朋友了，我收買人心已經成功了嗎？」
你到底拿了什麼來收買人心啊，除了說了一些故事給我聽以外，並沒有什麼實際的優惠嘛……
「慢著！你！你居然一下子忽然變成草綠色流蘇了！不過一陣子沒見面啊！」
米重這個時候終於留意到范統流蘇顏色的變化，頓時用一種無法接受的語氣喊了出來。
有必要叫得那麼慘絕人寰嗎？好像一副我跳級成草綠色流蘇是一件慘無人道的事情的樣子，你明明就知道我們有去拔雞皮和雞毛，現在只是收集完成了，升級一點也不奇怪吧？
范統一面想一面慶幸米重不曉得拔雞皮和雞毛是音侍跟綾侍幫的忙，否則不曉得米重又會說出什麼類似「你怎麼可以讓綾侍大人用他美麗高貴的手幫你做這種事，我要代替全後援會懲罰你」的糟糕話來。
「唉，草綠色流蘇真好，一個月有五串錢可以領耶，我到現在還是淺綠色流蘇……」

米重摸著自己的流蘇嘆息，同時也看著范統的流蘇，眼睛不懷好意地打轉。

「你想做什麼？」

范統警戒地退了一步，米重那樣的眼光看起來就是很陰險，一副算計著什麼的樣子。

「我說啊，不如我們來決鬥切磋一下如何？我覺得你的流蘇實在很令我心動……」

我就知道！

你這個小人！就只會想掠奪別人努力的成果嗎！我的拖把可是很強的，找我決鬥，你就不怕被我的拖把掃一下靈魂就少掉三分之一？

「這麼緊張做什麼？范統，你的手都在抖了，真是的，開開玩笑而已啦，我對於遭人怨恨、增加敵人的事是敬謝不敏的，何況你後面還有可怕的靠山，我可不想被珞侍大人找麻煩。」

誰、誰的手在抖啊！你看那麼仔細做什麼……不，我是說，我才沒有害怕成那個樣子！你不要亂講！

至於珞侍喔……你真的把我們之間的關係想得太美好了，如果是月退被欺負，他還有可能幫他出頭，我嘛……他可能只會笑我學藝不精活該吧……順便再補上一句不屬於你的就不要妄想了，失去了也是應該的……

「噢，對了，剛好遇到你，順便跟你分享一下今天剛拿到的新聞吧，熱騰騰的喔！」

「哦？」

對於聽八卦、聽趣聞這種事情，范統還是有點興趣的，只要八卦的主角不是自己就好。

「聽說我們東方城外出產的陸雞雞毛，深受大眾喜愛，連落月的魔法劍衛都大老遠不怕死跑來搶耶！這是昨天一個半夜去資源一區收集雞毛的受害者提供的消息，可惜他收集得那麼辛苦，一下子就被人搶走了，唉——你覺得呢？雞毛有那麼好嗎？」

「……」

魔法劍衛來拔雞毛的事情我早就知道了，你這消息過時了啦……不過，昨天半夜又來？還真是不死心啊……

至於那位被搶的新生居民，為了他們少帝的枕頭，你就節哀順變吧……

范統的事後補述

從換了流蘇到現在，過了小半個月，坦白說我變得有點不敢出門，因為走在路上，就有種身懷鉅款隨時會遇到搶劫的感覺，雖說草綠色流蘇一個月只能領五串錢，但一千年就是六萬串錢了耶，那當然是鉅款啊……不要問我有沒有活一千年的覺悟，我們只是把利潤攤開來純粹用數字去呈現，還沒有要分析到那麼深入透澈，好嗎？

說起決鬥，月退還真是遇上了不少次，即使他第一天就用那麼乾脆俐落的手法把人做掉，之後還是有一些人上門，我也不得不僥倖地覺得，幸好他們的目標都鎖定在月退身上，沒有找我單挑的意思，不然我的草綠色流蘇早就跌回白色流蘇不得翻身了，相信也不會有人有興趣幫我收集毛跟皮第二次……

月退身上重生失誤的傷口，在第二天就消失了，真是可喜可賀。用可喜可賀好像也不太對勁，總之他看起來是平靜下來了，我也覺得安心許多，這樣很好。

至於慶祝我們升級的那一餐，在三天後珞侍補請了，由於我跟月退都在神王殿死過，畢竟有點不吉祥，心裡也可能有些陰影，所以改在外面的餐館吃飯。結果不只音侍大人，璧柔也一起來了……好好的吃個慶功飯，你們為什麼一定要陰魂不散跟著繼續來放閃光啊！這很不道德耶！

可能是璧柔的關係，我覺得月退雖然擺脫了傷口的陰影，那天的臉色還是不太好看。我說你們到底有什麼過節啊，月退你的不友善跟冷淡有點明顯耶，特別是在跟你平常的表現對照之後……

反正目前為止一切還是有驚無險，就這樣腳踏實地過下去，或許也不錯吧？

✣ 章之六　新年節慶

『說到新年，有沒有打年獸？能不能請音侍大人提供一隻？我看月退打就好。』——范統

『他會告訴你他那裡只有小花貓，沒有魔獸。』——綾侍

『把真正的那隻小花貓還我啊！混蛋！』——違●（為保護當事者匿名處理）

當聽說年節即將來臨，東方城也有一些過年的特別習俗跟活動時，范統還眨了眨眼，有點沒反應過來。

沒想到在幻世也有過年這回事啊？果然只要有心，即使在異世界也能找到自己熟悉的東西嗎？

在一年的最後一天到來之前，他們有半個月的時間進行準備，像是大掃除、製作平安符，準備年節祭品……基本上可以說是事務繁多，尤其是仍在負債中的范統，因為他又得被徵召去工作還債。

拿到草綠色流蘇後，直到這個月為止，范統抵押掉的薪水與打工抵銷的部分統計過後，依然欠東方城兩百五十串錢——這還是他先跟月退借錢去還債才有的結果，導致兩個人到現在還是口袋空空，糧食匱乏。

硃砂是存了一點錢了，但他當然不可能請他們吃飯，所以他們還是只能吃公家糧食，聽說新年期間發放的公家糧食會比較不一樣，范統也只能勉強抱持著一點期待了。

說起來，月退沒有跟音侍討任何賠償費這件事，也讓范統在意了很久。像音侍那麼有錢的人，范統覺得就算坑他一筆也不為過，可是死的又不是他，月退都這麼決定了，他也無可奈何。

要是賠償費用有敲詐到，我們就可以過舒服的生活了啊——

這種「月退有錢了一定會照顧我，所以月退的錢跟我息息相關」的心態，范統也知道不太好，但是知道歸知道，他依然會忍不住這麼想，反正人窮志短就是這麼一回事。

至於那句「封印沉月」的事情，他到現在還是悶在自己心裡。

先前他曾經想跟月退討論，不過在開口連說了兩句不知所云的反話後，他就放棄了，反正也不急，就等月退看得懂東方城的文字後，他再用寫的跟他說，這樣比較好講清楚，月退進修到現在，東方城的字已經看得懂快一半了，相信可以使用筆談的那一天很快就會到來，新生居民有的是時間，他能等。

而自從升上了草綠色流蘇，范統的階級就一直停滯在這裡，目前尚未朝深綠色流蘇邁進。

倒不是他不想往上提升，只是了解了升深綠色流蘇的條件是通過武術軒那個機車老師的測試後，范統就放棄了。

骨子裡還是白色流蘇，要怎麼通過測試啊？怎麼想都只會被玩弄一番然後被判定不及格吧？

不過，這個條件對范統來說很難，對其他人來說就不是了。比起收集物資，通過武術軒機車老師的測試顯然對某些人而言簡單得多，因此，月退、璧柔和硃砂現在都已經是深綠色流蘇了。

硃砂應該是正常通過的，璧柔有沒有用美人計或者請「高層」關說，范統無從得知，倒是月退的情況他還可以問一下，當月退戴著深綠色流蘇回來時，范統就有湊上去問過。

「怎麼樣？你有沒有把那個機車老師打得半活不死？」

要是他自己有那個實力，他應該會想假借升級的名義公報私仇。

「老師沒有讓我動手，就直接讓我升級了……」

可惜，月退苦笑著這樣回答他。

連讓人公報私仇的機會都不給，機車老師果然很奸詐，搞不好跟米重有親戚關係。那個時候范統內心也冒出了這樣一句感想。

然而升上深綠色流蘇，對月退來說也有麻煩，因為會找他決鬥的人又增加了草綠色流蘇這個階級，出門被攔下來的次數增多，連范統都旁觀得有點不耐煩。

「月退，你要不要真的殺幾個，這樣來找麻煩的人應該就會變多。」

他的意思是動殺手後，有威嚇的效果，挑戰的人就會變少，可是又說成反話了。

「我就是覺得殺了可能會惹來更大的麻煩，所以有所顧忌啊……」

偏偏月退還能順著他的話說下去，讓他有點無話可說。

總而言之，當前他們的生活又因為即將過年而忙碌了起來，月退倒是沒有忘記當初說過的話，陪著范統一起去打工了，這也讓范統很感動，決定下輩子有機會一定要報答他。

至於為什麼不是這輩子……那當然是因為月退所有的條件都強他太多，他怎麼看都不可能有機會報答啊……

「月退、范統——」

年節準備期的第一天，兩個人一起出門打工前，璧柔在走道上叫住了他們。

「有事嗎？」

月退轉頭的時候，還是維持著禮貌淡漠的態度。

我說月退啊，你對璧柔到底有什麼不滿，就直說嘛，哪有男人被美女叫住是這種臉色的，就算那個美女已經死會了也不該是這樣啊。

啊！還是說在我不知道的時候，你跟硃砂其實也偷偷死會了？如果是這樣我倒是可以理解，硃砂不管男女看起來就是很凶很會吃醋的樣子，萬一偷腥被抓到可不得了……不過，真的有這回事嗎？應該沒有吧？

「一起過年好嗎？我跟音侍、綾侍大哥都約好了，大家一起過年比較熱鬧有趣嘛。」

搞半天，我們這群人已經是做什麼事情都會攪在一起的關係了嗎……

范統一瞬間心情複雜了一下，為什麼跟音侍大人、綾侍大人一起過年，聽起來已經變成很正常的事情似的？這其實並不尋常吧？

「我沒有意見，問范統吧。」

月退看起來不怎麼感興趣，將問題推給了范統。

「咦？隨便啦……」

因為說「好」可能會被扭曲成「不好」，說「不好」也未必會被扭轉成「好」，所以范統選擇了這比較含糊的話來回應。

「那就說好一起過年囉！」

既然說隨便，那自然就隨璧柔決定了，本來以為答應了就沒事，沒想到她還不放人，打算把相關事情一口氣弄清楚，也就是他們要怎麼過年這件事。

這種事情當然不能一個人決定，所以在璧柔的要求下，他們打開了符咒通訊器中的團訊連結處，和不在現場的音侍與綾侍一起討論過年的事宜。

『啊，小月跟拖把的主人也要一起過年嗎？那小硃呢？』

別再拖把的主人了。我已經不知道該說您什麼了。

「我們還沒問硃砂。」

月退簡單地回答，然後在綾侍大人咳嗽了幾聲表示很忙不能浪費時間之後，他們順利地進入了主題。

「你們想要怎麼過年呢？」

在璧柔問出這個問題後，范統選擇沉默。由於在原本的世界只有一個人，過年的時候，他就只窩在家裡，如果不記得提早存糧，還會因為商家通通放年假休息而導致他買不到吃的，出現斷糧危機……他覺得這種經驗沒什麼參考的價值，會想這樣過年的人，腦袋一定有問題。

「我沒什麼經驗……」

月退這麼表示。說不定他活著的時候就是在一個沒有過年習俗的國家，那麼沒經驗也是正常的。

『我通常陪在櫻身邊，打點她身邊的事。沒事的時候就是待在自己房間。』

這是綾侍的說法。感覺上，他以前過年也只是在做平常做的事情。

『啊——每年過年都差不多，已經過了好多個大同小異的年了，好無聊，無聊到快死掉了，小柔，你們那邊是怎麼過年的？說來聽聽。』

音侍顯然覺得過年都是一樣的把戲很讓人厭煩，也不值得期待。因為他問了，璧柔就說起了西方城的過年習俗。

「嗯，我是沒跟他們一起過年啦……不過西方城過年的時候，約好一起過年的小團體會交換禮物，參加的每個人要提供自己親手做的一道菜，聚會地點有人選擇室內，也有人選擇戶外，大概就是這個樣子吧。」

璧柔才剛介紹完，音侍就很感興趣地接口了。

『啊，聽起來很新鮮的樣子耶！我們今年就用西方城的過年方式來過年吧！』

啊……？

音侍大人，您是開玩笑的吧？誰有錢買禮物啊？我把拖把打包一下當作禮物送出去行嗎？就算它價值兩百串錢，收到這種禮物誰會高興？我看也只有您想要吧？

『得了吧，你會做菜？』

綾侍用一種相當不齒的語音嘲諷他。范統覺得自己也被刺到了。

是啊，如果真的要出自己親手做的菜，那我也只好強迫大家接受我那可怕的手藝了……雖說我只會煮奇怪的粥，但我也沒有材料，把公家糧食泡軟之後加上一些創意的料理，不曉得行不行得通？

『不會做就學嘛！我就不相信你會的東西我學不會！』

音侍大人，您的鬥志燃燒得真旺盛。這場過年聚會，到底有幾道菜是可以吃的？

「菜做得怎麼樣沒有關係啦，重要的是心意。」

璧柔說的這句話其實也沒有錯，但無論如何，范統還是比較想吃到正常的菜。

「我們沒有錢可以買食材……」

月退為難地說出了這邊的難處，但顯然這不是個足以推托的理由。

「你們要什麼食材就找我吧！我可以幫你們買，沒有問題。」

璧柔很大方地表示可以幫忙，月退也就不再說什麼了。

妳當然沒有問題，妳有三千串錢的老本啊……

『那就這麼決定了！』

『唉，隨便你們吧。』

「禮物你們就要自己想辦法了喔，真的有困難的話還是可以找我借錢的。」

討論完畢，散會。

對於討論中決定的事項，范統可說是備感壓力。

我怎麼覺得，我們好像是被誤拉進什麼上流社會有錢人的交際場合了啊……

范統跟月退今天從事的打工，是協助製作新年期間發放給新生居民的特別糧食。想到從事這個工作可以先得知特殊糧食是什麼，范統就有點期待，但想到有些食物要從自己的手上做出來再送出去，他又覺得有點不安，感覺領到他製作的那一份的人，似乎特別倒楣。

但在人類的自私心理發作後，范統頓時覺得只要不是自己領到就好了。然而，來這裡協助製作的人，不曉得有幾個是跟他一樣笨手笨腳的，他有點懷疑在現場實際看到了製作過程後，這新年節慶的特殊公家糧食，他不知道還吃不吃得下去。

由於兩人到的時間有點早，等待負責人出現的期間，范統便想跟月退稍微聊聊天。

「月退，我覺得你每次看到壁柔，都很高興的樣子，你對她的態度也特別熱情，有什麼特殊原因嗎？」

噢，我是說你都不太高興，又特別冷淡，我絕對沒有反諷你的意思……

「……咦？高興？熱情？」

月退的眼神渙散了起來。

你就直說你覺得我瞎了眼好了……

「我是說，你對她好像特別冷淡，為什麼啊？」

貌似上帝有聽到范統的請求，終於讓他說對了一句話，可是他說了以後，月退卻陷入了長長的沉默。

為、為什麼不說話了？你要是不想說，就告訴我沒什麼特別的原因就好了啊，這樣雖然我的好奇心無法被滿足，但我也會明白你的意思，你這樣不說話是怎麼了嘛？

「范統……」

月退在沉默了很久之後，終於開了口，但他卻沒有正面回答他的問題。

「如果你是被人殺死的，如果有一天你遇到了殺了你的凶手，你會怎麼做？」

這個突然冒出來的問題讓范統有點訝異，但月退認真而帶點沉重的語氣，使他知道，這個問題似乎不是隨便亂問的。

而跟剛才的問題連結起來做聯想，范統頓時嚇到了。

「你、你難道是說璧柔……」

璧柔殺了月退？不會吧？慢著，所以月退原本也是這個世界的人？啊？哦？咦？

「不是。」

知道他在想什麼，月退搖了搖頭，否定了范統的猜測。

「我只是想知道你的做法。我覺得……有點茫然。」

噢，不是璧柔殺的就好。朋友殺了朋友的話，我還真不知道要怎麼辦。茫然什麼？你又在想傷痕跟惡夢的事情了？

「范統，可以告訴我你會怎麼做嗎？」

看月退那副認真想尋求答案的表情，范統覺得敷衍過去不回答好像有些對不起他，所以他勉強想像了一下自己遇上殺人凶手的場面，然後給了月退自己的答案。

「我會指著那個天才大大讚美，然後溫柔撫摸他的要害，在發洩完我的愉悅之前不會放過他，最好讓他生不如死。」

在話說出口的同時，范統覺得彷彿有種冷風吹過烏鴉嘎嘎叫的效果，果然月退的神情變得十分不自然，好半晌才擠出一句話來。

「范統，你這樣……很特殊，不過，可能不太好……」

你也不用規勸得這麼勉強。還有，拜託你發現一下我其實是說錯話了好嗎？你說的可能不太好是指我的品行扭曲，還是被我這麼對待的人會不太好？

而月退看范統沒有回應，頓時又尷尬地低下了頭。

「對不起，我可能問錯問題了……」

不要這樣啦！不要自己問了問題，自己聽了反話後沒會意過來又自己道歉啊！我是說我會指著那個人渣大大咒罵，然後狠狠痛揍他的要害，在發洩完我的憤怒之前不會放過他，最好讓他生不如死——我這明明是很正常的反應吧？

「月退，那你呢？」

范統對於扭轉自己剛才建立的糟糕印象這件事很快就放棄了。正確來說，他是早就對自己這張嘴絕望了，形象什麼的就管它去死吧，那種東西根本就是沒救了……

「唔？」

月退沒想到范統還會繼續這個話題，而輪到自己被問到這個問題，他就皺起了眉頭，似乎不知道該怎麼樣回應。

也許是因為范統只是把凶手假定成隨便哪一個人，他卻是確切知道殺了自己的那個是誰，因為有其他的因素，才無法很快就回答出自己會怎麼做吧。

「月退，你是在決定報恩的手法，還是在決定要不要原諒他啊？」

我是說復仇啦，報你媽個恩，爛詛咒……

月退看向范統的眼神又充滿迷惑了，看樣子他又無法理解報恩是怎麼搞的了。

「我覺得啦，讓你痛苦的人你就讓他痛苦，不要太仁慈啦。」

還好這句話講對了，要是變成什麼「讓你快樂的人你就讓他痛苦」或者「讓你痛苦的人你就讓他快樂」，這好像就會演變成虐待狂還是被虐狂的問題……

在聽了范統這句話後，月退的神色變得有點複雜，又過了一陣子，他才再度開口說了一句話。

「我……並不仁慈。」

這句話令范統錯愕了。月退在他心中的形象一直是個善良的好孩子，不曉得為什麼他會這麼說自己。

不過，這麼說來，你是在決定復仇的方式嗎？那也是好事，壞人就是要讓他不得好死，哈哈哈哈。

嗯？慢著，我最初問的問題還是沒得到解答啊，所以你到底為什麼不喜歡璧柔啊？還有，殺你的凶手，你還有可能遇見他嗎？你果然原本也是這個世界的人？問題怎麼這個多，偏偏我連好好問出一個來都辦不到……

「范統，我們還是談點別的吧，禮物的事情打算怎麼辦呢？」

喂喂！不要跳話題啊！璧柔呢！

「你還是沒說到璧柔的問題……」

「……沒有什麼問題啊，也許是你太敏感了，我們來想想禮物的事情吧？」

你總是看不見自己說謊的時候有多明顯，說謊技術拙劣就不要說了嘛，不過我也看得出來你不想回答了，唉。

結果因為負責人已經到了，他們沒來得及談談禮物的事情，就跟著其他打工的人一起往工作地點移動了。

在這群人中，范統沒有看到米重的身影，這讓他有點欣慰總算有一次工作不是跟米重一起了，跟月退一起再怎麼樣也比跟米重一起好得多，至少可以保持心情愉快，不必一直應付糾纏。

當得知了工作內容後，即使一起工作的同伴是月退，范統的臉還是當場黑了一半。

新年特別發放的公家糧食是飯糰，他們今天來這裡就是要包飯糰。

一個人要包四百個，沒包滿四百個不准回家。

聽到一個人要包四百個的時候就已經夠絕望了，范統一面算著一個包兩分鐘的話完全不休息要包多久，一面看著現場提供的，超過四十種的餡料。

負責人的說法是，餡料隨意搭配，想包什麼進去都可以。

要包四百個還不給人單純一點的材料，是叫人去死嗎？

范統一時有種通通包白飯糰的衝動，反正都不加外面應該也看不出來，這樣白飯糰就最省事了。

不過他內心又有惡搞的念頭在蠢動，這麼多的餡料，創造出一些「有創意」的飯糰應該不是難事，雖然看不到吃的人的表情，可是像是香菜加辣椒再添點肉桂的飯糰，包出去想像某個人吃到後的反應，還是很好玩嘛……

范統相信有這種念頭的人應該不少，如此看來，所謂慶祝新年特別給的公家糧食，根本是可怕的炸彈，他還真的得好好考慮要不要去領了。

而負責人接下來交代的一句話，又讓他打消了亂包飯糰的念頭——這次工作除了原本說定的薪水，還會從你們自己包的飯糰裡面隨機抽十個送你們帶回去吃。

這可是額外的糧食，雖說到時候上街去還是可以領到飯糰，但看了這四十餘種餡料，范統已經不敢相信別人會包出什麼有良心的東西了，比起來自己包的可以自己選擇，至少自己大概知道裡面是什麼，感覺有保障得多。

而想到裡面有十顆自己要吃，范統便覺得應該要包大一點，他死命要將餡料往大得不像話的飯糰裡塞的動作讓月退覺得匪夷所思，甚至還停下了自己包的動作。

「范統，用不著包這麼大吧？」

我這是貪心，你不懂。

「月退你包太大了，這樣很佔便宜。」

不是啦！我是說你包太小了很吃虧！

「咦？這樣還太大嗎？可是你的明明比我的大啊。」

月退看著他自己包出來的飯糰，有點吃驚，在他看來，這不過是剛剛好而已。

范統含糊不清地嗯啊了幾聲，決定默默繼續包，並希望月退不要管他說了什麼。

剛開始好好包飯糰的宏願，在包了將近一百個後就有點因為不耐煩而開始變質了。試試各種餡料包進去的效果的念頭在范統心中蠢蠢欲動，而既然要亂包，那麼也沒必要特別包大顆了，范統發現，這些亂包的飯糰包起來感覺要愉快得多，他甚至可以邊包邊哼著小曲，自得其樂得不像是在工作。

不過就算他可以包得很快樂，包四百個需要的時間還是不會因而減少，也就是說，心情不代表會提升工作效率。他包到三百個的時候，已經是開始工作的十個小時後的事情，期間偷點米飯餡料當午餐、下午茶是不成問題，但再怎麼樣，還是得加緊手腳好回家睡覺吧。

他包完三百個時，月退已經包完四百個了，范統不知道月退到底包得怎麼樣，但比他快是事實，幸好月退不至於沒良心的在旁邊休息看著他忙碌，而是主動問他需不需要幫忙。

「范統，你包幾個了？我好了，要我幫忙包嗎？」

有人幫忙當然是好事，范統大為感激。

「不客氣！我不需要幫忙。」

但是，開口回答是他犯的最大的錯誤。

由於自尊不容許他再反覆地測試直到澄清剛才說錯話，范統也只好自己一個人繼續包下去，直到又過了兩個小時，才安然完工。

「來，這是你們的飯糰。」

兩個人推著推車去繳交飯糰後，領到了各自的十個飯糰，范統在看到領回來的裡面沒有特別大的那一批後，頓時就擺出了苦瓜臉，他們一面走回宿舍，一面嘗試今天的戰果。

鼓起勇氣咬了一口自己包的飯糰後，范統有種中獎的感覺，當然不是什麼好獎，月退抱持著好奇心接過去嚐了一口後也露出了很難看的表情，於是范統將希望放到月退做的飯糰上面。

月退當然也不會小氣到不分給他，既然他想吃吃看，月退就遞了一個給他。

「哇，月退你這飯糰明明不小，卻好輕……嗚！」

當范統一口往月退包得小而結實的飯糰咬下去後，他當場在內心做了大大的吶喊。

好硬——！

月退！你到底用什麼樣的手勁包的！這真的是飯糰嗎？我覺得我的牙齒咬不下去、咬不下去啊！小小的卻這麼重，你到底壓縮了多少米飯進去？

你跟飯糰有仇啊——捏得這麼用力做什麼——

「怎麼了嗎？」

「不能吃。」

范統也沒選擇什麼客氣一點的說法，很直白地指出了核心問題。

咬不動當然就等於不能吃，說不定可以拿去當投擲武器。鉛球？

「出了什麼問題……」

月退接回來自己咬咬看，也立即面露異色。

太好了，雖然你多方面都很不像人，但是看來你的牙齒還是跟正常人一樣的。

「這些……看來是沒辦法吃了呢。」

月退笑得有點尷尬，范統則提了一個餿主意。

「拿回去用水泡看看？」

反正頂多是變成他常常吃的稀飯。

不然也不知道要怎麼辦啊，放著是浪費……

「算了吧，我看全部送給硃砂好了。」

月退這麼說之後，范統倒是很想說，這真是個好主意。反正硃砂什麼都吃，就算是范統這些怪味飯糰、月退那些鋼鐵飯糰，他一定也沒有問題的。

最後，他們今日的戰果，扣除咬過的那兩顆，一共十八顆飯糰就這麼被當作禮物送給了硃砂。硃砂雖然納悶「給我這麼多做什麼」，還是道謝收下了。

❀

新年的準備期，范統跟月退忙著打工賺錢，璧柔卻是快樂地花著音侍給她的錢，參加各式的新年活動，這也讓范統深深地感覺到人的命果然有很大的差別，看璧柔的面相，就是那種福大命大，就算遭遇什麼大風大浪也能化險為夷的富貴幸福命，相較之下，月退看起來就有種會遭遇很多磨難的感覺，不過其實他的面相有點複雜，范統也無法一眼就分析透澈，如果有機會的話再來看看掌紋八字什麼的也許是個不錯的選擇，但人都死過一次了，拿前輩子的東西來看，實在不曉得準不準。

在他們努力打工賺錢的時候，硃砂則是繼續當他認真複習的好學生，似乎對這類的活動以及賺錢都不感興趣，在他們跟他提及璧柔邀請的過年聚會時，他也因為做菜麻煩又不想準備禮物而拒絕了，有點像是活在自己的世界中的人。

「我們要不要邀珞侍啊？」

百忙之中，月退居然還能想到這件事。

「不想邀就不要邀，想邀就邀啊。」

范統是無所謂，而且這場聚會也不是他發起的。

「那我問問看好了。」

於是，月退就拿出了符咒通訊器聯絡起了珞侍，接通後交談了幾句，他便帶著遺憾的表情結束了通訊。

「怎麼樣？」

「珞侍說他過年很忙，不一定有空。」

哦？是真的很忙，還是害羞推辭啊？你怎麼不多跟他說幾句，依照經驗推論，你只要多問幾次他就會投降說有空啦，你也放棄得太早了吧……

「明天的打工是什麼時候啊？」

「范統，明天沒有打工啊。」

我知道啦，我是要問今天……

「我是說，明年的打工是什麼時候啊？」

月退用奇怪的眼光看向他。

「明年的打工現在還不知道吧，你已經安排好了嗎？」

不是啦！我是……噢，整個說不清……

「到神王殿去的打工時間也快到了，我們該走了。」

結果他還是得到了他想要的答案，只是，過程多少讓他有點沮喪。

過年聚會的前一天，他們要去神王殿當清潔工。照理說這種地方，應該有專門的打掃人員才對，但似乎前一陣子出了什麼事，導致打掃的人手不足，他們這些人才被找過來工作。

他們辛苦地掃到第四殿為止，都沒有遇到音侍他們，可能是都知道今天會有很多閒雜人等過來打掃，所以沒事都不外出，以免撞見麻煩吧。

而結束了第四殿的打掃要前往第五殿時，負責人卻阻止了他們。

「前面是女王陛下的住處，那邊就不必過去了，女王陛下不喜歡外人靠近。」

這樣啊？別告訴我都是綾侍大人一個人打掃。

「但暉侍大人的住所不是也在第五殿？」

「暉侍大人的住所，近年都是珞侍大人負責帶人去打掃的，我們不用多事。」

珞侍啊？

雖然暉侍不在，珞侍還是會去打掃他的住處，不知道該不該說很有心呢……

打掃活動結束，時間也晚了，可是，明天晚上就要聚會了，再不研究一下菜色跟禮物，搞不好會開天窗，這樣不好，范統跟月退也只好拖著疲倦的身體為了這兩件事絞盡腦汁。

「范統，你做過菜嗎？」

「可能不算有做過。」

我做的那些稀飯……與其叫做菜，還不如叫化學實驗。

「我們明天該怎麼辦？」

怎麼辦，你問我我也不知道啊，涼拌？

「還是……買一些材料回來，做飯糰？」

你忘了你做的飯糰根本不能吃嗎……你打算犧牲多少米飯來試你的手勁必須減輕多少？

「反正有心意就夠了，我們不管做得很難吃還是很好吃，都不一樣啦。」

「很難吃跟很好吃的確是不一樣……」

不要挑我語病……不對，不要欺負我常常說反話……

這個時候，范統又靈機一動，想到還有一個傢伙可以問。

「噗哈哈哈，醒醒，你會不會做菜？」

會墮落到跟拖把問烹飪的事，范統覺得自己也稱得上是個奇才了。

月退目瞪口呆地看他拿出噗哈哈來問，不曉得對他如此行為做何感想。

『呼哈——本拂塵當然不會。君子遠庖廚……』

誰跟你君子啊。你到底哪裡像了你自己說說看？

「什麼啊，真是沒用，看起來活了很久了卻連做菜也不會……」

真不錯，抱怨的時候沒說成反話。不然我一定會很懊惱……

『我又不用吃飯，為什麼要研究做菜啊？而且我明明是武器，又不是廚具，這實在是很不合理的要求。』

本來不是呆呆的嗎？怎麼突然口齒清晰伶牙俐齒了起來？睡醒了嗎？

「武器在外的時候幫主人禦敵，在家的時候當主人的賢內助，天經地義啊！」

咦？我也變得口齒清晰伶牙俐齒了起來？忽然連續兩句不是反話，還真不習慣。

『我呸。本拂塵還沒有要嫁，就算要嫁也不是嫁給你，誰要當你的賢內助。』

哇！居然我呸？還有，你是不是忘記自己是公的了？

「說這是什麼話，我可是很想娶你的。」

果然，好事不過三，馬上就迸出反話來，還總是在反了之後會變得很糟糕的地方。

『……命苦啊，命苦啊，長年找不到賞識我的主人，勉強挑了一個不怎麼像樣的，又成天只會耍嘴皮子調戲我，沒半點真功夫，為什麼為什麼，到底為什麼啊，為什麼我這麼優秀的武器就是找不到一個足以和我匹配的主人呢？』

我也不過說錯一句話，你就碎碎唸這麼多，把人罵得一無是處，不覺得太過分了嗎？一直貶低我，褒揚你自己，你以為你是哪一齣戲的悲情主角？

「范統……」

在范統還想繼續跟噗哈哈理論的時候，月退忽然神情異樣地喊了他一聲。

完了，沒有刻意要求噗哈哈公開說話，月退只聽得到我的話，聽不到這拖把說的……這下子又造成誤會了？

「主人就算跟武器感情好，最好還是要認清彼此之間種族的差別，即使你真的很喜歡它，還是別把它當成人想著結婚的事情比較好……」

不要這麼憂心忡忡一臉正經地規勸我啦，我沒有、我沒有那種傾向好不好？而且你曉不曉得這傢伙是公的？

『聽到沒有？你朋友比你明理多了，你就不要妄想了。』

噗哈哈居然還打蛇隨棍上，順著嗆我，真是有夠嘔的。

「你回去睡覺吧，我不跟你說話了，受不了。」

最近跟噗哈哈說話的正確率真的有提高。難道、難道這是我們即將心靈相通的預兆嗎？

「范統，也不要因為不能結婚了就對你的武器太冷淡……」

月退，別說得好像我買這武器只是為了找結婚對象一樣好嗎？

結果，他們商量了半天，也只決定了一些基本的食材，委託璧柔代為購買了，就等著明天再處理了。

范統的事後補述

其實很小很小，我父母親仍健在的時候，我也是會跟父母親戚一起過年的。小時候的印象已經模糊了，只記得有很多事情要做，很忙很熱鬧，反正忙到最後暈頭轉向，就忽然過完了年，一切都結束了，曲終人散，各自回家。

告別的那一瞬間會覺得很不想走，回家的路上心情會很沉重，回到了家，明明平常也是自己一家子住，卻會突然覺得這樣子好冷清，也在那個時候，才會格外清晰地感受到，人真的是群居動物，離群索居的時候，真的會感到很寂寞。

其實那也是經歷過熱鬧後，才會曉得的孤寂吧？而且事實上小時候父母還是跟我一起住，也沒到獨居的地步，等到我真正獨居時，卻也習慣了那種感覺而不會覺得難受了。

不要用一臉覺得我很可憐的表情看我，我可從來沒有覺得自己可憐。我父親號稱他是得道高人，早就告訴我們，他會在我十三歲那年的生日過世，一再交代這是命中注定，要我們不要太難過……我也問過他為什麼一定得是我的生日，他則告訴我這樣比較好記，生日跟父親忌日一起記就不必多浪費腦細胞記一個日子，讓我無話可說。

聽了這種話，我當然覺得其實他似乎可以自己挑選要死掉的日子，然後還故意選這一天……有個硬要挑兒子生日那天去死的任性老爸，事實上你也不能說他什麼，基本上我還是很尊敬他的，他在死前把他那些營生技能都傳授給了我，說等他不在了，我就可以開鐵口直斷店賺錢，他也可以安心地去另一個世界，不必擔心我跟母親會餓死。

可是鐵口直斷店一直沒有很賺錢，直到我被那個阿姨詛咒生意才好起來……另一個世界，啊，說到另一個世界，該不會我老爸他也到幻世來了吧！我該不該找一天請珞侍去查一下戶口啊！

但既然他走的時候沒什麼執念，那這個可能性似乎也不高，唔……

我看還是不要查好了。

要是真的查到了，然後讓我發現我那個四肢不發達的老爸來到這個世界這麼多年，居然還拿著白色流蘇之類的……那似乎不是默默流下兩行清淚可以了事的，也太心酸了吧！

不，老爸他畢竟沒有嘴巴的毛病，就算跟我一樣是沒有夢想的現代人，不能修術法，符咒總是有望的吧！憑著老爸的資質，我想紅色流蘇一定不成問題的！真的這樣的話，倒是真的該去把老爸找出來，請他幫忙償還他沒用兒子的債務，順便拿點錢來花花……

但是以我現在嘴巴的狀況，見面的時候把「老爸」喊成「老媽」這種事也未必做不出來，到時候他說不定會直接拿掃把將我掃地出門，同時賞我一張馭火咒。

唔，老爸到底有沒有來都不知道，我就想這麼多，會不會太庸人自擾？

或許是過年的觸景生情吧……唉。

章之七 星空下的瞬間

『哪怕只是一朝一夕的短暫美好，我也願我的生命能夠記憶……』——月退

過年的前一天，還要召開審訊，將年前的案子結一結——這例行公事讓人很厭煩，卻又不得不參加，今天參與審訊的五個人裡，至少有兩個人是這樣的心情。

這算是每年過年前都一定會有的加班，女王矽櫻還是一樣冷著一張臉，珞侍的臉色還是一樣不太好看，綾侍還是一臉的事不關己，音侍則一樣帶著無聊的神情來看違侍表演。

看了看今天待審的犯人案例，犯事的又都是新生居民了，那麼今天多半又是死刑死刑死刑到底，而且明明一樣是死刑，違侍還可以變出不同的說詞出來，彷彿他也是經過透澈研究才做出死刑的決定，讓人不知道該說他認真辦事還是吹毛求疵，總之，這並不會讓大家對他的觀感上升。

不過，今天倒是出了一點特殊的狀況。

首先是，大概斬到第九個犯人，違侍正在洋洋灑灑列出罪狀闡揚死刑之正確的時候。

「除了以上幾點，犯人的心態看起來分明是刻意犯罪，毫無悔意，此等罪人根本沒有再教育為東方城可用的希望，我認為理應處以死——」

違侍的話說到這裡，還沒把最後那個字說出來，話音便突然不自然地止住。

大家都有點不明所以地看向他，想明白他發生了什麼事時，突然聽見了「喵」的一聲，原來是一隻貓在他腳邊蹭著。

違侍的臉色很僵硬，似乎試圖維持住冷靜，同時想出個正確的反應來，這時候矽櫻開了口。

「怎麼會有貓？哪裡來的？」

「不知道是怎麼跑進來的，還是原本就在裡面了呢？」

珞侍稍微檢查了一下結界，沒有出問題，那麼貓本來就在裡面的機率就很高了。

由於矽櫻女王的語氣聽來有點不善，違侍的臉色就變得更加青白了，那隻貓還不知道這裡隨便一個人都可能威脅到牠的性命，還在違侍的腳邊親熱地磨蹭，一副討好的樣子。

「不要打擾到審訊進行，違侍，把貓……」

「陛下！十分抱歉！我忽然肚子有點痛，請允許我暫時離席！」

違侍不等矽櫻說完就激烈地打斷了她的話，同時以令人驚嘆的快步奔出了結界跑走。

「啊，貓呢？」

音侍偏頭看了看，貓跟違侍一起不見了。

同時，綾侍轉過身，按著嘴巴，似乎極力忍著笑，音侍和珞侍依然搞不清楚狀況，矽櫻也搞不懂這是怎麼一回事。

當然，不可能他們四個人等他一個，在他離席的時間，審訊還是繼續進行下去，少了一個倡導死刑的人，倒是讓兩名犯人逃過了一劫，沒和其他犯人一樣落到死刑的下場。

貓咪風波過去後，回到審訊台上的違侍扶了扶他帶給人精明形象的眼鏡，又恢復了原本的姿態，大概已經鎮定了下來，於是他繼續對每個案例發表他的高見，繼續將一個又一個的犯人送上死刑台，不負他讓新生居民哀鴻遍野的惡劣名聲……

而在審訊接近尾聲的時候，又出現一個讓大家跌破眼鏡的情況。

這個案例一樣是新生居民，不過是個年僅八歲的孩子，剛來東方城不久，在竊盜食物時被發現，驚慌之下為求脫身胡亂攻擊，傷了好幾個人，因而被抓了起來。

雖然犯行不算嚴重，但這種案例以前也不是沒有過，那時違侍照樣給人家判死刑，想來這個小孩也不會有什麼好下場。

珞侍抿了抿唇，看來想為他說話，音侍也有點於心不忍，兩個人都在等違侍開口，好就他的話進行反駁，沒想到矽櫻詢問眾人意見後，違侍卻沉默了很久，沒有像往常一樣立即士氣高昂地做出死刑要求。

這已經夠奇怪，更奇怪的還在後面。

在他終於幾經掙扎想出個結論後，說出來的話卻是這樣子。

「犯人年紀還小，平日溫飽需求也不太得到滿足，望陛下念在其犯行上可原諒的份上輕判，選擇勞役或是拘禁服刑。」

新生居民的案例竟然可以在違侍的口中聽到「輕判」這樣的字眼，實在足以讓音侍等人瞪大眼睛，列出來的刑罰也真的很輕，簡直匪夷所思。

「違侍，你開竅了啊？你終於發現死刑不是那麼好了嗎？」

音侍不問一句實在不甘心，因為這實在太奇怪了，跟違侍一貫的行徑根本不符合。

「胡說！這只是因為，小孩子是很可……小孩子是國家的資產，國家未來的棟樑，要好好照顧！不可以任意扼殺！」

所以長大了發現長歪了就趕快扼殺掉是吧？真是很好理解？

但是違侍到底有沒有注意到，新生居民的小孩子根本不會正常長大的事實啊……

總之，整個審訊結束後，步出結界的音侍整個還處在覺得一切莫名其妙的狀況下。

「綾侍，那真的是違侍嗎？騙人的吧？其實是別人吧？」

「不是違侍還能是誰？暉侍嗎？」

綾侍說了個一點也不好笑的笑話。

「可是一點也不像啊！他到底哪裡像違侍了？」

「從天真的部分到執著的部分都很像。」

綾侍回答得從容不迫，顯然不覺得今天的違侍有哪裡不對。

「啊，老頭，其實你的眼睛根本就長得跟我不一樣吧？耳朵也不一樣？我們看到聽到的東西根本就不同對吧？」

「不，是你根本沒長眼睛跟耳朵。」

「胡說！我明明就有眼睛跟耳朵！你問小珞侍跟櫻，他們都可以證明！」

「我肯定他們可以證明你沒長。唯一可以為你的話無條件背書的就只有小柔了吧。」

「哪有這回事！你這老頭怎麼這麼討人厭！」

綾侍已經被音侍說討厭說得很習慣了，現在再聽到，當然也不會有什麼特別的反應。

「晚上就要聚會了，你菜準備好了沒？」

「啊！」

「『啊』？」

聽起來，感覺是忘記了的叫聲。

「完蛋了！我連廚具都還沒買！綾侍，劍可以用來炒菜嗎？可以嗎？」

「就算可以你也辦不到。」

再說廚具那種東西，神王殿裡還會找不到地方借嗎？

「你到底想做什麼菜？」

「啊，上次弄來的食譜上面，我覺得一道叫做『花椒蘆筍焗五分熟牛肉海鮮總匯佐檸檬醋鮭魚醬』的東西看起來挺有氣勢的，你覺得怎麼樣？」

「……那是哪來的怪食譜？你要是做得出來，從今以後我喊你的時候後面都加個『大人』。」

如果要比天真，音侍應該一點也不輸違侍。

比起借廚具容易的神王殿，范統跟月退要想在學生宿舍借到廚具開伙，就有點難了。雖然學生宿舍還是有廚房可以借給學生使用，但那是要排隊而且有限制時間的。

他們好不容易排到了早上，使用時間卻只有一個半小時，而在時間到的時候，他們做出來的成品全部慘不忍睹。

比如說燒焦的蛋、表面燒焦，中間沒熟的肉、調味料放錯的麵之類的東西。

成品慘不忍睹就算了，廚房也有點面目全非，所以借用時間結束後，他們還被罰留下來將廚房清理乾淨才可以走人。

「怎麼辦？」

「怎麼辦……」

他們兩個人可以說是面面相覷，有種面臨窘境要被逼上絕路的感覺。

「拿不出像樣的菜來……」

是啊——要是拿不出像樣的菜來，就不能在別人拿出奇怪的菜的時候好好恥笑他們了……

「拿不出像樣的菜來，再拿不出像樣的禮物，這樣就兩頭空，很棒。」

我絕對不是故意說這麼酸溜溜的話的啊。我是說即使弄不出菜，我們還有下午的時間，趕快準備一下禮物，以免面子太掛不住呀。

「不，發展成那樣的局面太慘了，我們先去挑禮物吧，菜的事情我再想想好了……」

月退拿出這陣子打工得到的工資跟范統平分，接著便各自上街挑禮物了。畢竟禮物還是該有一定的神祕性，一起挑禮物就知道對方買什麼了，因此他們是分頭進行的。

范統覺得自己上街後就傾向無目標亂轉，因為他腦中根本沒有想好要買什麼，禮物這種東西等於是砸自己的錢送人，買太貴的很心痛，買太便宜的又顯得小氣，加上交換禮物是用抽的，那就不知道禮物會是誰收到，不知道送禮對象的禮物就更難挑了，他覺得這件事很為難他。

為什麼要這樣過年啊？真是有夠辛苦。

「客人，你到底買不買？不買不要站在這裡擋人看東西。」

大概是他一臉窮酸相的關係，店家也對他不耐煩，看他左瞧右瞧彷彿手頭拮据，很猶豫的樣子，就會出言趕人。

這是怎麼做生意的啊！沒聽過和氣生財嗎！就算本來想買我也不買啦！

遇到這種店，范統就會換一家，不過看來看去還是沒什麼滿意的，他覺得他不只沒有做菜的誠意，也沒有送禮物給人的真心，實在都是虛應故事的，偏偏還是得做。

後來，靈機一動的情況下，他忽然覺得，做點自己擅長的東西當禮物似乎不錯，所謂家鄉的特有土產，一向送禮的好選擇，雖然這裡弄不到他原本世界那些科技產品，但鐵口直斷店的商品，要現場製造，難度不高。

於是他買了一小塊木牌，現場借了點墨水跟筆，便做好了一個書寫了平安語的平安符。寫好了以後他一面欣賞自己優美的毛筆字，一面往回家的路走，然後忽然又因為想到什麼而打了自己腦袋一下。

啊——！搞什麼！我可以寫字畫當禮物送啊！還特別買個木牌！浪費啊——

一個成年男子突然在大路中央抱頭懊惱的情景，足以讓大家議論紛紛不敢靠近，范統也終於注意到了自己的行為異常，這才覺得有點可恥似的繼續低頭前進。

唯一慶幸的是買木牌還送了個小盒子，他就省去了包裝的麻煩，不過仔細想想，還是用個繩子綁起來比較好，所以他就走進旁邊的一家店借繩子去了。

這家店的老闆人倒是不錯，願意借繩子給他，在老闆進去拿繩子的期間，范統就順便看了看這家店有什麼東西，而當他看到一個擺在架子上的商品時，忽然間心念一動。

啊，這個東西……

范統回到宿舍的時候，月退已經在裡面等了，他買禮物的速度真是快速，讓范統自嘆不如。

這個時候硃砂正在睡午覺，月退看到他進來便以不吵到硃砂的音量打了個招呼。

「月退，菜……」

「嗯，我請璧柔幫我買了新的材料，已經做好了，不用擔心，就當作是我們一起做的吧。」

耶？

怎麼這麼快，上午我們還在為了這件事煩惱，束手無策不是嗎？

「那……在哪裡？」

「放在這裡面。」

月退指了指腳邊蓋著布的籃子。范統禁不住好奇地靠過去把布掀開來看，然後全身僵硬地起了一陣雞皮疙瘩。

哇靠！這是什麼東西！不，應該說，果然是月退才做得出來的東西嗎？說是我們一起做的，誰相信啊！我到底做了哪一部分啊！

范統默默將布蓋了回去，其實也不是不好，只是有點震驚到他罷了，但他現在覺得什麼都無所謂了，反正能交差了事怎樣都好。

「范統，你覺得拿這個出去怎麼樣？」

月退看起來有點不安，想從面前唯一的人口中得到一點評價。

「很、很普通，每個人都做得出來。」

不不不！我是說很厲害只有你做得出來！

在月退露出沮喪或者失望的表情之前，范統又趕緊接了一句話引開注意力。

「硃砂看過嗎？他怎麼說？」

「有。他說……沒事把食物搞成這樣做什麼……」

月退的嘆氣，看起來像是把兩個人的評價放在一起，一口氣沮喪了。

這……真是糟糕……誰快來安慰他一下？其實我覺得很棒啊，只是我這張嘴不行啦——

「月退，你禮物買好了？」

「嗯，我也不知道送什麼，隨便挑的。總之我們等時間到就去集合吧。」

聽起來萬事具備，真是不錯。

傍晚的時候，璧柔來通知了集合地點，順便跟他們一起過去。由於天氣好，又聽說今天看得到流星，所以他們打算在附近一個草坡上野餐，對此范統和月退都沒有異議，在草坡上野餐，似乎還是比去神王殿要好得多。

很難得的，音侍、綾侍他們已經到了，而且現場還多了一個本來不會來的人。

「珞侍！」

月退驚訝地看向跟音侍、綾侍一起坐在草坡上的珞侍，對於他的出現有點驚喜。

「你不是說沒空不能來嗎？」

「我突然有空了啦！」

路侍的臉皮依然很薄，回答也不好好回答。

「啊，因為我看小路侍很想來的樣子，就把他一起帶過來了。」

音侍毫無心機地說，路侍則立即急急反駁。

「我才沒有很想來！我只是沒事做罷了！」

「可是你禮物早就買好了……」

「才沒有！我是今天才去買的！」

音侍大人，您就別再揭人家的老底了，這樣很不道德啊，您就稍微體諒一下人家那張薄臉皮吧。

「你能來真是太好了呢。」

月退看起來很高興。的確，朋友聚會，人多當然好嘛。

這個時間天色也差不多暗了，在太陽的蹤影完全消失後，從天邊升起的月亮，便輝耀了整個夜空。

大家隨意地坐在草坡上，舒適的風與新鮮的空氣，氣氛感覺是挺好的，而月亮都出來了，自然也該是晚餐時間了，在璧柔的主導下，眾人便一一開始將自己準備的菜拿出來「繳貨」。

「我做的是三明治喔！這算是西方城的輕便食物，你們應該沒吃過吧？」

先亮出食物給大家看的是璧柔，做得形狀正常的三明治，看起來應該是無危險的食物，在看到這道菜的時候，范統也悔恨起自己為什麼沒想到。

三明治！三明治這麼簡單的東西啊！材料切一切疊一疊就好的，也沒什麼不好吃的問題，是人都會做，我們何苦忙了那麼久又頭痛那麼久啊！

「啊，的確沒看過呢，小柔你真賢慧。」

會做三明治就叫賢慧？音侍大人您的標準未免太低了。

「真的嗎？我可以嫁人了嗎？」

會做三明治就可以嫁人了——？妳以為那些專業家庭主婦有那麼好當嗎？

「啊，當然可以啊！小柔妳要嫁嗎？妳要嫁我就娶啊。」

來人啊，快把他們拖走，最好拖到天涯海角去永不相見，不要在這裡論及婚嫁好不好！

「咦？好高興，可是、可是……」

稀奇的是，璧柔居然沒有滿臉幸福地立即答應下來，而是面上閃過一絲欣喜後便轉為了猶豫。

「人家想嫁的不是你呢。」

綾侍在旁邊喝著自己帶來提供給大家的茶，涼涼地說著。

「咦！為什麼！小柔妳不喜歡我嗎？」

啦啦啦——快分手吧——別再放閃光了——

范統覺得在內心唱衰人家的自己實在很機車，說難聽一點搞不好可以叫做很賤，但他覺得身為永遠沒機會交到女朋友的人種，看到情侶就唾棄也是理所當然。

「我喜歡你啊！可是、可是……」

可是什麼？可是妳其實是個男的？

范統擅自在後面幫她加了註解，在看過硃砂的怪異後，他覺得璧柔就算突然說自己不是女生，他也不會感到訝異了。

璧柔可是了半天也沒可是出個結論來，音侍好像有點受到傷害，轉過身去畫圈圈了，為了避免氣氛僵掉，大家趕緊繼續上菜的過程。

接著拿出菜來的是珞侍，雖然據他本人的說法，是今天才臨時決定要來，而且還是音侍拖來的，不過他一樣有準備菜，而且是看起來下過功夫的豆腐料理，這也讓大家覺得他本來不想來的可信度越來越低了。

「小珞侍原來也會做菜嘛？看起來很不錯的樣子啊。」

事實上，像他們這種有錢人士，直接買現成的或是請人代為料理也是可以，反正沒有人看得出來，不過范統相信這是珞侍自己做的，因為珞侍是個很認真的人，應該不會選擇那種偷懶的行為。

「這燉豆腐看起來要做很久的樣子，沒兩小時弄不出來。」

綾侍以他專業的眼光如此評斷。

噢，珞侍，你就坦白說你根本早就決定要來了吧。搞不好其實還是從昨天開始做的，失敗了好幾次才做出滿意的成品來……

「反正味道我嚐過，應該還可以，就將就著吃吧。」

珞侍客氣地說，他在說這話的時候雖然一副很無所謂的樣子，臉還是不爭氣地微微紅了起來。

臉皮薄啊臉皮薄……

然後拿出菜來的是音侍，當他把他做的菜拿出來的時候，幾乎大家的眼睛都凸出來了。

「這……這是什麼……」

范統實在壓抑不住內心的驚慌而開口詢問了。

「啊，這個？嗯——我想應該是失敗了，因為材料不足，沒有做出我本來想做的東西，反正就是焗烤類啦。」

什麼叫做應該是失敗了——！您有將這東西做好的心意嗎？材料不足？材料不足也不是拿這種東西來補的吧？為什麼上面會冒出高腳杯的底座？還有表面看得出來的那個明明是瓷器碎片！您到底想要我們吃什麼，這是可以吃的東西嗎？焗烤類？焗烤瓷器？焗烤碎玻璃？

您自己吃給我們看啊——！

「音，你真的知道什麼是食物嗎？」

綾侍對音侍露出了微笑，那笑容美則美矣，卻有種肅殺之氣。

「唔？你是說高腳杯、鈴鐺、串珠、戒指跟陶瓷碎片，還有玻璃粉末嗎？那只是裝飾品啊。你不覺得玻璃碎片亮晶晶的，撒在上面挺好看的嗎？」

……原來裡面還埋伏了這麼多可怕的東西。剛好都可以一口一個啊？真是貼心。

范統再度堅定了「音侍大人您果然是個白痴」的印象。

「能不能告訴我，除了這些『裝飾品』，你還放了什麼可以吃的東西？」

綾侍大人的笑容越來越危險了，您還是回答個讓他可以滿意的答案吧？

「啊，放完裝飾品其實就放不太下別的東西了，所以焗烤的料蓋上去就送進去烤了。」

……

您完蛋了，音侍大人。

「……你給我把這盤東西自己吞下去。」

「啊！為什麼！哪裡不好嗎？我覺得很棒啊！小柔，妳覺得這個不好吃嗎？」

在同伴那裡遭受了挫折的音侍，將希望轉往了情人身上。

「呃……」

妳果然回答不出話來吧，三思喔，妳如果說可以吃，說不定妳就得陪他一起吃這份情人特餐了喔？真愛在吃玻璃碎片之前禁得起考驗嗎？

「應該、應該沒那麼嚴重吧……」

哇，妳有心理準備要跳入地獄永不超生了？

「是啊！我也這麼覺得啊！」

音侍自己拿湯匙挖了一口吃，似乎完全不覺得有什麼異常。

「小柔，妳也吃一口看看吧？」

放在璧柔面前，音侍遞過來的餐具跟食物，宛如是一個考驗情感的關卡，璧柔的臉色有點蒼白，但她還是勉為其難地拿起了湯匙，舀了一口放進嘴裡。

「怎麼樣？好吃嗎？」

「……好吃。」

璧柔眼泛淚光地回答。這絕對不是因為太好吃才擠出的淚水。

綾侍好像有點看不下去地嘆氣別過頭。

妳真是勇敢。我對妳改觀了，隨便你們去吧。

不過碎玻璃都敢吃了，為什麼就不肯嫁呢？

還有，綾侍大人您好壞啊，也不阻止一下，難道您也跟我一樣，想看看璧柔的感情有多堅定嗎？

我開始深深覺得，這所謂的過年聚會根本是懲罰大會還是懲罰遊戲。如果真的要我們吃那種東西的話……

然後就該范統跟月退上菜了，月退在表明菜是兩個人一起做的之後，便將籃子拿到前面來，掀開了蓋著的布。

眾人雖然不像范統看到時那樣眼睛發直，還是稍微愣了一下。

簡單來說那是好幾樣水果。不過，是經過加工的水果。

有切成不可思議的厚度的薄片鋪在底部的，也有挖空內部後做成的漂亮擺飾，中間是一些用神奇的刀法雕成的水果雕花，整個呈現出來的樣子十分有美感，不過——與其說是食物，還不如說是藝術品。

「唔……這看了會捨不得吃呢。」

璧柔說出了大多數人的感想，那個大多數人不包含音侍。他大概天生缺乏對美的感受心，甚至他到底分不分得出美女與醜女，綾侍都很懷疑。

儘管這道菜看起來很有誠意，珞侍還是忍不住質疑了。

「月退，你說這是跟范統一起做的……范統做了什麼？」

很好，問到了核心重點。

反正看起來就是月退做的一點也沒錯啊，我那樣笨手笨腳的，哪可能幫得上忙啊——這個謊還得靠月退來圓，范統自己是沒辦法的，只見月退勉強擠出一絲笑容來，做出了回答。

「拼盤。」

噢，拼盤……高招啊！要是你的笑容再真一點會更好……

從表情其實可以看出這不是實話，但是再問下去，也只是為難月退罷了，欺負一個好孩子來挑出無恥的范統沒準備食物的事實，做起來還是有點不忍，所以就沒有人再追究下去了。

接下來就剩下綾侍了，身為在場唯一擅長做菜的人，他拿出來的食物當然色香味俱全，提供自己做的菜這件事對他來說根本一點也不難，而且他事先也想到大家可能拿不出什麼像樣的食物了，所以特別準備了多一點，那食物的份量足以包辦大家今晚的食量了，看到綾侍拿出一樣一樣的食物後，范統頓時露出了感激的眼神。

有綾侍大人在真是太好了！出外帶一個，一切有保障啊！

當然，人家頂多是給音侍帶出門，再怎麼樣也輪不到他帶的，他也曉得這一點。

「菜都到齊了，大家就開動吧——」

只要忽略掉音侍那盤詭異的焗烤，其他的食物還是可以接受也值得歡呼一下的，於是，大家便動起了筷子，從各自有興趣的食物拿起。

主要在吃的還是綾侍提供的菜色，珞侍的豆腐跟璧柔的三明治多少配著吃一點，至於月退的，那叫做飯後水果，自然是主食吃完後再吃的。

范統雖然沉溺於美食中，但他還是有注意到，音侍、綾侍跟璧柔都不太吃東西，在這種大家一起用餐的時候，他們幾個人不碰食物就會特別明顯，就連珞侍也感到奇怪了。

「你們不吃嗎？食物很夠啊。」

「啊，可是，不餓嘛。」

這是音侍的回答。

其實音侍大人您在哪邊先吃飽了才過來的吧？

「我……剛剛吃過音侍的焗烤了。」

在璧柔這麼說之後，大家好像都能體諒她不吃了。

雖然只有一小口，但是那真的很不舒服吧？

「我自己煮的，我沒興趣。」

綾侍這麼說，然後看向璧柔做的三明治，微微一笑。

「不過小柔做的，倒是一定要吃吃看，捧捧場。」

綾侍大人，您不去釣女孩子真是太可惜了，只能說一切都是長相的錯。

「啊！什麼！才不給你吃，剩下的通通是我的！」

音侍聽了，沒等綾侍伸手拿三明治，就通通搶了過來，一副別人都不准碰的樣子，吃醋似乎吃得有點大。

或者可以叫做獨佔慾？男人的通病。

不過就算您這麼做，璧柔也不會把您那盤焗烤搶過來說「通通是我的，誰也不准吃」的。

「別浪費食物好不好？你又不會吃掉，把三明治交出來。」

「不要！」

總之，後來三明治就給音侍霸佔了，也不知道他想拿回去供起來還是怎麼樣，反正少了三明治，也不會有人因而吃不飽，大家也就由他去了。

吃完飯後的重頭戲，就是交換禮物了。

由於照西方城的方式過年是這次大家都同意的事，而曉得西方城怎麼過年的人似乎又只有璧柔，所以，幾乎就等於她說什麼算什麼了。

「我做好籤了，大家抽吧！」

璧柔將簡單折好的紙條放在掌心，等著讓人抽取，但音侍有點不能明白這是什麼意思。

「啊，小柔，為什麼要抽籤啊？」

「嗯？決定誰得到誰的禮物啊。你必須把你的禮物送給你抽到的那個人……」

「咦！我以為是送給想送的人耶！」

音侍才聽到這裡就叫了起來，急得跳腳。

您也幫幫忙吧，您以為交換禮物是交換日記嗎？如果大家都送自己想送的人，萬一有人沒拿到禮物，那不是很尷尬？

「不是唷，要按照規矩來，而且還有另一個附加規定。」

璧柔笑得很開心，一副迫不及待想公布這條規則的樣子。

「在送禮物的時候，為了表示熱情與善意，要抱住你的送禮對象親一下喔！」

在璧柔說出這條規則後，范統覺得顏面神經有點失調，胃部也有點翻滾。

小姐，妳為什麼看起來這麼高興啊？無論是抱人親還是被抱住親，只要對象不是音侍大人，妳都是吃虧的那個不是嗎？這裡只有妳一個女孩子耶？

如果我有抽到綾侍大人，是不是回去又可以跟米重炫耀了？不行，我可能會被他扁成豬頭，再絞成肉泥……

「什麼時候有這種規定了！」

月退語帶訝異與驚恐地問，大概他也不太想跟人有親密接觸吧。

「這就是西方城的規定啊。」

璧柔眨眨眼睛，彷彿這一切理所當然。

唉，這樣抽籤的時候感覺要咬牙抽耶，如果不小心抽到了不對的對象，情況就很可怕了……

「好啦，誰先來抽？」

「我！」

音侍整個很積極，可能是覺得撿別人抽剩的有種命運交給別人來決定的感覺吧，俗話說得好，要死也要死在自己手裡，比較甘心。

他抽了一個籤起來後，大家都等著看他會抽到誰，只見他打開紙條，接著便帶點疑惑地唸出上面的名字。

「范……統？是誰啊？」

喂！

喂！不是吧！

不只是、不只是您到現在還記不住我這麼好記的名字的問題，為什麼會是我給您抽到啊！

這玩笑開大了吧！

「咦！是你？」

音侍在發現范統就是「拖把的主人」之後，看起來似乎有點意見。

「如果是小珞侍也就算了啊！我的雙臂不要擁抱男人啦！小柔！」

什麼意思啊——難道我就想被男人擁抱嗎——還有，您就是不把珞侍當成男人就對了？

「音侍……」

珞侍的臉色陰沉了下來，這話看來是得罪到他了。

「音侍，不行喔，要按照規矩來。」

璧柔沒有「網開一面」的意思，硬要他們照著規矩來。

「不然，要是你不喜歡，改成收禮者表示感謝，擁抱送禮者再親一下也可以，給你選。」

……兩種聽起來都很不舒服啊。而且，為什麼就給他選？我的意見就不重要，完全沒有選擇的餘地嗎？

「啊！不要！用想的就覺得好糟糕！」

范統覺得自己一直被嫌。但明明他也很不想接受這件事啊。

「你就把他當成女生就可以了，做起來不是很順手嗎？」

綾侍一樣喝著茶說風涼話，事不關己。

「可是一點也不像啊！」

「等一下，什麼女生……」

璧柔耳朵很尖，抓到某些關鍵詞之後立即追究了起來。

「還不就是某些常常到神王殿外守候音侍的女生……」

「啊！啊啊！不是！才沒有！那些女生是去找綾侍的！」

「不好意思，一般來說會到神王殿守候我的通常是男人。」

「哈哈哈哈！」

音侍大人，您前一秒還在極力抹黑您的友人撇清關係，下一秒就為了對方陳述的事實幸災樂禍到大笑出聲，這樣真的是可以的嗎？

「反正，你就乾脆一點吧？還要繼續下去呢。」

「知道了啦，好吧。」

哇！等一下！真的要嗎？來真的？

范統有點嚇到，慌張地左看看右看看，但現場的態勢應該是不容許他逃走的，結果，他只好讓音侍親暱地摟住他的肩膀，在他額側親了一下。

「這樣也算擁抱親吻喔？」

璧柔有點失望地嘟起嘴來。

小姐，妳到底還想怎樣？妳以為熱烈相擁再唇舌交纏是兩個正常男人可能接受的事情嗎？

禮物當場拆開也是西方城的習慣，范統將音侍的禮物拆開後，臉立即黑了一半。

是……很可愛的粉紅色女裝。如果是可愛的女孩子收到一定很高興的。但是我不是可愛的女孩子啊啊啊啊啊！

「我本來以為是送想送的人嘛！這是給小柔的！」

那璧柔小姐妳還是拿去吧，我實在是不想要，雖然將人家的禮物轉贈似乎很不禮貌，但我想你們兩位都不會介意吧？

「范統，喜歡嗎？」

珞侍硬是湊過來問了他一句。

「當然很喜歡……啊！」

珞侍！你又玩我！

在范統意識到自己又被玩弄了的時候，珞侍已經躲到後面去偷笑了。

啊啊啊！你們不要用那種眼光看我！我那是一時失言！雖然人家說失言說出來的通常是真心話，但是放在我身上是不適用的！珞侍你給我記住！我要跟月退說你的壞話喔！

「拿到禮物的就接著抽，這樣輪下去吧。」

換句話說，現在是輪到范統抽籤。范統也沒什麼異議，便隨便拿了張紙條起來拆開，看到名字的那一瞬間，他又臉部抽動了。

珞侍。

噢，所以我要擁抱珞侍，親他一下，然後把禮物送給他？

如果不是這種特殊場合，我有很高的機率被搧巴掌，然後對方高叫非禮吧？

「是珞侍，來，送禮吧！」

「咦！」

珞侍也嚇了一跳，然後臉色有點難看。

該說什麼呢……我真是不受歡迎？我剛剛是有吃你做的豆腐料理，但可沒有想吃你豆腐啊……

「嘖，算了，來吧。」

幹嘛說得好像慷慨就義的樣子？

范統當然不會做得太超過，所謂的擁抱大概只是皮碰到皮的程度，親吻更不用說，有沒有碰到皮都不知道，反正動作快一點一閃而過就是了，誰管他那麼多。

珞侍拆了禮物看到寫了字的木牌，面上也沒表現出到底喜不喜歡，倒是老老實實道了謝。

等到珞侍抽籤抽到月退的時候，那臉色就完全不一樣了，范統不知道該怎麼形容他複雜微妙的臉色，不過他自己是等著看好戲這樣。

「唔……」

站到月退面前的珞侍，看起來是不知道該從何下手，大概也不知道如何下口，看他快要僵化成木雕了，這樣下去也不是辦法，月退乾脆就自己給了珞侍一個擁抱，親了他的臉頰，道謝後再從他手上拿走禮物，態度十分大方。

珞侍送的禮物很實用，是一疊品質很不錯的符紙，不過月退什麼都好就是符咒學成績差，送給月退算是浪費。

至於珞侍這尊人形木雕，在接受了月退的擁抱後，顯然有石化的跡象，他要什麼時候才會自行恢復，范統也不想知道了。

明明很開心嘛，到底臉皮薄個什麼勁？

接下來輪到月退抽籤，很不幸的，他抽到璧柔。

當然，會知道這對他來說很不幸的，只有平時有在觀察的范統。他覺得月退也跟珞侍一樣僵化了，倒是璧柔很高興。

「咦，月退的禮物是我的嗎？真開心——」

喂，妳已經有音侍了，別再染指月退啊！妳真的都沒發現他不太喜歡妳嗎？

由於將排斥表現得太明顯，在這種場合終究是不妥，月退還是勉強撐起笑容給了璧柔一個擁抱和蜻蜓點水的親吻，他送的禮物是個小盆栽，雖然璧柔說會好好照顧，但范統覺得，在擁抱過後，月退看璧柔的眼光好像又更冷了些。

剩下兩個人沒收到禮物，照理說璧柔抽到音侍的機率很大，但她偏偏就是抽到了綾侍，儘管音侍瞪大了眼睛難以接受，這還是不可改變的事實。

「哎，小柔的禮物要給我啊？順便還抱一下親一個，真不錯。」

綾侍瞧了音侍一眼，語氣可得意了，他這眼神像是故意向音侍挑釁示威一樣，音侍也非常單純的被激怒了。

「死老頭！你不可以佔小柔的便宜！」

是嘛，璧柔妳就這樣當著情人的面跟別的男人摟摟抱抱？也不怕人家朋友之間生出嫌隙？該說西方城真開放嗎……

「她叫我一聲大哥，抱一下有什麼關係？小柔，妳說是嗎？」

關係可大了，關係到某人的帽子會不會變綠啊。

「嗯，音侍不要生氣嘛，又沒什麼……」

璧柔說著，就給了綾侍大大的一個擁抱，同時在他臉上親了一口。

沒什麼？從頭到尾就你們抱最緊還沒什麼？綾侍大人您可爽了吧，這又是標準的見色忘友嗎？

不過綾侍很快就笑不出來了，音侍也在臉色發青之後，緊接著愁雲慘霧，因為他們發現就剩下一張籤，然後綾侍還沒抽，也就是說，他的禮物要送給音侍。

「啊啊啊！老頭走開！我才不要給你抱！」

「我也不想好嗎？你以為你那身護甲很軟？」

「走開走開走開！我不要你的禮物！走開！」

「我寧可拿去送殿前侍衛也不想送你啊，不過這是規矩，既然來了就要遵守吧？」

音侍的抵死不從到最後還是放棄了，當綾侍一臉厭惡地抱住他外加「嘴唇擦過臉頰」時，他也是一張覺得很噁心的臉，對兩個人來說應該都是很不愉快的經驗。

綾侍送的禮物跟珞侍有異曲同工之妙。珞侍送的是空白符紙，綾侍送的則是已經畫好符咒，可以拿來使用的符紙，可惜，音侍收到一樣是浪費了，他自己就會畫符了，要這個當然沒什麼用。

交換禮物結束後，大家便一起坐在草坡上，有一句沒一句地聊天，偶爾看到流星時也連忙抓緊時間許願。

看見流星的時候許願，願望就會實現，這種說法范統當然是聽過的，現在天空上不時就飛過流星，他也不由得有點心動，於是，在眼角捕捉到某顆流星時，他便開口許願了。

「希望我的負債可以不要消失！越多越好！」

流星墜落天際。

他自己與聽到他許願的人再度無話可說。

聊到後來，大家可說是在草坡上分散坐了，像是月退想安靜一點，就坐到另一個角落去，只有需要茶水的時候會回到中央拿取。

「璧柔，妳為什麼不嫁啊？」

因為剛好碰到璧柔一個人坐在茶水處，范統便好奇地問了。

「我只是覺得，音侍他如果知道我的真面目，大概就不要我了。」
璧柔神情黯然地回答，范統則聽不出個所以然來。
「難道妳的真面目很美？」
「我本來就很美……啊，你是諷刺我現在的樣子不好看嗎？可惡。」
不是啦……算了。
因為聽不懂的關係，范統放棄追問，在杯子裡添滿了茶水後，他就轉而走向月退坐的地方了。
雖說月退可能想享受一下一個人安靜的時光，但范統還有件事要做，所以便走到了他身邊坐下來。
「月退，這個……」
范統拿出了一個包裝過的盒子，月退不明白地看著他。
「……？這是？」
「送你的。」
「咦？」
月退更加不明白了。
「交換禮物不是……你不是抽到珞侍？你的禮物……唔？」
你混亂了。真是的，有這麼難懂嗎？

「這是額外買的，我想送你的禮物，我覺得你應該會喜歡，啊，新的一年也多多指教。」

詛咒沒發作真是太好了，噢耶！

月退這下子總算明白他在說什麼了，他的神情從本來的茫然，頓時變得有點高興，當下拆開了禮物，發現是一個他沒看過的東西。

「這個叫千草筒，是從這裡看的，旋轉後就會變出不同的圖案來。」

不！這是萬花筒啊！不要在名稱上出錯，這樣亂教人很糟糕啊——！

月退依照他的指示往萬花筒裡看之後，臉上出現了幾分驚奇，然後便興致勃勃地玩了起來，看起來很喜歡的樣子，眼中都多了幾分神采。玩了一陣子過後，他才想到范統還在旁邊，登時為了自己忽略了他而感到慚愧。

「范統，謝謝你的禮物，我很喜歡。」

不客氣，那是用跟你借的錢買的。

「嗯，我去拿點吃的，你繼續看看吧。」

范統離開後，月退又看了一會兒的萬花筒，才放了下來，將目光重新投向原本他正看著的夜空。

胸中的思緒，似乎從原本的寂寥空茫，逐漸沉澱為平靜。

一段距離外，彷彿與他隔絕開來的人聲；沁涼的晚風，呼吸起來帶著草香的空氣；無垠的夜，輪走於天空的月……

他就這麼抬頭看著，低低地喃喃自語。

「現在的我，也能用這雙眼睛，仰望你所看見的星空了呢……」

在背後的聊天嬉笑聲中，少年的低語並不明顯。

而他接著無聲唸出的那個名字，也在他唇齒的閉合下，隱沒於他的口中。

（待續）

自述——月退

來到東方城，轉眼間也好一段時間過去了，我逐漸習慣了我的新生活，逐漸融入這個陌生的環境，整體來說還算令人滿意，儘管還是有點小瑕疵，但是我沒有很介意。

嗯，說起來，我還真不知道該從哪裡開始陳述我的新生活。就從最近的事情開始講好了，記憶也比較清楚。

看不懂東方城的文字，對我來說有點困擾，畢竟我不希望要去餐廳卻走進當鋪這種事情發生在我身上，所以我最先學的就是這些招牌店名相關的文字，以免鬧出一堆笑話。雖然真的發生過男廁女廁走錯的尷尬事件，但我其實也沒有很介意。

接下來學的就是一些髒話用語。范統說這個很重要，被人罵一定要知道，所以我只好跟著學了……我覺得東方城的髒話真是博大精深，為什麼罵人可以有這麼多種變化呢？結合各種親戚的組合，還可以衍生出各種的排列出來，不像西方城的，大致上就是那幾種，沒什麼新意。

因為變化多端的關係，學起來其實還挺有意思的。不過，我不想學以致用，范統卻還是要我把字也學會，害我很想逃避，學字的進度就卡了好一陣子。

接下來是學習一些異性、交往、戀愛相關的詞彙。范統說這個也很重要，女朋友這個字彙一定要認得，然後什麼喜歡啊愛啊，或者是很帥很美之類的也通通要學起來，將來才看得懂情書……

反正范統說重要，那就重要好了，我其實也沒有很介意。

可是只有學這些東西，終究還是一知半解，武術軒的課本看不懂，想聽老師唸，老師又一直唸一些重複的段落，覺得有點心煩。

術法軒的課本看不懂，符咒軒的課本也看不懂……算了，我其實還是沒有很介意。

然後，我最近發現一件糟糕的事。

我的名字如果合在一起寫，在東方城的文字裡，好像會變成腿這個字。

知道這件事的時候我有點想一頭撞死。

我果然還是不應該亂取名字的嗎……可是，忽然之間被范統用那麼陽光的表情問到名字這個問題，為了友善的人際關係，好像也不得不回答啊，一時之間根本取不出什麼正常的名字嘛……

月退月退月退。

腿腿腿腿腿。

……其實我也沒有很介意。

……不，我真的，非常介意。

范統有教我他名字的寫法，然後他沒多說什麼。

不過，珞侍有把我拉到一旁去，偷偷教了我飯桶的寫法，還教了意思，於是我才知道，范統的名字也很有趣，不知道他自己有沒有很介意？

然後，我覺得珞侍教得比范統好懂多了。范統不知道為什麼，總是表達得不太清楚，而且前後反覆好幾次，例如「女王」這兩個字，我就足足花了十分鐘聽他解釋，才明白到底是在說男的還是女的，國王還是平民。

總而言之，最近最充實的部分，就是習字。

相較之下，上課學的東西都還沒有這個充實。

畢竟武術軒的課去了跟沒去差不多，其實也不太需要，符咒軒的課，至今都還無法領悟……學會了東方城的文字之後會不會好轉，還是個未知數，而術法軒的課，只是去打基礎的，基礎弄好，高深的部分我就能更加理解了，後面其實也不用繼續學了……

但是，上學因為是跟范統一起去的，所以即使不充實還是很開心。

走在路上被攔下來決鬥雖然不高興，但是范統在旁邊看我打倒對方就眉開眼笑，所以就沒有那麼不高興。

人有同伴、有朋友，真的很重要。

我想這可能是一直以來我一直缺乏的，儘管我曾經以為我擁有過，但最後換來的是滿身的傷痕，和烙在靈魂上消不去的印子……

待在這裡的時候，我不想去想那個人的事情。把他的那一塊分割開來，我就可以活得比較沒有陰影，笑得比較自在。

也許，該分開來的不只是他的那一塊，還有我的過去。我想把他們一起隨著死亡葬送掉，這樣的話，我就可以單純當「月退」就好……

可以的話，還是想改個名字。啊，離題了。

說起來，會讓我難以切割過去的原因，也是因為，某個跟我的過去有關的人，一直在我眼前晃來晃去。

這裡明明是東方城啊。她為什麼可以用這麼離譜的理由跑過來？她到底是來這裡做什麼的？這是她應該做的事情嗎？我完全不能理解她在想什麼，也許我也已經不想理解了，畢竟她不認得我，所以不妨礙我過我的新生活，但我只要看到她就很難不在意她，這種感覺很不好。

范統還問我為什麼總是對她特別冷淡。叫我怎麼說得出口……

看她那樣眼裡只有音侍的樣子，搞不好以前的那些事情都忘光了。

可笑的是，我居然還會覺得在意。

「月退！來吃好吃的公家糧食喔！」

「喔，好……？」

范統又說了一句奇怪的話。是吃公家糧食吃到絕望所以出言諷刺嗎？

於是我現在要開始吃晚餐了。不過，一面吃晚餐一面想事情也是可以的，這對我來說不難，也不太會被看出來在發呆。

我覺得可以在東方城重生，也許是一件幸運的事，那個時候我以為這是命運暗示我，給我一個重新開始的機會，但命運好像……其實沒想那麼多，大概只是想開我個玩笑而已，想那麼多的是我，事實證明，儘管我不想回去，總有一天還是要面對。

「月退，你吃到臉上去了。」

硃砂在我旁邊說了一句，然後靠過來……不要過來啊啊啊啊啊！

在我驚魂未定地閃開硃砂那過於親密的動作後，已經下意識躲到范統後面去了，范統有點看不過去地伸手幫我把嘴邊的食物殘渣抹掉，然後對著硃砂皺眉。

「吃飯時間不要玩他啦。」

我覺得這個用詞有點微妙。

「吃完飯就可以玩了嗎？」

硃砂！你不要總是亂解讀別人的話！范統你也搖搖頭不要點頭啊！

自從被硃砂告白，得知他的女性體對我有好感之後，在宿舍裡不管是吃飯睡覺換衣服洗澡，都有點坐立難安，雖然說服他以學業為重，不要去想額外的事情，可是他偶爾還是會……會……做一些讓我很害怕的事情。

目前都還在可以接受的範圍，頂多是精神緊繃。范統總是在旁邊看好戲……我覺得很哀怨。

跟硃砂比起來，我比較習慣跟范統在一起的感覺。就是那種自不自在的問題吧，跟硃砂相處我總是不太自在，范統的話就好多了，雖然有的時候也有點慌，但基本上算還好。

我可以跟范統一起喝一杯水，硃砂的話就……

……絕對不行吧。目前的我絕對辦不到，不管他是男的還是女的都一樣。

為什麼會有這種障礙呢？原本也還好好的，難道就因為他說他喜歡我？還是因為他可以變成女生？還是因為剛來的第一天我不小心在浴室看到……

——不要去想比較好，不要自掘墳墓。

「月退，你不吃了嗎？」

硃砂朝我手上還沒吃完的公家糧食看了過來，那眼神是想做什麼？

「不吃的話就給我吃好了，不要浪費。」

「……我會吃掉的。」

吃到一半的食物給別人吃，我辦不到，尤其對象還是硃砂，這就更辦不到了。

其實成為新生居民之後進食沒什麼意義，也不會長高變壯了……唉。

其實我也不是真的很介意……這句話到底要說多少次呢？仔細想想，如果不介意還想做什麼？所以其實我都很介意嗎？

的確是吧，看范統就長得高高的，肩膀和背都有點令人羨慕，衣服穿上去看起來也很挺拔，怎麼說呢……反正就是很令人羨慕就是了，我也變不出更多的形容詞來形容我的心情，還沒有學那麼多詞彙。

吃完飯就是各自做各自的事情了。范統沒事做的時候一向是睡覺，硃砂則是會使用桌子唸書，我多半也沒做什麼，躺在床上常常不知不覺就睡著了……

但從過年那天開始，倒是多了一件事可以做。

拿出過年時范統送的萬花筒，我躺在床上，就這麼沉迷地看了起來。

經過范統寫字解釋，我才知道正確名稱是萬花筒，其實叫千草筒也挺好聽的啊。

我想我很喜歡這個禮物，這也算是個驚喜吧？畢竟，我好像沒有收過什麼包含了心意的東西，從來沒有人特別送過我什麼，基於這一點，不管收到的是什麼我都會很高興的，但這個禮物我是真的很喜歡。

小小的一個圓筒內，輕輕轉動一下，就可以變化出一個又一個的世界。

這和純粹想像的境界有點相似，我也常常在腦內進行一些想像和組織，這種不謀而合的感覺很好，而且它所變化出來的樣子，幾乎都不會相同，我覺得我連續看一小時也不會膩，它帶給我的感受是言語難以說明的。

於是，我在看萬花筒的時候，又會想到范統。

有朋友真好，是吧？

幸好來到這裡以後，第一個遇到的是范統。現在能夠過得這麼開心，有很大的原因，也是因為他的緣故吧？

我懷抱著單純的喜悅心情，就這麼在萬花筒看累之後，翻個身，入了睡。

The End

祕辛——黑桃劍衛之我的名字到底是？

之所以會有這篇祕辛出現，是因為這件事情實在很好笑，忍不住在擷取整理過後，跟大家分享一下。

話說我是個寫文的時候無法跳寫的人，我的每一本書幾乎一定是從第一個字寫到最後一個字。

當黑桃劍衛這傢伙出場的時候，我就卡在他的名字取不出來，而沒有辦法寫下去。

以本作的風格來說，應該給他取個簡單好記，說不定還有諧音的名字，可是當時我實在想不到什麼有諧音的名字，有種直接用個菜市場名的衝動，像是約翰啦、湯姆啦——但用這種名字，總覺得有點對不起他，我也會燃燒不出愛，他明明是個很帥的大叔啊！

所以，在勉強擠出兩個普通名字之後，我就去詢問了朋友的意見。

我：你覺得羅倫跟艾倫，哪個好？

朋友A：羅倫這名字聽到快膩啦，艾倫吧～

我：艾倫不是也差不多嗎……

朋友A：大概就好像紅蘿蔔比白蘿蔔的感覺呢～

啊？

《切換》

「陛下，這是淨水。」

將盛著淨水的盤子奉上的，是黑桃劍衛．紅蘿蔔。

朋友A：好棒！

錯了！這全錯了啊！我才不會用這種名字呢！

感覺就跟黑桃劍衛．丁丁差不多啊！用這種名字也太超過了吧！

想像著少帝張開他美好的唇說出「紅蘿蔔卿」的場景，我覺得我大概會抓狂到把檔案刪掉，這不是我可以接受的範圍……

『你剛剛掉進湖裡的是金蘿蔔還是銀蘿蔔？』

『不是，是紅蘿蔔。』

『你好誠實！我決定把三個蘿蔔都送給你！』

不——！

於是，決定轉而求助朋友B。

分享完剛才跟朋友A的討論之後……（你根本是拿來當笑料好東西跟好朋友分享嘛！）

朋友B：布蘇胡怎麼樣？

《切換》

「陛下，這是淨水。」

將盛著淨水的盤子奉上的，是黑桃劍衛・布蘇胡。

……

我覺得很不舒服。

朋友B：還有郝布蘇胡跟泰布蘇胡。

不！好不舒服跟太不舒服啊！

每個人叫他的時候都不舒服！

這個時候，朋友御插話了。

朋友御：黑桃健胃聽起來很像某金十字的分支。

……喔，健胃散？

在我提供了這個聯想後，又發展出了下面兩種：

黑桃劍衛・張國洲。（到底是哪個州啊？）

黑桃健胃・不健脾。

到這種地步，大家根本已經不想認真幫他想名字，而是認真在惡搞他了。
所以一個接一個的怪名字也紛紛冒出來：
黑桃劍衛．白素貞。
黑桃劍衛．素還真。
黑桃劍衛．who。
黑桃劍衛．你看不見我。
黑桃劍衛．人家不來了。
黑桃劍衛．西優席文。（還從風動鳴跳線過來）
黑桃劍衛．衛劍桃黑。
……
就在我覺得也夠了該好好取個名字把文章寫下去的時候，朋友B忽然說了一個超糟糕的。

《切換》
「陛下，這是淨水。」
將盛著淨水的盤子奉上的，是黑桃劍衛．四十歲．未婚。
……這是置入性行銷啊啊啊啊啊——！

你怎麼可以這樣公然在小說裡徵婚！范統都沒有做到這種地步！黑桃劍衛——看到這個東西，大家都噴了出來，如果實際放進小說裡，我覺得會毀了一切。

《切換》對話舉例

「黑桃劍衛……」

「陛下，請喊我的全名。」

「……黑桃劍衛．四十歲．未婚，麻煩倒杯水給我。我只是要叫你做事為什麼就得幫你廣告一次啊！」

《再切換》描述舉例

黑桃劍衛．四十歲．未婚走在王宮的走廊上。剛面見完少帝的他現在有點疲倦，只想快點離開王宮回家休息。儘管內心渴望休息好平緩一下腰痛，但黑桃劍衛．四十歲．未婚走路的步伐還是維持一貫的速度，他……

不，我拜託你，這太恐怖了，會寫到暴走也看到暴走。

你每出場就要宣傳一下你的名字當作徵婚，生怕人家看不到你還沒有對象，這怎麼可以！

至於他是不是真的四十歲，我們還可以再討論。後來衍生出來的黑桃劍衛．興趣網拍．家裡蹲和黑桃劍衛．宅男．等級五十也不予置評了，最後我終於採用了朋友A提供的名字，把被我們惡搞到已經很不堪的黑桃劍衛安上奧吉薩這個名字，以慰他在天之靈。（何？）

這個祕辛大概把他有型大叔的形象都敗光了。最後決定的這個名字當然還是有諧音的。奧吉薩是什麼？就……歐吉桑啊。（遠目）

最後附註：

其實中間還有像是艾紐曼（a new man）或是艾瑞曼（a real man）之類的提議，幸好沒有取，不然蔡依林的〈大丈夫〉我會聽到噴飯。

歌詞擷取：

I don't want a boyfriend（我不需要男朋友）

I need a real man！（我只需要一個有肩膀的大丈夫）

誠實的嘴 可靠的肩 溫柔的眼

I don't want a boyfriend（我不需要男朋友）

I need a real man！（我只需要一個有肩膀的大丈夫）

Real man, Real man, Real man, Real man

可會出現 可會出現 可會出現 可會出現

……誰唱的！這是誰對他唱的！（看向主僕關係可疑的某人）

✣人物介紹（珞侍版）

范統：

應該算是朋友。就很多方面來說，他很蠢，還被女人詛咒，導致嘴巴不受控制，常常說出反話，在跟人相處上也就常常造成誤會，月退居然還能跟他成為朋友，真是個奇蹟。其實他應該算是個好人……只是聽他那詭異的說話方式，就很難正經認真地對待他，利用他嘴巴的毛病整他還挺有趣的……雖然這樣可能不太好。現在他也升到草綠色流蘇了，只能期盼他實力也有跟著提升上來，否則遲早會在決鬥中降階的啊。

珞侍：

我。我是東方城五侍之一，女王之子。我現在拿的還是鮮紅色流蘇……我想，大家可能對我很失望。而且一向鼓勵我的暉侍已經失蹤兩年了，最近對於實力的成長，壓力好像越來越大，卻也沒有人可以撒嬌。我、我不是怕吃苦，只是有的時候會覺得有點疲憊而已……

月退：

因為認識了范統才認識的人。現在是深綠色流蘇，但這大概不是他真正的實力。他應該……也是我的朋友吧？他有一張長得很像暉侍的臉，看到他神似暉侍的笑容時，我就會感到懷念……我總是不死心地覺得他跟暉侍有什麼關係，他們似乎一樣溫柔，一樣厲害，也一樣的……讓我覺得，其實我從來沒有真正了解過他們。

硃砂：

范統跟月退的室友，不太熟，據說很認真學習。

璧柔：

似乎是音侍的戀人，擁有西方人的外表。我覺得音侍那個笨蛋會有對象實在很稀奇，對於他們兩個怎麼相戀的，我沒搞清楚過，也不想搞清楚。

米重：

唔……他是誰啊？這名字好像在哪裡聽過？好像是賣情報的……我對這種事情不太了解。

綾侍：

東方城五侍之一，符咒軒掌院，也是教導我符咒的老師。我們算是同事關係吧？比起音侍，綾侍值得敬重多了，雖然他的長相中性，但我覺得他真的是個男人，我會有點想成為他這樣的人，果斷、自信……

音侍：

東方城五侍之一，術法軒掌院。一言以蔽之就是實力高強的白痴。音侍那張俊臉騙倒過很多女人，可是他的內在實在太糟糕了，而且他總是把我當成美少女看待，這點真的有點令人難以忍受。雖然、雖然我唸了他這麼多，但他其實對我挺好的，如果腦袋可以再改善一點就好了。

違侍：

東方城五侍之一，武術軒代掌院。也算是同事，可是為人處事很偏激過分。母親大人總是採納他的意見，讓我覺得很難過，我不喜歡他，他看我似乎也很不順眼，反正不碰面就不會有事，我也只能消極地這麼想。

暉侍：

東方城五侍之一，武術軒掌院。對我來說，他是和我一起長大，猶如兄長般的人，比母親還親，比誰都關心我，讓我不願意想起，卻又不得不去想……暉侍，你到底去了哪裡呢？你發生了什麼事？這些問題，有謎底揭曉的一天嗎？我究竟還有沒有可能再見到你？

矽櫻：

東方城女王。我的母親。自小，母親給我的印象就是嚴肅而冷漠的，她不太管我，也不像有多少關心，我們見面相處的時間少得可憐，我也從來不知道我的父親是誰。相較之下，她更願意招暉侍陪伴，更願意對暉侍露出笑容……因為這點，其實我也嫉妒過暉侍，因為大家都喜歡他，就連我也是喜歡他勝過我自己……

恩格萊爾：

落月少帝。對我來說，他是個令人憎惡的對象，也是邪惡的代名詞，因為他是落月的王，是殺害我們東方城三十萬士兵的殺人凶手。我想我這輩子都不太可能對落月的人有好感了，只要想到那些犧牲了的新生居民，我的心情就好不起來……

伊耶：

據說是落月的魔法劍衛。我沒有特意打聽那邊的消息，不太清楚。只知道好像很矮。

雅梅碟：

也是魔法劍衛之一。根據音侍的說法，是個笨蛋。我很好奇會被音侍說笨的人到底笨到什麼程度，不知道有沒有機會見識。

奧吉薩：

一樣是魔法劍衛。也一樣資料收集不足……不過，好像是個中年大叔？

流痕

范統的事前記述

大家好，我是范統。嗯，對，又是我。不要怪我打招呼為什麼這麼簡潔，我只是覺得人如果話太多，很容易就會口誤招來厄運，更別說我不管說得再少也一定會口誤，所以今年開始，新年新希望就是沉默寡言，也好培養一下氣質，裝酷耍帥。

可是，新年的第一天我就覺得我沒希望了。人總是本性難移，就算閉緊了嘴巴什麼也不說，腦子裡想的東西太亂七八糟，表情還是會出賣我，大家還是不會覺得我莊重，所以說，人活得那麼辛苦那麼勉強做什麼，新年新希望還是再換一個吧。

來到東方城，說長不長，說短不短，也好幾個月過去，過了一個年了。

遭遇過落月魔法劍衛的洗禮，經歷過第一次記憶解放，大家的流蘇都升級了，我還是停留在草綠色，只因為我沒種去找武術軒的機車老師單挑……嗚。

在一片大致上和平的氣氛中，我們大家愉快地坐在東方城戶外的草坡上看流星過年。星空很美，氣氛很祥和，食物很好吃，月退也很開心的樣子，算是一個美好的夜晚。

不過啊……人家說，有錢沒錢，討個老婆好過年，現在年都過完了，老婆呢？

不是我在說的，我的條件真的不差啊！看著鏡子裡那知性端正的臉龐，雖然沒英俊到舉世無雙眾人流口水的地步，但至少也稱得上俊秀好看，在水準以上吧？

一大早一直盯著鏡子品評自己的長相，我真覺得自己有毛病。可是一回頭看到月退的臉，又會無地自容自慚形穢，唉，還是盯著鏡子好，沒事不要打擊自己的自信心。

但誰規定要長那樣才討得到老婆的！那天底下男人大概沒幾個結婚了啦！

新年新希望就是結交一個以結婚為前提的女友！就這麼決定了！

不過，其實還是許個還完負債的願望比較實際……

✣ 章之一 **暉侍閣**

『隔壁就是女王的居處吧？萬一、萬一不小心撞見音侍大人從裡面出來，該怎麼辦？』——范統

『沒怎麼辦，就火速把第一手消息賣給我啊，包你賺！』——米重

『不是說賣女王的八卦致死率高達九成嗎……』——月退

新年的第一天，假期依然持續著，不過，范統跟月退卻起了個大早，原因是他們今天跟珞侍有約。

這陣子總有一種做很多事情都撇下硃砂的錯覺，月退有點良心不安，覺得好像同寢室的還是該多多一起行動，但打工是硃砂自己不去的，過年聚會也是硃砂自己不參加的，現在跟珞侍的約會，也不好多帶一個人，所以簡單梳洗後，他們還是沒打擾仍在睡覺的硃砂，就自行出門了。

今天珞侍約他們的目的，是一起到神王殿旁附屬的玄殿參拜祈福。

性質上，大概就跟新年的第一天到神社參拜差不多吧？聽說有許願的板子可以寫來掛上去，也可以抽籤，文化還真是類似啊。

「早安，珞侍。」

「早安。」

范統跟月退找到珞侍的時候，珞侍正站在一個火爐旁邊取暖，這個季節，東方城的清晨總是會有點寒涼，他又沒添衣服，才會覺得冷吧。

本來白皙細緻的肌膚，因為烤火的關係，臉頰泛了一層粉紅色，看起來倒是多了幾分小孩子的可愛氣息，標準的就是那種大媽大嬸看到會喊著「這孩子真可愛——」然後見獵心喜湧上去捏圓搓扁一番的樣子，雖說十四歲也半大不小了，但珞侍的身材嬌小，臉孔又柔美，還是會給人一種需要保護的感覺吧。

「這邊就是了，我們進去吧。」

玄殿的面積不怎麼大，據說到了中午，來參拜的人就會多起來，為了跟人潮錯開，他們才特地挑這麼早的時間，以免人們看到珞侍又要投以好奇的眼光，看到月退又要跑過來攔路要求決鬥。

至於看到范統會怎麼樣，一般來說好像不會怎麼樣，大家通常都無視於他，關於這點，他也不知道該高興還是難過。

「珞侍，這裡是拜什麼啊？」

參拜這種事情，總要有個拜的對象，所以范統才好奇起這裡供奉的是什麼。

「沉月啊，你沒看到上面的寶鏡雕像？」

聽珞侍這麼回答，范統這才順著他手指的方向往上看，果然有個巨大的木雕擺架在上面，看起來是個樣式頗有古風的圓鏡。

幻世的人拜沉月，聽起來是有幾分道理，不知道落月的人拜不拜呢？

「沉月這麼小啊……」

珞侍正想反駁，才意識到范統又講了反話。

「沒有這麼大啦，只是做來給大家朝拜，要有點氣勢，才雕得大一點。」

喔。真無趣。

「過來這邊抽籤吧。討個吉利。」

你確定是吉利嗎？還是這裡的籤筒不擺凶字輩的籤？

想歸想，范統還是跟了過去，月退也一語不發地跟上。

將手探進籤筒後，范統還一面感慨著。

唉，要是把記憶還我，能力恢復，今年運勢這種東西我看一眼就知道了，哪需要抽什麼籤？沉月會算命嗎？準不準還不知道呢……

不過，他們抽起來的籤倒不像范統想的是「凶」、「吉」一類的，當范統將抽出來的籤打開時，上面只有兩個讓他臉部一抽的大字。

「笨蛋」。

……這是什麼啊？誰亂寫紙條丟進去的嗎？

「今年又是『鑽牛角尖』。你們是什麼？」

珞侍似乎對於抽到的籤有點沮喪，然後就關心起他們的籤來了。

范統無言地亮出「笨蛋」來，月退好像還在認籤上面寫的字，一頭霧水中，畢竟他東方城文字本來就還沒學好。

「噗！居然是笨蛋！好合適！」

珞侍非常不給面子地笑了出來，他補充的這句好合適實在讓范統不知道該作何反應。

「什麼意思啊……」

「嗯，籤是要自己體悟的，如果覺得一片茫然，可能是你不夠了解自己。」

最好是啦！一般廟裡也該有解籤處吧！

新年的第一天就被罵笨蛋，對范統來說，就跟抽到大凶差不多，但看來沒有人能體會他的心情，像珞侍，居然還沒良心地嘲笑他。

「不要太難過啦，音侍幾乎每年來抽都是『大白痴』。」

……相較之下，笨蛋還不錯的意思是嗎？

要跟音侍大人比，也太悲慘了吧，不過如果音侍大人是大白痴，那我好像可以理解了，這籤似乎還是有一定的命中率。

「你說幾乎，那其他的……」

「偶爾有幾年抽到『腦殘』、『智障』、『桃花運』之類的，我也是聽綾侍說的。」

……那不是也差不多嗎？唯一比較好的就是桃花運吧，但是到現在才交到一個璧柔，看來桃花運也沒什麼用……

不知道綾侍大人都抽到什麼？好好奇喔。還有違侍大人跟女王陛下……

「月退，你抽到什麼？」

月退有點茫然地把籤遞給他們。

「我只看得懂一個字。血血血……血什麼？」

跟他們的幾個大字相比，月退那張紙條可說是密密麻麻。

密密麻麻的「血光之災血光之災血光之災血光之災血光之災」。

「……」

月退，你這個人……到底是怎麼回事啊？

「月退，這上面寫血光之喜。」

范統說完，珞侍瞪了他一眼。

「不要理范統，這上面寫的是血光之災。」

大家朋友一場，也不過說錯一個字，有必要這樣嗎？

不過說起來，血光之喜這個詞還真微妙，該怎麼解釋呢，生小孩嗎？

「血光之災……未來一年？」

月退的臉色也有點難看，不過范統頗能體會他的心情。

未來一年的血光之災跟未來一年的笨蛋，如果讓他選，他還真不知道該選哪個。

「也……也不一定準啦，可能多注意一下，還是有機會避免的吧，不然抽籤的意義又在哪裡呢……」

珞侍，你安慰月退可真是安慰得不遺餘力。差別待遇啊差別待遇……

「血光之災啊……」

月退看起來心事重重。范統彷彿還聽見他低唸了一句「是發生在我身上還是我造成的」，也不知道是什麼意思。

「咦！小珞侍！你們也來參拜啊？」

這個時候一個聲音遠遠傳來，范統在心裡唸了一句「啊，是『大白痴』」。

昨晚才見過，今早又碰面了，不知道該不該說很有緣。

新年的第一天就遇到音侍大人，感覺好像不是很開心……噢，綾侍大人也一起來啦？你家小柔呢？怎麼沒一起約來？

「啊，要來參拜也不約我們一起，小珞侍好無情喔。」

雖然是一大清早，音侍仍然十分有精神，氣色跟聲音都是。

「音，玄殿內不要喧譁。」

隨後步入的綾侍淡淡地叮嚀了一句，可惜音侍充耳不聞。

「你們在抽籤嗎？那我也來抽好了……」

「請照順序來，先參拜。」

「什麼嘛，先抽籤又沒什麼關係……」

「參拜。」

「老頭你好囉唆！等一下一定會抽到『老媽子』！」

「總比大白痴好。大白痴有什麼好驕傲的嗎？」

大白痴的確沒什麼好驕傲的。不過，老媽子……對長相雖然陰柔，卻異常有男子氣概的綾侍大人來說，實在是個侮辱吧？

「先．過．來．參．拜——」

綾侍手臂彎往音侍的脖子一卡，勒得死緊，就這樣用蠻力將他拖過去拜拜的位置。

「暴力死老頭！我的脖子——咳！咳咳——」

綾侍大人的手臂雖然纖細，卻十分有力嘛，看起來真是可靠呢。

范統在心中發表著感想。如果璧柔在這裡，也許還會告訴他，那纖細的手臂不只是有力，還刀槍不入，在西方城魔法劍衛的一斬之下可以分毫無損……

「到哪裡好像都會遇到音侍大人呢。」

月退苦笑了一下，說了這麼一句感想。

「不要理他就好了，他總是帶來災難。」

三個人之中跟音侍相處過最久的人是珞侍，不過范統跟月退都被音侍帶來的災難波及過，所以對這話默默贊同。

而且災難的等級還挺高的，幾乎每次都是死亡災難。

「珞侍，接下來呢？」

「嗯……我們可以到前面領取小板子寫下願望，再掛到統一掛板子的地方。不過都跟他們打招呼了，還是等他們一下好了。」

所謂的他們指的就是音侍跟綾侍。即使音侍是災難帶原體，但好歹還是有交情的，就這樣撇下人家，情理上說不過去，也只能等他們一起行動了。

因此，朋友不要亂交是很有道理的。不交就沒事了，交了以後要絕交總是比較麻煩，還得想各種藉口，不如一開始就過濾掉，比較安心有保障。

可惜緣分這種東西也不是自己能控制的……而且，他們跟這兩位偉大的侍大人到底算不算朋友，范統還不太清楚。

說起來，其實跟他交朋友，似乎也會分享到衰運，看看月退就知道了。那麼他是不是也該感激人家不嫌棄，而不是在這裡挑剔別人？

如果你們的命格大富大貴，就不會被我的倒楣影響了啦！——范統最後還是決定怪到別人頭上，反正千錯萬錯都不是他的錯就對了。

「血光之災……」

旁邊的月退還在碎碎唸著，好像真的很在意的樣子。

綾侍閉上眼睛拜拜的樣子，看起來十分虔誠美麗，身上彷彿多了一種恬靜的感覺，單是這樣看，還真像個不可多得的美女，可惜他是男人這點是千真萬確的事實，讓許多男人夢碎——也有許多男人依然打死不退。

相較之下，音侍拜拜的模樣就敷衍多了。從那無聊的神情跟隨便的態度來看，心裡想的多半也是與拜拜無關的事，像是「天氣真好」、「好想睡」之類的，根本只是在等綾侍拜完好結束，讓人無話可說。

好不容易等他們參拜完畢，總算是走過來抽籤了，這件事音侍就比較感興趣，完全是一副躍躍欲試的樣子。

「啊！今年不是『大白痴』！」

音侍打開抽出來的籤之後，立即興奮地向綾侍報告。

「哦。是什麼？」

綾侍一點也沒被他的興奮感染，回話的語氣充滿冷淡。

「是『血光之災』！」

音侍得意地把紙條亮出來，成功得到了眾人的沉默與綾侍的白眼。

血光之災有什麼好高興的啊……而且還比不上我們家月退的，您只有血光之災四個字，月退可是密密麻麻一整張都是血光之災耶。

不過您都強到這種地步了，還有什麼好血光之災的？果然是不太準吧，還是大白痴比較正確一點。

「血光之災不是好事吧……」

珞侍的嘴角抽動了一下，實在不知道該跟他說什麼。

當大白痴遇到血光之災，嗯，會怎麼樣呢？

「怎麼看也覺得是你自己不小心砍到自己，大白痴。」

綾侍做出了很合乎他狀況的判斷，但音侍一點也不服氣。

「啊！怎麼可能！我才不像死違侍那麼笨！」

意思是違侍大人曾經自己砍到自己？這個算不算八卦啊？雖然未經證實，但我可以賣給米重嗎？

「綾侍，那你又抽到什麼？」

音侍這麼一問，綾侍立即捏緊了手上的紙條，彷彿想把紙條毀屍滅跡，不過音侍馬上眼明手快地抓住他的手腕，扳開他的手指，從他手中搶救了籤紙，一看之下立即笑了出來。

「噗哈哈哈！我就說你抽不到什麼好東西！居然是……」

「你不說話沒有人把你當啞巴。」

綾侍直接用強狠的重擊封住了音侍的嘴，讓接下來的話語變成了痛呼，不過音侍因為吃痛而鬆開手，飄下來的紙條上的字還是被范統看見了。

「賢妻良母」。

噢，真棒。

這可是現場唯一的正面詞彙耶，怎麼會不是好東西呢？果然還是因為是男人的關係，所以很羞恥嗎？

『噗咻——呼……唔唔，有人在叫我嗎？』

掛在范統腰間的噗哈哈哈，忽然清醒了一下，問了他這麼一句話。

……你聽錯了，那只是有人在大笑而已。

『沒事嗎？那我要繼續睡了。呼嚕嚕嚕……』

要是噗哈哈哈有手，范統真想叫這傢伙抽個籤看看，抽出來會不會是什麼懶鬼睡豬之類的。

如果抽出來是什麼書法家、清潔工，那他就可以名正言順拿它畫符打掃了。

像音侍這種好奇心重又愛湊熱鬧的人，自然會要他們也分享一下抽籤的結果，珞侍的「鑽牛角尖」沒什麼好評論的，范統的「笨蛋」則是被笑了幾句，「笨蛋」被「大白痴」嘲笑，感覺不是五十步笑百步而是百步笑五十步，但人家今年不是「大白痴」，所以立足點還站得住腳，范統也只能悶聲不吭被奚落了。

當月退的「血光之災血光之災血光之災……」拿出來時，音侍居然大為讚嘆。

「綾侍！小月的好棒喔！他有好多！」

那種羨慕人家拿到比較多玩具的神情到底是怎麼回事？

「你真的有這麼喜歡血光之災嗎……」

綾侍皮笑肉不笑地問。范統覺得，他可能正在考慮給他製造一些血光之災。

「有那麼棒的話，你跟他換算了。」

珞侍皺著眉頭這麼說。但是，交換紙條也不等於交換命運吧。

「啊！有道理！小月！你要不要跟我換！我想拿回去當紀念！」

音侍大人，您的腦袋到底是用什麼做的？

「紀念……」

月退面帶遲疑地看了看自己手中這張紙條。不只密密麻麻的血光之災，這些小字還是紅色，也不曉得到底是用什麼寫的……怎麼看都覺得是個很不吉祥的東西，留著搞不好還會作祟，為什麼、為什麼會有人想要這種東西當紀念呢？

「如果您喜歡的話，給您也沒有關係，交換就不必了……」

月退擺明了就是一副「我不想要，你要就給你，你的也自己留著吧」的態度。這才應該是正常人該有的態度，誰會想把這種招晦氣的物品放在身邊啊。

「咦？不用客氣啦，就交換啊，啊，我好像常常在跟小月你交換東西呢。」

音侍一面說，一面無視當事者的意願，拿走月退的籤紙的同時也將自己的籤紙塞進月退的手裡，讓月退收也不是退也不是，笑容有點勉強。

所謂的常常交換東西，也不過就是上次拿壞掉的刀，跟月退交換了斷掉的劍而已，這似乎還不能構成常常的條件吧。

不過以音侍糟糕的記性，他還記得那件事就值得嘉許了，實在不需要跟他計較太多。

「音侍大人，怎麼沒看到璧柔？」

這個時候，月退突然問了這個問題。他會主動問起璧柔，實在讓范統有點吃驚，明明平常都對她很冷淡，看到她就不高興的樣子啊。

「啊，小柔說時間太早了，要睡美容覺，不跟我來。」

提到璧柔，音侍就沮喪了，但儘管如此，他也沒有把參拜的時間挪後好配合璧柔，畢竟時間晚了來的人就多了，行動也不方便。

音侍也是那種走在路上會有很多不知死活的人跑來要求決鬥的人，如果新年的第一天參個拜、抽個籤也得被堵個水洩不通，那心情實在是很難好起來的。

「我們一起去寫板子吧。」

珞侍這麼提議，大家就一起移動過去了。

許願的板子不大，這是免費發放，不用錢的，只要是免費的東西，范統就不討厭，而且用寫的真是比用說的舒服多了，直到現在，范統只要想起他昨晚對著流星喊出的話語，還是會覺得欲哭無淚。

用寫的至少就不會寫錯了！

范統很認真地在板子上寫下今年的願望，最後還是決定寫負債歸零了，月退則是很努力地用他還不習慣的毛筆，試圖用他認識的字寫出一個願望來，大家都沒有寫多久，彷彿願望早就已經決定好了一般。

接下來就是將板子掛到規定的地方去了。有些人會在過年前就先來掛板子，所以吊掛處已經有一些板子掛在上面了，在他們的五塊板子掛上去後，整體看來也熱鬧了些。

珞侍的字很秀氣，月退的字因為還不熟稔，有點生澀，范統的字很漂亮，算是可以拿出去賣字畫的水準，綾侍的字剛硬工整，很有他的個性，音侍的字則是潦草得有點看不懂。

「你什麼時候才能寫點人看得懂的字呢……」

綾侍看向音侍，語氣有點感嘆。

「啊！是死違侍的板子！原來他已經來過了！」

音侍完全沒聽進去。

聽到有違侍的許願板，大家都好奇地湊過來，想看看他許了什麼願。

「希望東方城的孩子們都能平安長大」。

……嗯？

范統覺得充滿了詭異感。這真的是違侍大人寫的？那個違侍大人？不像吧？這麼普通無害的願望？

「你從哪知道這是違侍的板子啊？又沒署名。你認得他的字跡？」

珞侍帶著疑惑地發問，音侍則憤怒地指著板子。

「哪需要認字跡！這上面有討厭的氣息啊！」

那種只有您感覺得到東西誰能理解啊？

「啊！還有！你們看！證據！」

音侍將板子翻過來，背面赫然是「音侍去死」四個大字。

有這四個字，要說是違侍的板子，就比較有說服力了，不過這樣公然詛咒實在不太好吧，該說是直腸子嗎？又不是寫在背面就不會有人看見，直接將侍與侍之間的矛盾搬上檯面……關係到底已經險惡到什麼地步了？

「嗯，有這四個字我就相信是他寫的了，很正確。」

綾侍點了點頭，不知道是贊同音侍的論點還是贊同音侍去死這四個字。

「死違侍居然咒我去死，實在是太陰毒……啊！他居然寫了兩塊板子！」

聽到他又發現了另外一塊，大家也跟過去看。一個人竟然會寫到兩塊板子，真不知道該說他什麼，這一塊的願望很普通，那另一塊呢？

另一塊板子上寫著這樣幾個字：東方城不敗！女王陛下萬歲！

噢……范統覺得，他可以體會違侍不署名的心情。

這種激情言論，要公然給大家看其實還挺羞恥的。不過，搞不好違侍一點也不覺得羞恥，他只是純粹沒想到該署名而已。

「快點翻過來看看。」

珞侍好像很期待的樣子，畢竟剛才那塊板子後面有寫，這塊的後面可能也會有，到底寫了什麼確實令人好奇。

音侍皺著眉頭將板子翻了過來，後面果然也不負眾望地寫了幾個大字。

「音侍去死」。

「為什麼又是叫我去死啊——！」

依照這個規律，如果違侍還寫了第三、第四塊板子，後面寫的應該也都是「音侍去死」吧，看來他有很深的怨念，這真是讓人無言的執著，真的有這麼痛恨嗎？

音侍大人，您到底對人家做了什麼啊？您到底做過多少讓人家討厭的事？

「可能是你的存在對他來說很礙眼吧？沒有你，東方城會更好。」

綾侍在旁邊說風涼話，非常事不關己。

沒有音侍，東方城會更好，范統不知道為什麼有點想舉雙手贊成。但這樣還是不太厚道，所以他也只是心裡叫好罷了。

「可惡！我回去一定要跟他算帳！」

音侍氣憤難平地說，綾侍則一點也不支持他。

「你算了吧，他難道會承認嗎？承認了又如何，你是能把他怎麼樣？」

「我要把他剃光吊在城牆上！」

……

您認真的嗎？這不太好吧？

雖然跟死比起來，剝光吊在城牆上輕微多了，但您也不會因為這樣就真的死掉啊，我怕發生這種事情過後，違侍大人為了把看到的人都滅口，就血洗東方城……

「哦——？說到要做到啊。」

綾侍的唇邊浮出一抹帶有玩味的笑容，讓人有點不寒而慄。

綾侍大人，您就不要再激他了……

「母親大人不會放著不管吧。」

珞侍不是要幫違侍說話，只是這種胡鬧的事情，本來就是少做為妙。

「啊，對喔，櫻會生氣。」

音侍退縮了些，引起矽櫻的怒火，實在不是什麼好事。

「真可惜，我以為你新年的第一天就要做點讓大家驚喜的事情了。」

綾侍大人，那不是驚喜好嗎？那應該叫驚恐或者驚嚇吧？無論是對當事者來說還是對旁觀者來說。

「我一定會找到不著痕跡報復的方法的！」

音侍依然氣呼呼的，像是沒報復回來不甘心似的。

不著痕跡的報復方法？不太可能吧，您要找得出來，也不會抽那麼多年的大白痴了。

「你慢慢想吧，我很期待。不過，我覺得你應該明天就忘了。」

音侍所燃燒的鬥志在綾侍看來根本沒半點意義。

在這種吊掛願望牌的地方，看看別人的願望也是很有趣的一件事。剛才范統就粗看了一下，珞侍希望暉侍早日歸來，月退希望一切平安，都是些看了也不會覺得特別有趣的願望，所以，他就去看陌生人的板子了。

別人寫的板子，果然是有趣得多，很有嘲笑的空間，像是「一夕之間拿到黑色流蘇」、「一統東方城」之類的願望，都不自量力到了極點，還有人許願「今年不要再死了」，范統覺得這個人跟他真是同病相憐。

當他發現米重的板子時，實在有點想別過頭不要看，總覺得一定會看到令人很不舒服的內容，可是在發現的時候，他就已經連帶看到上面的文字了，也果然是米重一貫的風格。

上面這麼寫著：「綾侍大人！看我一眼！求您看我一眼！」……

范統思考著，是不是該把綾侍請過來，讓他看看這塊板子，就當完成了米重的心願。

但如果綾侍問他這是不是他認識的人，他會很不想承認。要因為人家的變態導致自己被投以異樣的眼光，這根本沒有必要吧，何必呢。

「玄殿的活動大概就是這樣，那麼……」

珞侍看了看他們，靦腆地笑著。

「新年快樂。」

「新年快樂。」

月退也微微一笑，回了一句祝福。

「新年不快樂。」

范統的嘴還是老樣子。在這個場合，可真是名副其實的烏鴉嘴了。

「你至少也說舊年不快樂吧！比新年不快樂好多了！」

珞侍一瞪眼，又罵起他來，但這也不是他能控制的，他只覺得無辜得很。

無論如何，新的一年是開始了，范統依然誠心希望，未來的一年能夠更好。

……即使他們有著鑽牛角尖、笨蛋，還有一堆血光之災。

❀

「那我們先回去了，啊，比武招親也快要舉辦了，記得要參加喔。」

耶耶？什麼比武招親？什麼東西？

「誰跟你比武招親？你到底有沒有搞懂過？別再丟人現眼了，快走。」

綾侍也沒把音侍亂七八糟的話解釋清楚，就拉著他走掉了，於是，現場又剩下珞侍、月退和范統三個人。

「你們接下來有空嗎？」

珞侍問了他們這麼一句，似乎是想找他們去做什麼。

對於珞侍的邀約，他們一向不會拒絕，反正跟著他跑不會有什麼壞事，常常還有好吃好喝的。

「嗯，我們今天都沒事。」

聽月退這麼說，珞侍便高興了起來。

「那……我現在要去打掃暉侍住的地方，你們要不要一起去？」

咦？要去暉侍閣？

范統和月退兩個人都愣了一下，他們倒是沒想到，珞侍要約他們做的是這件事。

「我以為你年前就去打掃了……」

月退不太明白地問。年前他們去打工掃神王殿的時候，就有聽說珞侍會自己打掃暉侍閣的事情。

打掃這種事情……一般都是過年前在做的吧。

「因、因為……」

珞侍似乎有點難以啟齒，頓了一下。

「之前在準備……昨天晚上的……時間有點不足……」

喔，原來之前把心力花在昨晚聚會的食物跟禮物上面啦？真是有心。

你還說是臨時被拖去的，果然是臉皮薄的場面話……

「你們、你們到底要不要去啦！」

一下子就惱羞成怒了。珞侍，你還嫩啊……

范統點了點頭。去打掃，掃完總會請他們吃飯吧？而且他剛好有帶拖把，去打掃剛剛好。

『你、你又想對我做什麼！』

噗哈哈哈又出聲了。應該不是聽得到他心裡在想什麼，而是感覺到了他不良的企圖心？

哼哼哼，這次你逃不掉了，就算是拂塵，也是打掃用的工具，你沒有任何藉口！

『你的氣息很邪惡！你的思想一定不純！你要做什麼！不准冒犯我聖潔的身體，我警告你！』

沒聽過武器在警告主人的。你儘管唉吧，我才不跟你說話，好讓你不安一下，嘿嘿。

『你要是敢亂來！我要開噬魂之光喔！』

不錯啊，掃到黑黑的地方，還有光線照明，喔耶。

范統對噗哈哈哈的各種威脅不為所動，可惜為了不讓珞侍和月退發覺，他不能開口跟噗哈哈哈嗆幾句，不然可能會更爽一些。

「月退，你也去嗎？」

珞侍盯著月退又問了一次，畢竟范統點頭，不代表月退也同意。

「好啊。」

月退很乾脆地答應了，這次不是說「范統要去那我也去吧」之類的，而是直接爽快地同意。

「我是挺想去看看的。」

噢，月退，你還怕他覺得你是暉侍的誤會不夠深嗎？還是你根本就是暉侍？

既然兩個人都決定要去了，那麼事不宜遲，他們便朝神王殿出發了。

❀

之前來到神王殿，最多也只到第三殿，也就是音侍閣的地方，這次卻要深入到第五殿的暉侍閣，范統免不得有點緊張。

真正走到底部，就更加覺得神王殿很大了。由於不是來觀光，所以他們也只走過必經地帶，光是這樣走路的時間就很長了，裡面寬廣的空間讓范統覺得只住幾個人真是浪費，不過皇宮就是要大才有氣派，這也沒什麼不對，頂多是讓范統想到他們可悲的上中下舖時，興起一陣感慨罷了。

進到暉侍閣的過程，算是很順利，中間沒遇到音侍浪費時間，也沒遇到違侍刁難，到達第五殿時一樣沒撞見矽櫻，平淡順利到有點不像是真的。

「打掃的人就我們三個？」

不會吧，這裡很大耶，你打算來掃幾天？

「嗯，我們只掃幾個房間，書房、臥室一類的，不用擔心。」

聽到珞侍的話，范統這才安心下來。原來沒有要全掃，那應該還可以接受吧。

「那，我們先從書房開始吧！」

打掃書房不需要什麼複雜的工具，也就抹布、拖把，弄弄書架跟地板就是了。

由於不想真的被噗哈哈哈恨一輩子，范統還是沒有把它拿來當拖把使用，乖乖拿了珞侍準備的拖把，進行拖地的工作。

『你看看，這才是拖把，我是拂塵，你到底認不認識真正的拖把？』

噗哈哈哈對於范統一直喊它拖把拖把的，顯然記恨在心中，一有機會就要糾正。

「我當然不知道這是拖把……」

范統不耐煩地回答，然後詛咒又發作了。

『你長這麼大還不知道這是拖把？你們家都用什麼拖地啊！』

我是說我當然知道。大驚小怪些什麼，小心我以後叫你阿拖。

「范統，你在自言自語些什麼？」

珞侍狐疑地看了過來。

「跟噗哈哈哈說話。」

「喔……你在跟你的拖把交心啊。」

什麼交心，才沒有這回事，我看是心的距離越來越遠了。

「范統，跟武器多交流是好事情喔，你們的默契以及感情越好，用起來威力就會越大。」

正在擦書櫃的月退回過頭來跟他說了這麼一句話，范統頓時有點納悶。

你不是只有一把壞掉的、不會說話的武器？你又是怎麼知道的啊？你趁我沒注意的時候勤讀東方城的書籍嗎？可是你那些字到底會不會看了？

「你怎麼知道的，月退？」

果然珞侍也覺得很奇怪，畢竟武器是他們三個一起去買的。

「上課老師說過……」

月退的回答又含糊了起來。不過也死無對證，因為珞侍沒跟他們一起上課，而上武術軒課程的時候，范統又常常沒在聽。

書房的清潔很快就完成了，於是他們轉到了臥室。臥室比書房要大一點，除了該有的床，也還是有一些架子桌椅，打掃的程序大致上跟書房差不多，范統繼續拖地，珞侍跟月退繼續擦東西。

進來這裡之後，范統就四下看了看。

有一種很奇妙的感覺，他說不出來是什麼……反正就是很奇妙的感覺。

暉侍閣的布置很樸素，雖然桌椅地毯這些用的料子還是很高級，不過並沒有多少華麗感，通常是簡單的素色跟線條構成，這點跟音侍閣有點類似。

不過音侍閣比這裡明亮。進到暉侍閣的時候，范統就覺得有種灰暗的感覺，心理上也不知道為什麼沉重了起來，來到臥室後，這種感覺就更明顯了。

這到底是為什麼啊？氣場不好嗎？

雖然同在一個房間裡，不過這房間挺大的，他們三個人可以說是分散在三個角落，沒怎麼交談，范統拖地拖了幾下，便陷入了發呆的狀況。

他覺得自己下意識地觀察起了這個房間，從左看到右，再從右看到左。他的目光彷彿遵循著某種意志在移動，直到停在一個小櫃子上面。

這個時候，范統也搞不清楚自己在想什麼，總覺得頭腦有點混亂。他覺得自己看的不是那個小櫃子，而是別的什麼東西……而就在他想破腦袋想不出來的時候，月退的身影突然進入了他的視線。

月退拿著抹布的手在小櫃子上擦了兩下，然後就停了下來，接著，他白皙纖細的手突然快速在小櫃子側面不知道動了什麼手腳，又往小櫃子上方的牆壁一按——

一個方形的範圍無聲凹了下去，他從裡面取出了一本東西，一切就像變魔術一樣神奇，范統傻愣到月退又無聲息的將牆壁恢復後，才回神喊出聲。

「月退，那是什麼？」

大概是沒料到范統會看見，月退微微一震，而注意到范統的呼聲，珞侍也瞧了過去。

「什麼東西……」

「呃……不小心發現的，這應該是暉侍寫的筆記吧。」

轉過身面向珞侍後，月退拿起手上的本子翻了翻，這麼回答。

什麼不小心發現的，你剛剛做的事情難道是我眼花？打開機關的手腳也太專業了吧？

范統對於他的謊言有點傻眼，但想了想，他還是沒有揭穿他，不過他實在不知道月退打的是什麼主意。

「暉侍寫的？」

珞侍的聲音因為驚訝而有點變質，他甚至顧不得禮貌，就急得衝過去從月退手上將本子一把搶過。

在略翻過幾頁之後，他的臉色頓時有點難看。

「珞侍，裡面寫了什麼？跟暉侍的下落有關係嗎？」

會讓他臉色出現變化，裡面的東西自然有點問題，范統忍不住問了一下，珞侍則抿了抿唇。

「我……回去仔細研究研究，再跟你們說。」

喔。其實不用跟我們說也沒有關係啦，如果這本東西讓你對暉侍去了哪裡有點眉目，那你就想辦法找他回來就好了啊。

「月退，這是從哪發現的？我怎麼從來沒看過？」

暉侍消失後，珞侍當然也來過暉侍閣尋找線索，他自認每個地方都翻過了，卻一直都沒看過這本本子，現在當然要問一問。

「牆上有機關，我好像不小心碰到了，就……」

月退又說了一個謊，范統感到更加疑惑。

他敢發誓，月退絕對是知道那個機關怎麼開的，但是他為什麼會知道呢？

珞侍看月退的眼光真的是懷疑到了極點了，可是眼前比較重要的是這本本子，他不得不暫時放下他的懷疑，將注意力轉移到本子上。

在想要坐下來好好研究本子的情況下，自然就不可能繼續進行打掃了，於是，珞侍便決定今天的掃除到此為止。

由於時間還早，不是吃飯時間，范統夢想的美食當然是飛了，這讓他遭到很大的打擊，失望全表露在臉上。

「你那種表情是怎麼回事？」

范統的失魂落魄明顯到讓人無法無視，珞侍不由得沒好氣地問了他一句。

「吃的……」

月退聽到他的回答，有點不知道該說什麼，珞侍則是忍不住打了他的頭一拳。

「成天就只會想吃的！你應該抽到『飯桶』才對！這個才是最貼切的吧！」

……！

好過分啊！拿人家的名字做文章！還挑人家的痛處！

珞侍這麼說的時候，月退也在旁邊嘆氣，看來是不反對的樣子。

人總是要先照顧肚子嘛！肚子沒餵飽什麼都免談啊！

但是，不管理由再充足，在生了一張被詛咒的嘴的情況下，想據理力爭還是不可能的，范統也只有自己鬱悶在心裡了。

范統的事後補述

新年的第一天，新年的第一天……

我覺得時間很漫長，發生了很多事情耶，怎麼才一天而已？

好吧，可能是早起的關係，早起的情況下，那一天就會變得特別長，因為多了好幾個本來會被睡掉的小時可以利用——可是我們從暉侍閣準備要離開的時候，甚至還沒中午，這真的實在是……時間過得太慢了點吧？

整個早上，感覺有大半的時間都是在那個奇怪的籤筒裡度過的。可能還包含了「大白痴」的疲勞轟炸。我覺得東方城的籤筒真是獨樹一格，而且很有讓人憤怒的本錢，真的有人會在這個籤筒裡抽到讓他們滿意的東西嗎？

音侍大人不算。抽到血光之災還滿意成那個樣子，也真是沒看過……

話說回來，抽出來的籤都不必登記，也不用放回去，這樣管理玄殿的人要怎麼知道少了哪些，好進行補充啊？

珞侍居然說我應該抽到「飯桶」，這真是太傷我的心了，這樣說來，米重也應該抽到「米蟲」才是啊，然後珞侍自己應該抽到「美少女」吧？我都沒有拿他最在意的地方來攻擊他，他怎麼可以這樣攻擊我——

然後去了一趟暉侍閣，也沒摸到什麼就要走了，這還真的挺空虛的。

無論如何，還是該好好問問月退到底怎麼回事。在珞侍面前不方便問，等到只有我們兩個人的時候總能問了吧？

如果他又裝傻把問題混過去怎麼辦呢……

嗯，我好像也沒有什麼辦法。

啊啊——新的一年，新的一年——許願板都寫了，願望一定要實現啊！

其實，單看大家許的願望，就知道許願板要實現，機率非常低了。

但，違侍大人，也不是機率低，您就寫兩張，然後咒音侍大人去死的機率就可以變成兩倍吧？

唉，那個什麼暉侍最好還是快點回來，有了筆記，總該有點線索了吧……

✤ 章之二

比武招親……個頭啦

『比武招親？不能拋繡球嗎？我覺得拋繡球比較簡單啊！』——范統 ✿

『音侍砸向台下的繡球，接了會暴斃吧？』——綾侍 ✿

因為珞侍急著去研究筆記，范統跟月退也明白他的心情，便不要他送他們出去了。

反正路剛才來的時候才走過一次，要自己走出神王殿也沒那麼難，至少這裡比符咒軒那迷宮般的地形好多了，再怎麼樣，也是走得出去的。

走出暉侍閣的時候，沒有跟住在隔壁的女王相遇，很好。

走到第四殿的時候，沒有撞見住在這裡的違侍，很好。

走到第三殿的時候……很遺憾，音侍就在出入口附近玩耍，直接正面碰見，失敗。

來的時候很順利，出去的時候就不這麼順利了，看來一時半刻還走不了。

「啊，小月你們怎麼從裡面出來？你們什麼時候來的啊？」

因為之前在玄殿的時候，音侍和綾侍先離開了，所以他並不曉得珞侍找他們來暉侍閣打掃的事情。

不過，范統依然對於他不記得自己的名字，就乾脆把自己的稱呼省略了這點很有意見——

儘管他也不能做什麼。

「音侍大人，您這是在……？」

月退看了看音侍，再看看他腳邊警戒著的嬌小生物，目中流露出了幾分不解。

「啊，這是我之前在這裡撿到的貓，我帶牠出來玩。」

音侍一面說，一面伸出手把那隻緊張不已的小貓拎起來，完全無視牠抗拒的掙扎跟叫聲。

我覺得牠好像相當不喜歡您，音侍大人。

「神王殿有貓可以撿……？」

月退露出了有點古怪的表情，似乎覺得這樣的事情十分奇異。

無論如何，至少這是一隻真正的小花貓，而非什麼被音侍叫小花貓的畸形魔獸。

「嗯，綾侍說，養貓不能一直關起來，要放出來玩，所以我就帶牠出來玩了。」

音侍說著，開始玩起了空拋的遊戲，把那隻小貓高高拋起再接住，頓時喵喵聲不絕於耳。

我覺得，這隻貓亂可憐的，您還是把牠關回去吧，那樣牠可能會覺得幸福點。

「啊，看起來好像很高興的樣子，很有精神呢！」

您完全誤會了！

「養貓這種事情，您應該可以吩咐別的人處理吧……」

月退委婉地說。就范統看來，他只差沒直接說「您根本就不適合養貓」了。

「可是……是我撿回來的，所以我應該自己負責任嘛，怎麼可以交給其他人呢？」

男人有責任感是很好，但是依我看，您還不如把牠放生。

「如果沒有什麼事的話，我們先回去了。」

對於小貓的事情，他們自認愛莫能助，那麼還是不要繼續打擾他們的人貓共處時間才是，於是，月退便打算跟范統一起告別了。

「啊，等等，過完年有熱鬧的活動，記得要參加喔。」

音侍沒有這麼簡單就放他們走，還是叫住了他們，進行不明的廣告宣傳。

熱鬧的活動……是剛才在玄殿疑似說過的，什麼比武招親之類的亂七八糟的東西嗎？

「是什麼活動呢？」

人家都說了，不表達一點興趣，好像不太捧場的樣子，所以月退問了一句。

「是東方城一年一度的活動，開場的時候我們東方城五侍會上去比武招親喔！」

……

說什麼啊……這到底是在說什麼？

一年一度還比武招親，這是一年就結婚一次嗎？打贏了可以當一年的夫妻？

女王下不下場？不然你們都是男的，是叫女人上去比嗎？

這樣的話，珞侍很危險吧？隨便就不知道嫁給哪個奇怪的路人了，然後違侍大人大概沒有什麼行情，音侍大人您如果不放水，只怕是嫁不出去的，而排綾侍大人的隊伍應該會滿到城外吧，可是看流蘇的顏色，除了音侍大人您，還有誰有本事把他打敗娶回家呢……？

要是真的要比武招親，璧柔應該拚死也會打敗其他的參賽者，好跟音侍大人在一起吧？

不對，她又說不嫁，噢噢……

只不過是比武招親四個字，范統的腦袋就轉過了一堆亂七八糟沒有條理的東西，不知道能不能說是腦袋太靈活。

「音侍大人，比武招親是……？」

月退也難以理解這個名詞怎麼會出現，應該說根本就沒有人能理解吧。

「比武大會的開幕式，我們會負責上去開場，用示範賽招攬觀眾來看呀。」

喂！這跟比武招親差很多好嗎！您不要以為這可以濃縮成比武招親四個字好不好！害我們都誤會了！

「小月！你會參加吧？應該開始報名了，不需要報名費的。」

您為什麼只問月退？因為我一副去了就是當炮灰的樣子嗎？

「我……應該不會吧。」

雖然音侍一副很期待他參加的樣子，但月退似乎沒有興趣報名。

「咦？為什麼？前五名可以向五侍挑戰，很多人都為了能光明正大暴打死違侍一頓而努力耶。」

您是不是又搞錯了什麼，又不是前五名可以任選一位侍大人打到爽，只是挑戰的話，依違侍大人深紫色流蘇的實力，只怕是被他暴打一頓才對吧？

還有，這比賽就沒有什麼別的比較吸引人的獎賞了嗎？

「如果你覺得一對一太沒挑戰性，不好玩的話，也可以參加團體賽啊！」

音侍大人，您對月退評價挺高的嘛，雖然我也覺得他很強啦，但一般人沒事應該不會想給自己找麻煩，帶個累贅上場的。

可是月退聽了這句話之後，還真的認真地看了看范統。

「范統，你……有興趣嗎？」

……現在是怎麼樣，我有興趣的話，你就要帶我去見見世面嗎？

「有什麼懲罰啊？」

不是啦，我是問有什麼獎賞啦！

「懲罰？比賽沒什麼嚴格的規定啦，就算在台上殺人也不會有事的。」

哇！慢著！那上台不就有被殺的危機了嗎！

「比賽中死掉，重生算不算錢啊！」

可能是因為這件事太重要，范統問出口的時候居然難得不是反話。

「嗯？當然算啊。綾侍說，每年的比武大會，是東方城營利的重大活動呢，所以越多人參加越好啊。」

……

綾侍大人，您這精闢的言論實在是太邪惡了。音侍大人，您可以這樣毫無心機地講出來給被剝削階層知道，您也真不是蓋的。

這麼說來，擂台上發生凶殺案，您們反而樂見其成？

這到底是個什麼樣的國家啊……

「真的不參加嗎？大家一起參加比較熱鬧啊。小柔也不參加，這樣好無趣喔……」

璧柔如果參加了，擦破一點皮，您是不是會去把人家碎屍萬段？

在音侍不太甘願地放棄說服後，范統跟月退總算可以離開神王殿了，這個時候那隻可憐的小貓已經被音侍玩暈了，范統也只能祈禱牠能遇到一個好的時機，逃離音侍的魔掌。

從神王殿要回宿舍的路上，又遇到了不長眼睛來找月退決鬥的人。

走在路上成天被攔下來的感覺很不好，就連不是當事者的范統也有一種「怎麼又來了啊」的感覺，更重要的是，打倒這些人也不會拿到任何好處，只是浪費體力跟時間而已，所以才更加覺得煩啊。

新年的第一天就有人想不開，這是何必呢。

「你要找我決鬥？」

月退看著面前這不知死活的陌生人，確認般地問了一次。

「對！怕的話就求饒吧！」

這傢伙是哪來的寶啊？

「唉。」

月退右手很順地奪過對方的流蘇，左手則一閃，瞬間將對方劈昏，完結，收工。

「月退，你可不可以搜刮他身上的財物？」

我被顛倒成你了。反正沒差啦，你來還是我來都好，送上門來的肥羊，新年第一筆生意耶。

「這樣……不就變成當街搶劫了嗎？」

比起范統，月退果然還是有良知多了，但范統堅信這是因為他還沒體會到生存的殘酷，才能堅持當個正人君子。

「有什麼關係！我們不搶他，路過的狗也會搶啊！」

我第一次知道「人」可以顛倒成「狗」。我覺得顛倒成畜生還比較有道理，為什麼會是狗呢？不然顛倒成鬼也還能接受啊。

如果要認真研究，「狗」的反義詞應該是「神」才對，畢竟 dog 顛倒過來就是 god 了，前提是詛咒熟悉英文。

「但是……」

月退似乎還想勸說他放棄這不道德的行動，不過這個時候，又冒出另一個人來了。

「喂！我要跟你決鬥！我看你的頭髮很不爽！」

新年第二號找死的又來了，月退皺起了眉頭，沒多說什麼，只伸出手示意他將流蘇放上來，然後一樣以迅雷不及掩耳的速度將人揍昏。

「范統，我看還是……」

月退的話第二次被打斷，原因出在第三個冒出來要求決鬥的人。這次月退連正眼都沒瞧過去，甚至也沒接過流蘇，就直接讓人昏死過去了。

「范統，這三個傢伙身上，愛拿什麼隨你。」

月退雖然在笑，眼睛卻沒什麼溫度，看來是被惹火了。

「喔。」

萬歲！我最喜歡撿現成的不勞而獲了！

搜完三個人的身，范統心情愉快地得到了三個錢包，雖然裡面的錢不多，但對現在依然背負債務的他來說，也是無不小補。

現在的月退身上散發著一種只要有點危機意識的人都不會想靠近的氣息，這讓范統有點可惜。要是他繼續維持原本無害的模樣，多繞個幾圈，就可以進帳更多了啊。

「月退，你生氣了？」

之前在路上遇到決鬥，短時間內次數多了，月退也會流露出明顯不高興的情緒，范統已經很習慣了。

「嗯。我不喜歡被弱者強迫動武的感覺。決鬥應該是更嚴謹一點的事，而不是開玩笑。」

他們每一個人都很認真啊，我想，他們之中沒有一個是在跟你開玩笑吧。

總之，你覺得他們都是不值得你動手的對手，是吧？

「范統，前面那好像是你認識的人……」

月退突然說了這麼一句，范統便順著將視線轉移往前方。

「唷！范——統——」

哇咧，是米重！

新年的第一天就碰見米重，怎麼想都覺得很糟糕啊！不要過來，不要破壞我的好心情！

「范統！總算找到你啦，上哪去了，放假也不待在宿舍裡？」

米重還是一樣帶著職業性的燦爛笑容迎上來，但有鑑於他每次找來幾乎都沒好事情，范統還是很難擺好臉色給他看。

放假本來就應該出來到處走走吧？放假都待在家裡的人生，一般來說才是有問題的才對呀……

「我們去玄殿參拜了。」

月退幫范統做了回答，米重聽了之後「喔」了一聲，隨即搭上了這個話題。

「怎麼樣，有抽籤嗎？那裡的籤很一針見血的，有的時候對心臟也不太好喔。」

我已經體會過了，真是多謝你的提醒喔。

「你抽到什麼？」

在玄殿有遇到綾侍的事情，范統就懶得跟米重說了，他可不想在大街上被個男人抓住哀號，用想的就覺得這不會是個愉快的經驗。

不過，綾侍大人抽到賢妻良母的籤，這搞不好可以當成情報賣給他？

「我啊，反正那裡的籤抽了也只會讓心情不好，就沒抽了。」

……真是莫名的有遠見。

「范統，我來找你是有事情要告訴你的，你知道年假結束之後，有個東方城每年例行的比武大會嗎？」

才在音侍那裡聽過，沒想到米重又提起，今天跟這個比武大會還真有緣。

范統點了點頭，米重便說了下去。

「啊，你知道啊，那就好辦啦，我已經幫你報名了。」

嗯。

嗯……慢著——！你剛剛說了什麼鬼東西！

「什麼報名啊！什麼跟什麼！」

「哈哈哈，你先冷靜一下，我跟你解釋嘛。」

冷靜個頭啦！你最好給我解釋清楚，不然我叫月退一刀砍了你！

「新人來到東方城，經歷各種活動的洗禮，也是成長的必要條件啊，更何況是這麼盛大的活動，你怎麼能不共襄盛舉呢？」

米重這番話說得真是冠冕堂皇，不過范統絲毫不買帳。

「誰理你！就算你沒報名，我也會去的！」

我是說你報名了我也不會去啦——！

「哦？你還真有上進心啊，勇氣可嘉，早知道我就不多此一舉啦。」

被這樣誤解下來，范統心裡的那個悶真是無處能宣洩。

「既然如此，就要好好地出場參加比賽，無故缺席可是會被罰錢的。」

聽到米重這麼說，范統頓時又有點暴走了。

「為什麼！」

我已經夠窮了，才不想為了這種事情被罰錢呢！

「這是規定啊，要大家尊重比賽嘛。無故缺席一場，罰兩百串錢，很貴的唷。」

缺席一場罰兩百串錢。

死一次負債一百串錢。

到底哪邊比較不划算？

問題是，出席了未必不會死，死了就損失一百串錢，下一場如果缺席一樣罰兩百串錢，死了又會飛掉一百串錢……

等一下，如果死了，應該就沒有下一場了吧？如果缺席了，是不是也沒有下一場啊？

「怎麼樣才不會出局啊？」

「你只要一直贏不就不會出局了嗎？雖然你應該不太可能啦。」

我是要問你要怎麼脫離比賽！吼！

「比賽單位很貼心，輸了還會有敗部復活戰，別煩惱啦。」

貼心個鬼！這根本是黑心啊！

「對了，比賽中如果擊殺對手，有十串錢的獎賞喔。」

……！

那致死率不就更高了嗎！而且這是什麼穩賺不賠的生意啊！死一個人東方城就賺一百串錢，才給凶手十分之一！

「如果拿到前五名，可以獲得挑戰幾位侍大人的資格，而且流蘇可以直接升一大階喔！」

所謂的一大階就是直接跳三階升一個顏色的意思，像范統現在是草綠色流蘇，跳三階就是略過深綠色流蘇跟淺藍色流蘇，直接變成藍色流蘇，提升的幅度確實可觀，薪水也一下子暴漲一大截，但是，前五名也太難了吧。

「你到底為什麼光明正大幫我報名？」

這次是私自這個詞被扭轉成光明正大，不過語意好像也沒錯。

「為了你好啊，幫你服務啊……」

「騙鬼！」

這次倒是把人顛倒成鬼，而不是狗了，到底什麼邏輯？

「我是負責帶你的導覽嘛，如果你打贏了，我也有好處的啊。」

眼看唬不過去，米重總算說實話了。

「你這個……」

范統已經不知道該怎麼說他了。萬一罵人的話說出口又通通變成讚美，那也只是讓自己更生氣罷了。

「你自己有報名嗎？」

站在旁邊安靜了許久的月退，現在才說了這麼一句話。

「我？我哪有那個閒功夫啊，而且我一個淺綠色流蘇，上場不是找死嗎？」

當米重態度隨便地說出這些話的時候，范統真的很想痛揍他一頓。

你也知道淺綠色流蘇上場是送死，那草綠色流蘇難道就不一樣嗎——！

而且我這個草綠色流蘇根本跟我的實力完全沒有關係啊！

月退的深綠色流蘇，某方面來說也跟他的實力完全沒有關係，但是這個完全沒有關係的意思跟范統的又不一樣了。

「你既然也知道危險，這樣設計別人不太好吧。」

月退淡淡地說。看來他不太高興的情緒，從剛才到現在還沒消散。

「呃……」

大概是不太擅長應付這種冷靜又正經的話語，米重一下詞窮了。

「為了表示熱烈參與活動的誠心，你也該去報名，是不是？」

雖然月退的年紀比米重小，恐怕還小了很多，但他在淡淡的話語間流露出的氣勢，不曉得為什麼就是讓米重很難說不。

「你會去報名吧？」

月退微微笑著，同時看似不經意地把剛才從那三個挑戰的傢伙身上搜來拿在手上玩的木棒捏碎。

「……當然，共襄盛舉嘛！我先走一步了，有緣再見啊范統——」

米重額上冒了點冷汗，立即覺得走為上策，趕緊離開這個是非之地，生命比較有保障。

哼！活該！看你到時候在擂台上怎麼表現！你心愛的綾侍大人也會觀戰吧，就看你能展露出什麼風采來吧。

……不過啊，月退，你的手勁真是越來越可怕了，難怪上次的飯糰硬得跟石頭一樣根本不能吃，現在想起來還是覺得好心疼喔。

「范統，明天開始特訓吧，我會好好教你的。」

月退嘆了口氣，提出了這個應付眼前危機的辦法。

不是吧？年假結束後就開始了，那也沒幾天了啊，來得及嗎？

「月退，你不參賽嗎？」

范統可憐兮兮地看著月退，那充滿了哀求意味的眼神讓月退怔了一下。

「啊？」

「團體賽啊！團體賽！」

雖然這樣很卑鄙，但是在求生的渴望下，范統還是厚著臉皮明示了他的意思。

「說到底，你還是不想努力進修啊……」

「對！月退你要救我啊！我不想活啊！」

我是說我不想死啦，我不是威脅你說你不幫忙我就不想活了……

「好吧。我們去打聽看看好了。」

萬歲！月退果然是個好人！枉費我都已經做好痛哭流涕的準備了，居然還沒派上用場就成功了！

於是，本來應該回宿舍的，又變成轉往比武大會的辦事處詢問團體賽報名事宜了，這條回宿舍之路真的很不順，彷彿有各種障礙千方百計地在阻撓他們。

當聽說團體賽報名必須要三個人的時候，范統的臉就垮了下來。好不容易才抓到一個好人月退，哪裡再去找個好人幫忙這吃力不討好的事情啊？

「我們去拜託璧柔……」

雖說音侍說過璧柔不參加，但未必沒有勸說的可能吧？

「不。」

月退的回答可說是簡短與冷淡兼有之。他差點忘了月退對璧柔有不知名的心結。

「不然還有誰……」

三個人三個人……嗯？上中下鋪……我們寢室好像還有一個人喔？

❀

「不要。」

他們回到宿舍的時候，硃砂已經起床了，聽完范統的要求，他很直接了當地立即拒絕。

范統一時之間沒有哭著跑走，也沒有臉色難看，只是在呆愣了幾秒過後，轉身拍拍月退的肩膀。

「月退，換你去。」

月退一瞬間也不太了解范統的意思，不過既然范統這麼說，他就再問了一次。

「硃砂，團體賽要三個人，我跟范統的話，還差一個，你真的不願意和我們一起去嗎？」

話換成月退問之後，硃砂便陷入了沉默。

你看你看！我就知道你這張臉很好用！要不是珞侍身分特殊，不可能跟我們一組，我就找你去說服他了，一定管用的！

唉，要不是一定要三個人，又何必這麼辛苦，你根本就一個抵兩個了，規定果然是死的東西……

「你要參加比武大會，居然是先找范統，不是找我……」

硃砂忽然埋怨了這麼一句，讓月退微微錯愕。

「呃……有什麼差別嗎？」

月退……你在某方面的神經，似乎跟音侍大人差不多粗啊。

「當然有差別！因為一定要三個人所以才想到我，不就代表是拿我湊數的嗎！」

的確是拿你湊數的啊，因為只要月退一個人，打擂台就夠了嘛。

「這個……」

月退大概沒想這麼多，被硃砂這麼一說，頓時有點尷尬。

「你居然想跟范統去，而不是跟我去……」

硃砂的語氣一時聽來有點幽怨，這也讓范統不寒而慄了一下。

那個啊，你要用這種語氣說話，麻煩請先變成女生好嗎？這實在是讓人很不舒服……

「我本來也沒有參加的意思，是因為范統被人陷害報名了，我才……」

月退有點著急地想解釋，解釋起來也有點慌亂。

「要我跟你們去也可以，我有條件。」

硃砂對於繼續看他為難沒什麼興趣，相較之下，他還比較想要點實際的東西。

「什麼條件？」

「這次我答應你參賽，日後你要無條件答應我三個要求。」

哇！這什麼鬼！一換三，太吃香了吧！哪來的黑心交換啊！

「為什麼是三個……」

月退好像也敏感地察覺了這數字的不合理，硃砂則回答得理直氣壯。

「因為一個的話，一定馬上就用完了！」

你到底有多少事情想叫月退做？

這個時候，范統心裡也不知道是希望月退答應還是不要答應。如果月退不答應，他們就湊不成團體隊伍，可是答應的話，月退好像又太吃虧了點……

而且，追本溯源，明明就是范統自己的問題，卻變成要月退來付出代價，實在是不太對勁啊。

「你可不可以先舉例看看，你會提出類似什麼樣的要求……？」

面對不按牌理出牌的硃砂，月退也不敢隨便答應下來，就怕把自己糊裡糊塗地賣了。

對嘛對嘛！問清楚是必要的，萬一你利用這個優勢，要求月退跟你交往，那月退不就糟糕了嗎？

啊，其實我也不是不贊成你們交往，不過大家畢竟還未成年，有的是時間考慮，況且月退也不知道接受你那怪異的體質沒有，人家有著充滿傷痛的過去，你還是別折磨他了吧？

「我不會提你辦不到的事情啦，很簡單的。」

開什麼玩笑，這很主觀啊，如果你叫他去死，那的確是辦得到，但是一點也不簡單好不好。

要是你叫他把我宰了，那也的確辦得到，而且很簡單，但是、但是怎麼可以這樣啊！

「好吧。」

月退沒再多做糾纏，乾脆地答應了。

啊啊？月退你就這樣答應了？你不怕……你真的不怕他提出什麼亂七八糟的要求嗎？

「我相信硃砂你不會亂來，答應你三個要求應該也沒什麼關係。」

這麼輕易相信人是會好心沒好報的——月退——

硃砂愣了愣，突然湊了過去，在月退臉上親了一下。

「嗯，你果然是我看上的男人。」

「——」

這個突襲讓當事者月退臉色大變，旁觀者范統則是目瞪口呆。

「你、你……」

月退的聲帶功能一時出了點問題，說話無法順暢。

現在的年輕人都這麼大膽嗎？月退，快點說下去啊，我真的很想知道你要說什麼……

「你……至少也變成女生再親吧……」

月退神情僵硬地說完了他要說的話，臉色真的很慘澹。

范統實在不曉得該不該吐槽。可以吐槽的點好像……也太多了點。

「咦？變成女生就可以了？」

硃砂說完，瞬間他們又是眼前一花，那個如花似玉前凸後翹的女版硃砂便又出現了，原本穿在身上的輕裝在身材變化之後變得短小緊繃，讓人眼睛根本不知道該看哪裡。

「不！我不是這個意思！不可以！」

月退尖叫著退後避開了纏上來的硃砂，兩個人就這麼在狹窄的宿舍房間內你追我跑了起來。

噢，月退，你真是艷福不淺，說不定噴鼻血也是一種血光之災？雖然你還沒有噴啦。

但你們不要這樣子好不好？比璧柔跟音侍大人還糟糕啊，人家只是言語閃光攻擊，你們這算什麼？畫面精神衝擊？欺負我沒對象嗎？太過分了吧？

再繼續這樣下去，月退你的貞操恐怕要不保了。該說男人被女人霸王硬上弓很糟糕，還是有會讓女人想霸王硬上弓的本錢很令人羨慕呢……？

但是，硃砂到底能不能算是女人，這點還是待保留啊……

「硃砂！不要鬧了！」

月退的聲音可以說是驚慌失措了，不過從他們的你追我跑中，范統發現自己只感覺得到頭暈眼花。

「你停下來嘛！」

硃砂完全沒有死心的意思，硬是在後面窮追不捨。

你們根本忽略了房間裡還有另一個人是吧？

「咳！咳咳咳咳！」

范統忍不住發出了點聲音試圖加強自己的存在感。

「咳嗽到外面去咳。」

硃砂白了他一眼，明明是在嫌他，但以她現在的姿容，范統被瞪這一下居然還覺得心跳加快。

這、這算什麼啊，不要向美色投降啊！振作！硃砂有一半是男的！

「范統，你怎麼突然咳嗽……哇！」

月退因為聽到范統的咳嗽聲而分心了一下沒閃好，頓時落入了硃砂手中。

「抓到你了——」

好不容易逮到月退，硃砂笑得可開心了，不過，就在范統思索月退會不會就這樣被推倒的時候，忽然傳來了敲門聲。

「范統——你們在嗎？」

聽聲音是璧柔。范統去應門，硃砂覺得沒趣地變回了男生的模樣，月退則趕忙抽身，拉遠距離。

「嗯，咳，璧柔，新年好。」

難得講出了一句對的話，范統鬆了口氣。雖然他跟璧柔不算很熟，但他還是決定直接叫名字，不要加上小姐之類的稱謂，以免又發生被顛倒成先生的慘劇。

「新年好！大家都在嗎？我們買了一些應景的食物，有多出來的部分，所以拿過來分你們。」

璧柔友善地打了招呼，然後遞過籃子。

「喔喔，不客氣，不客氣。」

拜託，讓我好好說一次謝謝吧。

「你這個人說話總是這麼奇怪呢……」

要不是那兩個人打得火熱，我也不想來應門啊。

「今天我有去玄殿參拜呢，你們有去嗎？」

去玄殿參拜，大概是東方城新年的熱門活動吧，今天的話題幾乎都是這個了。

「妳抽到什麼籤呢？」

范統看了看裡面，一面向璧柔問這個問題。

月退，你雖然表面上冷淡，還是注意在聽的樣子嘛。

「唔──我抽到『人生充滿了驚奇』，我覺得這實在不是什麼好籤呢。」

驚奇？

例如某天忽然發現音侍大人腳踏兩條船之類的嗎？

「好啦，那我先回去了，不打擾了。」

璧柔走得很快，也沒有問他們抽到什麼籤的意思，單純就只是來送食物的。

其實她還是個好人啦，雖然如此，那三千串錢我還是不會輕易忘記的，哼。

「原來你們也有去玄殿啊？」

聽硃砂的語氣，好像他也有去的樣子。

「硃砂，你也去了？」

拉開距離後，月退就能正常跟他說話了，真是可喜可賀。

「是啊，一年的運氣還是很重要的，抽籤的手氣也還不錯，我很滿意。」

在認識的人裡面，他是第一個說對籤很滿意的，范統跟月退難免好奇了起來。

「那……你抽中的是什麼啊？」

硃砂愉快地拿出了小紙條，將上面的字亮在他們面前。

「是『志在必得』。」

「……」

范統看到月退一個寒顫。

唉，月退，你保重。

范統的事後補述

才新年的第一天而已，我怎麼就覺得好像會過一個熱鬧的年了？

可以肯定的是，接下來皮要繃緊一點，就算拉到了月退幫忙，比武大會也不是那麼好混的東西吧。

可惜不是東方城五侍的比武招親。我覺得如果是東方城五侍的比武招親，整個活動會更有趣、更有看頭得多，光是地下賭盤獎落誰家，就天天開開不完了吧，為什麼幾位大人不能犧牲一下自己，給大家帶來一些不同的樂趣呢？

說起來，音侍大人說的示範賽，也不知道是怎麼進行？

五侍剩下四個，其中一個還是實力跟另外三個人相差太多的珞侍，到底會怎麼樣呢？

然後，我又想到一個問題了……我是不是做錯了什麼啊？

讓一個抽了滿滿的血光之災的人接近很容易發生血光之災的擂台，這真的是正確的事情嗎？

唉，說真的，與其到擂台上發生血光之災，月退你還不如讓硃砂激發一下，鼻血噴一噴消災解厄就是了……可是搞了半天，差點噴鼻血的都是我，你儘管臉整個通紅，也沒有噴鼻血的跡象，這有點搞錯了吧？

然後，我覺得硃砂彷彿想開了，終於決定男性體跟女性體的戀愛對象要分開，所以要開始展開攻勢了嗎？還是終於決定直接鎖定月退，是男是女都沒關係了？這真是越想越覺得可怕。

無論如何團體賽報名總算是完成了，接下來自然就是要努力不在比賽中賠錢！

我不要再死掉了！我不要讓負債繼續成長了！要是這樣下去，就算交到了女朋友，我也出不起聘金啊——！

✣章之三 會前示範賽

『達侍大人，可以請教一下您新年抽到什麼籤嗎？』——臨時記者

『無可奉告。（咬牙切齒）』——違侍

『喵喵喵。（他抽到「音侍」唷）』——小黑貓，摺耳，白色腳掌

假期是美好的，開學是殘酷的。

年假放得很開心，但是悠閒白爛的日子也不過就這麼幾天，感覺都沒怎麼享受到，就「咻」的一下過去了，轉眼間，他們又得恢復要上學的生活，實在是有點不開心。

不過，幸好第一天的課只有上午。

范統嘆了一口氣。

只有上午的原因是，下午是比武大會的示範賽。也就是那個被音侍大人胡說成東方城五侍比武招親的東西。

其實，說起來，暉侍也消失兩年了，搞不好都要三年了，他們還是東方城五侍東方城五侍的在喊，聽起來實在很彆扭。

明明就只剩下四個嘛——還是東方城對四這個數字有特別的忌諱？但我們都可以住在四樓

的四四號房了，要說有忌諱，我實在是不信……

然後，雖說沒有強迫性，但我們還是決定要去看看示範賽。

畢竟是個熱鬧的活動嘛，就去看看音侍大人他們要如何賣力表演，也是挺有趣的吧？

況且，這是難得有機會看高手過招，怎麼可以放過呢？

跟月退一起去看是很開心啦，但是硃砂也要一起來……這就不太開心了。

即使接下來很長一段時間，我們都是戰友，但是、但是……唉，算了，就這樣吧。

❀

比武大會除了擂台的場地，還額外設有參賽選手準備用的休息棚。

而現在，提早到達了會場的幾個人，就正在休息棚裡面等待著，順便也進行一些私下的溝通。

「音，我要先慎重警告你，不准把我一招就做掉，這是示範賽，大家可不是來看你秒殺人的。」

除了示範賽的性質，綾侍會這樣板著臉要求音侍，多少可能也有點面子的問題。

「咦？為什麼？既然是展示，不是應該絕招盡出才好看嗎？」

音侍顯然不是不受教，是朽木不可雕。在他問出這個問題後，綾侍險些氣結。

「你是真的想殺了我嗎……」

「啊，怎麼會，你應該殺不死吧，絕招通通轟下去然後讓大家看到你沒死，這樣不是也挺有看頭的？」

「……總之，只准你用五成實力，聽懂了沒？」

綾侍完全沒有採納他糟糕到爆的意見的意思，直接忽略了他的興致勃勃，給了他指示。

「咦——可是我不想贏得很辛苦啊，那樣好累喔，到時候全身痠痛，骨頭都要散了，為什麼可以輕鬆贏一定要搞成這樣……」

音侍對綾侍這樣的安排不怎麼滿意，他覺得本來很簡單的事情變成了麻煩事，就是討厭。

「……十分鐘！你至少要讓我在台上撐十分鐘！大不了回去我幫你推拿筋骨，你要是辦不到，什麼好兄弟也不用做了！」

綾侍幾乎是從齒縫中擠出這些話的，音侍聽了之後則是眉開眼笑。

「啊，好啊好啊，說好了喔，晚上記得到我那裡找我。」

「你這麼開心又是怎麼回事？」

看見對方表現出這種態度，綾侍難免有種受騙上當的吃虧感。

「啊，因為很舒服嘛……有你這個好兄弟真好！放心！台上十分鐘一到，我馬上讓你下台！」

前面不予置評，中間不予置評，後面……綾侍深深覺得，音侍根本還是沒搞懂。

十分鐘一到立即就解決他？這根本還是不給面子吧？

「讓你慢慢解決我有那麼困難嗎？」

「咦？時間到一下子就解決不好嗎？不會很痛的，我也不希望你受傷，不然晚上你不能來怎麼辦。」

綾侍真的不知道該說他什麼，這些話似乎很有誤會空間，雖然他明知音侍說話不經大腦。不，他真的有大腦這種東西嗎？

「還有，不准用魔法跟邪咒。這裡是東方城。」

這一點是絕對要叮嚀的，在東方城公開的活動上，全城不知道多少居民面前，音侍要是拿出西方城的東西來秀，那也太不像話了。

「啊，魔法讓我用嘛！我會偽裝成術法，除了櫻沒有人看得出來的啦！」

「叫你不准用就不准用！沒叫你不准用劍術就不錯了！術法軒掌院！」

「好啦好啦……」

音侍的氣勢又消了下去，限制越多他就覺得越不開心，不過他好像從來也沒疑惑過為什麼要聽綾侍的話。

「你們已經到了啊？」

這個時候，珞侍進了休息棚，看到他們的時候，似乎因為他們早到而感到吃驚。

畢竟音侍總是可以有各式各樣亂七八糟的事情胡搞瞎搞到時間不夠用，然後就厚顏無恥地遲到，這次居然會早到，怎麼看應該都是綾侍的功勞。

「嗯。我不想這傢伙出什麼紕漏，所以先把他抓過來教育。」

「教育？音侍是教得了的人嗎？」

珞侍用一種好像第一次發現音侍原來有腦細胞的表情看向音侍，這讓音侍相當不服氣。

「小珞侍，你怎麼好的不學，盡是學壞的啊！死違侍那張嘴爛得要命，你不可以向他看齊啦！」

說著，還沒等珞侍回話，音侍就因為忽然想到違侍這個人而跳線到另一個話題去了。

「啊，對了，綾侍，示範賽是怎麼進行啊？我跟你打，那小珞侍不就跟死違侍打？太可憐了吧，死違侍一定又會欺負小孩子！」

違侍跟他們幾個一向不是一掛的，同處在一個空間都會不舒服，所以在賽事開始前，違侍不太可能會出現在休息棚，他們要討論什麼也不怕違侍聽到。

「很遺憾，就是這個樣子。」

綾侍證實了他的猜測，這頓時讓音侍擔心了起來。

「啊！那怎麼辦？老頭你快想想辦法啊！死違侍雖然很弱，但是小珞侍是紅色流蘇，這根本一點也不公平嘛！」

會說違侍很弱，也只有他這種純黑色流蘇的怪物才有這個資格了，拿深紫色流蘇的違侍無論如何不會差到哪裡去，只是在音侍面前自然什麼也算不上。

「珞侍都沒開口了，你管這麼多閒事做什麼？到底是誰越來越像老媽子？」

綾侍一面不耐煩地回答，一面將「珞侍只要抱隻貓在手上，違侍絕對傷不了他一根寒毛」這句話吞進肚子裡。

「我沒有關係，再怎麼樣我也是五侍之一。」

珞侍的個性就是好強，儘管他也知道對上違侍自己必敗，但他還是沒有怯戰的意思。

「小珞侍——」

「兩場示範賽的勝者還要再比一場，你贏了我就可以跟違侍打了，不必那麼心急。」

「咦？有這回事！那我一定要把你做掉！我想打死違侍想很久了！」

「……」

姑且不論是「打，死違侍」還是「打死，違侍」，單是聽到音侍為了要跟違侍打架，所以放話要把自己做掉，綾侍的心頭還是浮現了少許不愉快。

不過這種不愉快跟音侍說也沒有用，他的做法一向是一語不發直接報復到違侍頭上，說起來違侍還真是活該倒楣似的。

「小珞侍，我會幫你復仇的！」

音侍拍了拍珞侍單薄的肩膀，一副「一切交給我來」的樣子。

「……打都還沒打，請不要這麼快就說要幫我復仇。」

這種語氣聽起來不只是認定他「輸定了」，而且還是「會輸得很慘」的感覺，珞侍被他觸霉頭觸得臉上一黑，一點也不想接受他的好意。

「那我是不是該去請違侍替我復仇呢？」

綾侍瞥了音侍一眼，不冷不熱地問了回去。

「啊！老頭，你怎麼這麼說，我們是好兄弟耶！好兄弟之間是沒有什麼仇的，不管發生什麼事都一樣！」

音侍彷彿完全無法理解他為什麼會問出這樣的問題，露出了震驚的表情，甚至還用手去貼綾侍的額頭檢查他有沒有發燒，在判定體溫正常後，仍繼續用百思不得其解的神情望著他。

「有的時候我真想把你碎屍萬段。」

綾侍低聲唸了這麼一句。

❀

由於放學的時候稍微耽擱了一下時間，范統他們到達擂台觀賽區的時候，示範賽已經開始了。

因為到場的時間晚，要擠到中間前面並不容易，沒有好位子的話，以他們的身高，在這樣人山人海的人牆中，即使擂台比較高，也實在很難看到什麼東西，所以，在硃砂的建議下，他們索性爬到了一旁房屋的屋頂上去，視野好，也不用跟人擠。

當然，范統是月退拉上去的。

「結束多久了啊？我們是不是錯過了什麼？」

聽到范統奇怪的發言，硃砂瞥了他一眼，回答得很冷淡。

「如果已經結束了，那就是全部錯過了吧，你明知故問嗎？」

只不過是詛咒又發作了而已，我當然也知道是剛開始而不是剛結束啊，真是的。

擂台上現在站著的兩個人，是珞侍跟違侍。經過打聽，這似乎是第一場，看來他們來得還不算太晚。

站在台上的珞侍看起來神情嚴肅，十分謹慎應對，違侍則是一貫板著臉孔的樣子，除了偶爾符咒、術法的發動聲音，現場沒什麼額外的音效。

這裡不太可能有人會支持違侍、替違侍加油，至於珞侍……即使大家想支持他，希望他打贏，但單看流蘇的顏色就可以知道，這根本是不可能發生的事情。

此外，兩個人也打得相當沒勁。珞侍使用的招數，違侍隨手就能化解，而違侍隨便使出的攻擊，珞侍便應付得有點手忙腳亂……珞侍奈何不了違侍，違侍也不想認真應敵的樣子，變成好像某種教學輔導賽，看起來相當無趣。

「噢……這是什麼情況啊……」

范統對於這樣的示範賽感到有點疑惑。在他的認知裡，示範賽應該不是這麼枯燥的吧？應該熱血一點，充滿動感才是啊？

所謂的宣傳廣告效果，就是要聳動，就算不能給人「來參加比賽，你也能變成這樣的高手」的錯誤印象，至少也要給人類似「打鬥是十分刺激、生死拼鬥的事情」的認知吧？

怎麼違侍大人是不屑對珞侍動手嗎？

「月退，珞侍沒有希望嗎？」

雖然范統自己也覺得沒有希望，但他還是問了一下月退，總覺得月退的看法比較有公信力。

「嗯。珞侍要對付違侍大人，還是太勉強了點。」

月退既然都這麼說了，那就是沒希望了。珞侍你還是快點認輸吧。

這個時候，台上的珞侍又唸完了咒，將手中的符紙連擲出去，四散的符紙形成一個結陣，彼此的連結使得這個攻擊的威力倍增。

這是符咒學中較為高段的一手技法，在珞侍成功用出後，一旁觀戰的綾侍稍微提起了點精神，不過依然輕輕搖頭。那意思大概就是，做得不錯，可惜還是不會有效果。

果然，符咒結陣到了違侍面前，又被他輕易看出了陣心連結的那張符，以一道迅捷的攻擊符咒擊破，也就破解了整個結陣。

「哼，雕蟲小技。」

違侍嘴裡這麼說，但破解了珞侍的攻擊，又不急著搶攻，看得出來他對這場戰鬥的確很不積極。

「違侍！你到底想不想打？」

被這樣接連著用不在乎的態度應對，珞侍有種十分被瞧不起的感覺，他知道自己打不過違侍，但他覺得違侍至少也該認真面對這場比賽。

「等你提升到紫色流蘇，我才可能有動手的意願。」

違侍的回答也很明確了，他根本不把珞侍當成對手。

台上他們說的話音量沒有刻意放小，觀眾自然也聽得到，違侍這種態度讓不少人都有點反感。

「這人真是看不起人。」

硃砂皺起了眉頭，雖然他之前都沒見過違侍，但現在的第一印象也不太好了。

就是嘛！狗眼看人低啊！瞧不起小孩子的人，以後遲早會為了小孩子哭泣的！

而在聽了違侍的回答後，珞侍緊繃的臉上神色數變，違侍戳中他實力不足的自卑點已經不是第一次了，每一次他都只能默默忍耐，因為他提不出任何有力的反駁。

握緊的拳頭鬆開後，他做出了回答。

「我認輸。我不打了。」

說完，他隨即轉身下台，離場的速度很快，一下子就進了休息棚，似乎連接下來的比賽也沒興趣觀看了一般。

既然珞侍認輸了，這場比賽當然就此終止，司儀做出宣布後違侍也下了台，接下來就是音侍和綾侍的比賽了。

「啊啊，綾侍！我可以快點結束嗎！我等不了十分鐘，我想立刻揍他！讓他不死也殘廢！」

準備上台的音侍看起來有瀕臨抓狂的跡象，綾侍則冷眼以對。

「你不能太用力揍他。櫻也在，你想讓櫻生氣？」

「可惡——為什麼就是不能痛揍他一頓？那種人就是要用拳頭來溝通，用暴力來解決，總是讓他那麼好過，沒有天理啊！」

「那只是因為你是野蠻人才只想得到這種方法吧。」

「啊！死老頭，每次我對違侍生氣，你都不站在我這邊！你到底是誰的好兄弟啊？」

音侍有點氣急敗壞，一股氣整個無處宣洩。

「再怎麼樣都不會是違侍的。快上台，別忘了你答應的十分鐘，大白痴。」

音侍還想再說點什麼，但的確是該上台了，他只好跟綾侍一起上去，各自在一個角落站好。

「滿腦子都是死違侍，要怎麼跟你打啊……」

在司儀宣布開始之前，音侍又小聲嘀咕了一句。

「我忘了說，你出招必須放水，但我可不會留手。」

「咦！慢著！我可不是跟你一樣打不死的——」

不過，在比賽已經宣告開始的當下，音侍想做什麼抗議都是來不及的。

戰鬥開始的第一瞬間，綾侍打出的金色符印就遍布了整個擂台的範圍，那一手結咒的功夫和珞侍完全是兩個不同的層級，生效的符咒幾乎是如翻湧的潮水一般朝音侍侵略過去。

他不需要符紙就能夠發揮符咒的力量——這一點是不少人都有聽說過的，現在他們親眼看見了，也證實這傳言並非虛妄。所有翻湧而去的符咒順著發出的順序連擊爆開，那是不給人喘息機會的攻擊，同時也看不出有中途收手的意思，音侍就在一開始的先機被綾侍掌握的情況下，一面鐵青著臉求生一面張嘴罵人。

「死老頭！你殺人啊！回頭我一定跟你算帳！」

「哦？不是說好兄弟之間不管發生了什麼事情都不記仇的？」

「你、你這個……」

音侍被綾侍用自己的話咬死，一時想不出話好回答，這時候又是一個符咒形成的火浪撲面而至，差點把他掀下台去。

最毒婦人心啊……

坐在屋頂上觀看比賽的范統一陣感慨。

雖然綾侍大人是男的，但以綾侍大人的長相，用這句話來形容實在也挺適合的。音侍大人，如果要論腦袋裡的東西，您根本一點勝算也沒有，我相信所有人都這麼認為。

不過，綾侍大人，您們果然私底下結怨頗深嗎？您根本是把音侍大人當成落月的敵人在打，這是陳年累積下來的不滿造成的殺傷力嗎？再怎麼說，將自己多年的同事當成練招的標靶，還是不太好吧，還是您這麼信任他可以在您符咒的槍林彈雨中劫後餘生？

嗯，怎麼看也不像是相信他會沒事，而是很認真想給他死的樣子。

范統看看換了人之後瞬間熱鬧起來的場子，再看看場地的另一側，對戰況完全冷眼旁觀，宛如冰雕的矽櫻女王。

他有一種台上就算真的死了人，矽櫻也不會干涉的錯覺。

「啊——音侍大人！小心啊——」

「不要！不要傷害音侍大人——」

「綾侍大人加油！綾侍大人萬歲！」

「綾侍大人您一定會贏的！」

台下的圍觀群眾也分成兩個派別在吶喊，支持音侍的沒有一個是男人，支持綾侍的則幾乎都是男人，這樣的群眾分類也是可以理解的，不過激情得有點令人頭痛。

這種吵雜的氣氛才有公開示範賽的感覺，不過，支持音侍的女孩子喊得越熱烈，綾侍的出手就越狠，這是個很微妙的對比。

如果是我的話，大概支持音侍大人的女孩子聲音越多，我也會越想把音侍大人做掉吧？綾侍大人因為那張美麗柔美的臉所以沒什麼女人緣，一直以來也真是辛苦了啊。

范統決定這麼解讀，像音侍這種俊美多金又有地位的男人，的確常常能激起同性的殺意。

可惜，儘管綾侍祭出的符咒一個比一個誇張，音侍還是總在擂台上險險地避過，在大呼小叫中辛苦地保全著自己的性命，說狼狽好像很狼狽，但說不敵又不是那麼一回事，范統只好再次詢問月退。

「月退，誰會輸啊？」

月退看比賽看得很專心，聽到范統問的話，這才稍微回過神。

而這個問題也沒有困擾他多久，他很快就給了范統答覆。

「除非音侍大人想輸，否則是不會輸的。」

哦？意思是勝負的主導權還是在音侍大人的手上？就算他被綾侍大人的符咒追殺得這麼慘？

「月退，你怎麼看進去的啊？」

我是說看出來，謝謝。

「音侍大人還沒有攻擊……」

月退大概是大部分的精神都放在觀賽上，也沒注意到范統說了奇怪的話。

還沒攻擊？不是被逼得沒有餘力出手攻擊嗎？

范統自認是看不出什麼的。說起來，音侍之前每次動手，拿的都是些莫名其妙的武器，這次難得的示範賽，會不會拿出什麼神器來現一下呢？

想到武器，就想到噗哈哈哈，范統又悶了一下。拖把，為什麼一定要是拖把呢？

『哈啾。』

彷彿是因應他想到它，噗哈哈哈還很應景地打了個噴嚏。

……你還是睡覺吧，我覺得我不要意識到你的存在比較好。

我還是想要帥氣的武器啊啊啊啊──

對台下的觀眾來說，台上的兩人仍在白熱化的激鬥範圍，但對台上的兩人而言，比賽已經進入了最後階段的倒數。

綾侍對於攻擊手段的選擇，已經幾乎毫不考慮釋放出來後的結果，他根本快把示範賽當成決鬥了，不過他也只是想掌握這短暫的、對他有利的時間。

真的那麼想贏嗎？

他捫心自問，也許對於求勝是有幾分被激起的興致，因為他知道音侍的強，即使是在限制了他的實力的情況下擊敗他，他也覺得不是全無意義。

如果音侍知道他這麼想，大概又會指著他的鼻子吼著類似「贏我一次有那麼爽嗎」之類的話。

音侍是不會明白的。可能他骨子裡從來沒有過這樣忽然因為哪個特定對象而燃起的好勝心吧。

他在戰鬥中幾乎已忘記所有，捨下了所有理性、壓抑，他的心像是要還原成最原始的姿態——告訴自己他生來就是要戰鬥，他是為了捍衛勝利而生。

儘管他比不上音侍。基於天生的，無法跨越的鴻溝界線。

將凝聚好的符力一舉灌入，綾侍抬起了他的雙手，左右同時書寫出來的符咒在他放手施放之下，完美地融合了龐大的力量，轉瞬間倍數擴大。

他看到音侍的手摸向了腰間的劍鞘，這個動作彷彿是暗示他就要出手了，而這時他也完成了這個駭人的符咒，結合成鏈的咒文化為一個環狀光圈，筆直射向了音侍，同時將他身周可退的範圍鎖死，要他正面應對這無可避免的衝擊。

勝負將在這一刻決定。

這個時候，音侍動了。

他從腰間拔出的，是一把折鋒的斷劍，從其黯淡的色澤可以判斷出武器沒有靈魂，只是最低層級，鍛造失敗的武器，然而在他身隨劍動後，從符咒光圈中刺穿爆發出來的，是任何武器也無法比擬的金燦光輝。

那一劍讓本已緊密結合的符咒鏈因絕對的破壞力徹底崩解，這是以更高力量的威壓來制毀對方攻擊的手段，那把劍沒有前端，但從劍身延長出去的尖銳金芒，竟然就像是它的劍身，在突破了這看似無懈可擊的咒環後，仍以強硬之勢掃向綾侍。

綾侍在先前進行攻擊的時候，便已在自己身前做了嚴密的防禦，不過在看到音侍展露出來的力量時，他就已經知道，無論他的防禦結界做了多少層，最後還是一樣的結果。

就如同撕裂空間一樣，那道金芒好像沒有遭遇任何阻礙，清晰的結界破裂聲串著響起，因為穿透得太快，給人一種只破了一層結界的錯覺，實際上那聲穿刺碎裂的聲音中究竟包含了幾個串音，恐怕也只有綾侍自己曉得。

那銳利的「劍身」在就要擦到他頸間的地方猛然扼住，極其鋒利的氣息甚至削斷了他少許髮絲。

音侍已經來到了他面前，整個人讓他感受到的鋒芒，就和現在與他只有一髮之距的金芒一樣。

「十分鐘，綾侍。」

那張極其俊美的臉孔上，偶爾也會出現像現在這樣，不帶玩鬧性質的認真神情。不過儘管是這樣千鈞聲勢的一擊，音侍也拿捏了分寸，沒有想傷到他。

最明顯的一點就是，他所使用的鋒芒是輝耀的金色，而非冰冷絕決的銀色。

「你還真是一秒也不肯多給。」

綾侍感到無奈。其實戰鬥是還可以繼續下去的，畢竟他最強韌的防禦不是符咒構成的結界，但暴露太多底牌給大家知道，也不是什麼好事，這只不過是場示範賽，輸了也就算了。

即使他不在乎讓音侍砍一劍之後毫髮無傷的狀況嚇到觀眾，這樣繼續下去，他也是沒有勝算的。

音侍甚至不必拿出所有的實力，只要七成就足以壓制住他了。

「啊？死老頭，你到底知不知道你自己剛剛丟出來的那是什麼東西啊？再多等一秒，我就灰飛煙滅啦！你到底認不認輸！」

聽了綾侍的抱怨後，音侍又鬼叫了起來，剛才那種處於戰鬥中凜冽懾人的丰姿頓時蕩然無存，讓人真的很想對他嘆氣。

「我認輸。」

綾侍平靜地投降，音侍這才卸除身上的戰意與那金色的劍光，將半截斷劍收入劍鞘。

賽台之側，矽櫻點了點頭，像是核可了音侍的勝利，在司儀做出宣布後，現場支持音侍的少女們發出的聲音及吶喊的話語都洩露了她們激動的情緒，對這一戰感到欽佩的人們也紛紛報以掌聲，於是示範賽的第二場，就這麼有驚無險地落幕了。

「原來還是有真材實料的啊。」

硃砂在看完戰鬥後，評論了一句。范統已經不想了解他之前對音侍有多大的意見了。

「月退！那本來不是你的刀嗎？」

為什麼拿在音侍大人手上就變成神兵了啊！那你跟他換不就吃虧了嗎！

「是劍，不是刀。那確實是一把壞掉的武器，不用懷疑。」

相較於范統的疑惑，月退完全不覺得那把劍有怎麼樣。

其實范統也心知肚明，如果那真的是一把神兵，武器店的老闆也不會不收錢就送給月退了，除非他真的是不識貨的瞎子。更何況那個老闆連一把拖把都可以跟他收兩百串錢，如果月退那把劍真的有什麼看頭，絕對不會有免費奉送這回事。

「月退，那是什麼光？為什麼會有光？」

「那是……」

即使月退好像有問必答，但被范統問這個問題的時候，他還是遲疑了一下。

「我不知道。那其實也不是很重要。」

結果，月退又含糊混過去了，不知道為什麼，范統覺得他一定知道，只是不想說而已。

❀

兩場示範賽的勝利者出爐後，緊接著便是第三場示範賽了。

跟前兩場的加油情況比起來，這場的觀眾情緒似乎特別激烈，音侍的呼聲也可說是一面倒，幾乎所有人都以激昂熱烈的聲音吶喊著要他勝利，一個人感染一個人，讓整個廣場頗有陷入暴動的感覺。

會出現這樣一面倒的支持，當然是因為音侍的對手——違侍——太討人厭的緣故。一直以來總遭到他欺壓的新生居民絕對沒有可能喜歡他，而表面上應該受到他許多照顧的原生居民，裡面其實也找不到幾個對他有好感的，這大概只能歸咎於他做人失敗，為人處世太過嚴苛吧。

音侍大人加油啊！把違侍大人打到連他媽都認不出他來吧！

范統也不免俗的在內心喊著這樣的話，大概所有打不了違侍的人心裡都希望假借音侍的手修理他吧。

不過，這個時候休息棚的情況，他們是都不知道的。

「你不可以把他打成殘廢，你到底聽懂了沒有？」

綾侍再度對音侍重複了一次這個交代，即使音侍是個有理講不通的人，這個理還是得講到他通為止。

「就算櫻會生氣，也不會氣很久的啊！」

「不是這個問題。你要仗著櫻再怎麼樣生氣也不會動你的特權，做出違反她期盼的事情？」

被綾侍這樣指責，音侍就不高興了。

「她到底期盼什麼？期盼我們好好相處？期盼我輸給他？那都是不可能的事情！」

「她沒有這麼說。但你如果廢了她唯一的政務官，你就準備成天關在神王殿裡處理那些大小事務吧。你以為是誰在工作才能讓你閒到可以每天跑出去玩的？」

音侍一下子又因為找不到話回答而停頓，但很快的，他就繼續理論了下去。

「我當然不想關在神王殿裡處理那些事情，可是違侍他也做得不好啊！他根本是心理變態！再選一個執政官不就好了嗎？」

違侍在先前跟珞侍比完後，並沒有來到休息棚，而是走到了矽櫻身邊站著，珞侍則在看完音侍和綾侍的比賽後就先回去了，所以這裡又恢復成只有他們兩個人的狀況，綾侍於是決定把話說開來。

「我就跟你明說好了，違侍固然個性有問題，但是如果沒有櫻的支持，他也不可能將那些政策推動下去。你以為櫻內心在意國政嗎？她只是想要一支能夠擊垮落月的軍隊而已，新生居民一直源源不絕地進來，東方城的人口遲早會飽和，苛政跟戰爭只是為了去蕪存菁，她要留下的是可以用的人，所以有的新生居民即使罪不至死，他們還是被處理掉，因為她寧可將花在這個人身上的資源給下一個有希望成為有用戰力的人。」

說到這裡，綾侍也下了個結論。

「所以，櫻納用違侍，正是剛剛好，她也許也找不到更令她滿意的執政官了吧？」

音侍聽完這番話，第一個反應是呆滯，接著是難以接受。

「怎麼可以這樣……就算以這種目的為前提，只有欺壓，沒有籠絡，要怎麼讓有用的人為東方城所用？」

「櫻不需要民心，她不要士兵的忠誠或是真心，只是要利用他們的畏懼或渴望，只要利害相關，自然能使人聽令。」

「綾侍你……你怎麼就可以說得這麼事不關己，難道你覺得這樣子很好嗎？」

「無所謂好不好，那不是我需要評斷的事情。櫻是主人，我們所該做的就是支持她，不要節外生枝。難道你就認真想過阻止的辦法嗎？」

綾侍的語氣明顯就是一副「你怎麼可能從來也沒意識過這件事情，但你也從來沒管過不是嗎」的樣子，音侍因而答不出話來。

他可以毫無芥蒂地跟新生居民勾肩搭背去玩，那些新生居民中的女孩子羞澀臉紅時他也覺得她們很可愛，他不曾想傷害他們，卻也沒有想過要為他們做什麼。

按照綾侍的說法，這是正常的。世界上有太多的人，而他們會在乎、認識的，只有太小的一部分。

是這樣嗎？

真是這樣嗎？

音侍覺得再想下去，他的腦袋只怕就要打結了，他不擅長思考這種複雜的事情，一直都是。

「你再不上台，觀眾可能會來把休息棚拆了。」

聽著外面越來越大聲的呼聲，綾侍冷淡地提醒了他時間的問題。

「啊！什麼啊！我也是需要休息的啊！這麼沒耐心！」

到底是誰說在那裡說等不了十分鐘，想立刻去揍違侍的？綾侍已經不想說他了。

「你到底記住了沒？不能把他打成殘廢，不能殺他，也不能對他用噬魂之光……」

「啊——囉唆死了，他怎麼對小路侍，我就怎麼對他啦！」

這樣的說法有點模糊，綾侍也摸不清他想怎麼做。

「可別太過火了。」

「哼！」

音侍沒有回應，便直接掀開了休息棚的帳子，走了出去。

當眾人看到音侍出現，現場歡聲雷動的感覺已經逼近沸騰，違侍早已站在擂台上，一看到他，立即就是一臉嫌惡。

「讓人等待、造成別人的困擾，是你一貫的作風嗎？」

違侍一看到他就是冷言冷語，這是他們相處模式的最初步。

「啊，你是等了多久？難道你在等我上台，好讓你認輸嗎？」

「誰會認輸！想要我認輸，就堂堂正正地戰勝我！」

然後，很快就會被激怒。這是他們相處模式的第二步。

「哦？我還以為你怕我了呢，不會認輸喔？確定不會認輸喔？不管發生了什麼事情都不會用認輸來逃避？你有這樣的骨氣？」

音侍輕佻的口吻完全是在挑戰違侍的忍耐度。

「廢話少說！你以為你就有百分之百的把握勝利嗎！要戰就戰，誰會怕你這種空會耍嘴皮子的野蠻白痴！」

第三步就是失去理智抓狂。然後也不用說了。

「死違侍，你不先把武器拿出來嗎？你這麼弱，搞不好開始之後連拿武器的機會都沒有喔？」

「我已經拿出來了！」

音侍伸出兩隻手指朝他勾了勾，藐視的神態表現到了極點。

違侍的神情彷彿恨不得司儀早點宣布開始，好讓他可以教訓一下眼前可憎的敵人一樣。儘管全城的人都不認為他有能耐摸到音侍，但他心裡就是不肯承認自己比較弱，他總是這個樣子的。

「扇子？那算什麼女人在用的娘娘腔武器？」

在發現違侍手上拿的是摺扇後，音侍完全無視扇子的材質，就用一種能充分刺激到違侍的眼光看向他。

「你的腦袋裡難道就只有刀劍嗎！思想狹隘的井底之蛙！」

在開戰前徹底激怒對手，一方面可以使對方失去冷靜，一方面也會提高對方的攻擊力，要不是音侍有足夠的實力，大家也許真的會覺得，他會被違侍殺掉也是很有可能的。

司儀可說是以帶著幾分期待的聲音宣布了開始，在聽見這聲宣布後，音侍依然滿不在乎地站在原地，只等著違侍出招。

彷彿直接以武技攻擊才能洩憤，違侍當下就執著扇子，以扇骨朝音侍削過去，音侍看似不閃不避，卻在違侍即將攻擊到他的時候，一個閃身消失在違侍面前。

他再出現的時候，已經遠在擂台的另一個角落，手上也如同變魔術一般多出了一條手帕，他刻意拿起來亮了亮，說話的口吻帶有幾分無趣。

「啊，手帕？你身上就不能帶點更有意思些的東西嗎？」

看見那條手帕的樣式後，違侍這才驚覺，剛剛那一錯身，音侍已經神不知鬼不覺地從自己身上摸走了東西，這也讓他臉上一陣鐵青。

「你這手腳不乾淨的傢伙，還給我！」

「還給你？不會自己來搶嗎？」

在羞憤交加的情況下，違侍沒有想太多就移動身子，整個是想把所有想得到的攻擊都往音侍身上招呼過去，不過卻再一次失去了音侍的蹤影。

「唷，這次是鈴鐺？帶這個做什麼？」

音侍一根手指鉤住了鈴鐺的繩子，在手上甩了幾下……接著，又是重複的流程。

「你給我站住！」

「噢，印章。」

「混蛋！」

「啊，麥餅。你身上還帶吃的？」
「不要臉！不知羞恥！」
「不知羞恥？啊，抓錯了，腰帶還你，你不會介意吧？」
當音侍一臉無辜地將從違侍身上抽下來的腰帶拋向他時，違侍已經憤怒到根本不想接住了，因為這簡直像是在接受對方的施捨似的。
「我要殺了你──！」
觀眾是處在不知道該不該叫好的尷尬狀況，坐在屋頂上的范統也陷入了痴呆無言之中。
音侍大人，我們是來看您修理他的，不是來看您調戲他的啊！
您這樣在大庭廣眾之下公然上下其手不好吧──難道您要履行在玄殿說過的話，在眾人面前把他剝光嗎──
我可不可以不要看──啊，月退還未成年，月退你也不可以看啦！
非禮勿視──這到底是表演給誰看──
范統的內心莫名激動，月退也是看得目瞪口呆，硃砂則是表情沒什麼變化，好像一點也不覺得這有什麼。
而台上的鬧劇依然持續著。

「死違侍，你身上帶了好多東西喔，你的口袋是百寶袋嗎？」

音侍對於一再摸出來的新東西感到驚奇，也不知道他這算不算讚嘆。

「你這個小偷！淫賊！人渣！」

所謂的抓狂大概就是如此了，音侍則是對於違侍的罵聲不知所謂。

「拿來看看而已，有這麼嚴重嗎？銀賊？我又沒拿你的錢包。」

因為沒有那麼多隻手可以拿東西，除了丟回去給違侍的腰帶，其他東西音侍都順理成章地放到自己的口袋去了，到底是覺得丟在擂台上難看，還是要據為己有，沒有人曉得。

「把手工做的布偶還給我！那個只有一個！」

「我不是說了嗎，有本事自己來搶啊？」

音侍還特地把那個布偶又拿了出來，耀武揚威似的在違侍面前晃來晃去。

「還我！」

「不給。」

「現在立刻還我！馬上！」

「啊，誰叫你要帶到台上來？」

於是現在的局面，就成了違侍一直朝音侍的方向撲過去，每次都差一點點就可以碰到東西，但是音侍就是故意抓那一點差距，把他耍著玩的狀況。

「布偶……」

從違侍身上，被音侍摸出來展示的東西，真是一件比一件令人驚恐。

形象不合……形象不合啊……違侍大人，您身上為什麼會有這些東西？如果說是音侍大人塞到您身上栽贓的我還比較相信，但是看您的態度不像啊……

「珞侍先走掉真是可惜。」

月退突然說了這麼一句話。

月退……我說啊，珞侍留下來也不會有報復的快感吧，只是多認識了違侍大人的另外一面而已……

而另一邊的看台上，矽櫻的神情依舊冷淡，陪伴在側觀看比賽的綾侍則是無言，再無言。

「音侍這個智障……」

綾侍忍不住低頭掩面，有點不知道該不該繼續看下去，他在想，要是回去之後，音侍跑來找他分贓，他是不是該一拳頭往他沒藥救的腦袋揍下去。

好吧，他的確沒把違侍打殘，也沒把他打死，甚至根本沒弄傷他，算是有把他的交代聽進去，可是這到底該怎麼說呢？

綾侍用眼角餘光觀察了一下矽櫻的臉色，再看向場中依然在丟臉的兩個人。

東方城的顏面、東方城的顏面啊……

「你夠了沒有！」

©水泉
NOT FOR SALE
沉月之鑰

沉月之鑰
©水泉
NOT FOR SALE

違侍現在也不攻擊了，根本是護住自己胸前，就怕又被偷走什麼東西。不過，都偷過這麼多次了還有東西，也實在挺了不起的。

「啊，小偷當膩了，那就當強盜吧。」

音侍將最後得手的香囊收起來，然後指向違侍的頭頂。

「先跟你預告，我要搶帽子。」

「什……」

然後是「刷」的一聲，音侍就這麼掠身而過，出現在違侍的身後，違侍頭上的帽子當然也已經在他的手中。

「你這個野蠻人到底想怎麼樣！」

「接著搶什麼好呢……對了，眼鏡好了。」

音侍根本不把違侍的抗議當一回事，以他遠高於違侍的速度隨手一抓，眼鏡便又到手了。

「——」

失去了眼鏡，違侍的眼前頓時一片模糊，這種不安感讓他連叫罵都罵不太出來，如果怨恨可以殺人的話，音侍恐怕已經被他千刀萬剮了吧。

「還有什麼看得到的東西可以搶呢……啊，你到底要不要認輸啊？說你技不如人，承認你撐不下去了……」

「絕不！」

如果違侍有什麼東西是遠高於一切的，那可能就是他的自尊，雖然在這種時候，自尊心太高一點好處也沒有。

綾了一大圈你只是要讓他親口認輸嗎……全場的觀眾大概半數以上都陷入了無話可說的境地。

「這是比武大會的示範賽，你淨是做一些骯髒的手腳，不進行正當的比武，我要起訴你違反規定！」

「啊，偷也偷了，搶了搶了，你是不是太慢了點？」

音侍的發言如同是以激怒違侍為目標似的，而既然違侍提出了抗議，自然該有個仲裁判定，於是，他們都將視線投向了看台上的矽櫻。

不過，在還沒有任何人發問，矽櫻也尚未做出任何指示的情況下，違侍忽然就著他與音侍不遠的距離，憤恨地操著合起的扇子，便往音侍狠狠揮了過去。

由於本來就形同玩鬧，現在注意力又放在矽櫻身上，音侍待得扇骨近身，才在逼近的銳利氣息與大家的驚呼中察覺，儘管他及時後退做了閃躲，還是稍微慢了一點，扇子鋒利的邊緣在他左側的胸頸間劃出了一道血痕。

「音侍！」

在看見音侍受傷時，綾侍驚訝地站了起來，但在他身邊的矽櫻卻比他更快，那聲驚呼中包含了少有的驚慌，她一下子就從看台瞬移到了音侍面前，只急迫地想看看傷口。

「櫻，我沒事，不要大驚小怪……」

對於矽櫻伸過來察看的手與靠得太近的身軀，音侍有點不自在卻又不敢後退，違侍則是咬著牙靜立一旁，女王都下場介入了，這戰鬥自然也打不下去了。

「比賽終止！違侍，你留下來處理善後。」

矽櫻以冷厲的口吻下達了命令，然後看向了音侍。

「跟我走。」

「噢……」

音侍沒有多說什麼，矽櫻總是會給他一種他做錯了什麼的感覺。

他默默地跟著矽櫻離開，看台上的綾侍也跟上了他們的腳步，原本熱鬧的擂台，忽然就只剩下違侍一個人主持大局了。

不過……要走之前，居然沒把眼鏡還給違侍，也有點缺德就是了。

范統的事後補述

結果示範賽居然這樣收尾，真是出乎意料之外。

啊，我覺得看這幾場戰鬥，彷彿讓我短命了好幾年，怎麼搞的嘛？

音侍大人，您明明是要上去修理違侍大人的，卻反而搞到自己受了傷，這真的有點好笑，您是為我們上了一課，告訴我們隨時隨地都不可以大意嗎？

然後，您穿的那身護甲……依然沒有用啊！剛好就被違侍大人割到沒有護甲的地方，人家可是沒了眼鏡看不清楚耶！您就真的這麼倒楣嗎！

但是倒是應驗了玄殿抽到的籤，這應該也算是血光之災吧？因為音侍大人的血光之災沒有月退的那麼濃密，所以只是一點小傷嗎？

要是真那麼靈驗，我倒是得為月退擔心了，不管是他自己抽到的籤，還是硃砂抽到的籤……

噢，對了，還有還有，我覺得，矽櫻女王看音侍大人的眼神，整個很不尋常啊。

平常看起來很冷淡沒錯，但音侍大人一受傷，女王陛下的臉色整個就變了，那明明只是個破皮流血的小傷，跟被馭火咒焚身、被魔獸踐踏而過等等比起來，完全不值一提啊！我受那些傷死掉的時候，也沒看誰為我這麼緊張過……

姦情！有姦情！我嗅到了姦情的味道！

音侍大人果然是帥到沒天理的地步，連女王陛下也早就中標了嗎？

這個世界實在是太不公平啦——一個男人配那麼多女人，根本是分配不均，難怪有那麼多可憐的傢伙單身找不到伴，例如我……

就連月退條件這麼好的，至今身邊也只有半個女人，愛情的緣分真是不可解啊……

如果有機會的話，除了鐵口直斷看風水，我一定還要再兼修姻緣紅線這條專長，其實這個才是最會賺錢的吧？

最重要的是，學會之後趕快幫自己牽個對象啦……

章之四 筆記

『我想趕快學好東方城的文字，這樣上課才可以做筆記。』——月退

『我希望你趕快學好東方城的文字，這樣上課才可以傳紙條。』——范統

從會場回宿舍的路上，硃砂決定去領公家糧食，讓月退跟范統先回去，由於他們走到一半覺得真的沒有吃公家糧食的慾望，想通知硃砂不要領他們的份而打開了符咒通訊器，所以還被使用團訊聊天的音侍跟璧柔閃光攻擊了一下。

『音侍！你痛不痛？我好擔心你啊！』

『小柔，我好想妳，只要想到我們已經三個小時沒見面，傷口就隱隱作痛——』

『他的傷口已經好得什麼也不剩了。』

幸好中間還夾雜著綾侍的真話緩和粉紅色的氣氛。

『咦？治好了嗎？』

『嗯，櫻帶回房間裡去治的。』

接下來，璧柔好一陣子沒有說話。

『啊！小柔！妳怎麼不說話？不要聽那個死老頭的話，就只是療傷而已啊！』

『噢——只是療傷而已——』

綾侍以非常奇妙的語氣複述了一次。

『死老頭，你閉嘴啦！』

『玩弄人玩弄到自己受傷，小柔，妳就喜歡這麼智障的男人？』

『啊，智障也是音侍魅力的一環嘛。』

『如果他不帥妳一定不會這麼說。』

比起璧柔對音侍迷戀到無視他的缺點，她直接了當地認同音侍很智障，才是讓范統不得不佩服的地方。

的確，根本就只有那張臉吧！就只有那張臉吧！

『唔，這個……』

妳遲疑了！妳在戀人也在聽的情況下遲疑了啊！

『啊！小柔！我一看到妳就覺得一見如故，妳難道不這麼覺得嗎！我們之間是有緣分的！是命運將妳帶到我的面前啊！』

連命運都出來了……分明只是一場美麗的錯誤吧？

『是一見鍾情吧，音。你的語文能力可能還要再鍛鍊。』

『哪有！是一見如故！』

綾侍似乎懶得跟他爭吵，范統跟月退也因為聽不下去而關掉了符咒通訊器。

四周清靜下來的感覺真的很美好，人生中或許有很多不可或缺的東西，但是絕對不缺別人的閃光。

算是在有點悠閒的氣氛中，他們度過了開學的第一天。

接下來應該思考的，是如何應付之後的學業，以及即將到來的比武大會，這次可不是去看人家打就好，是得自己上場的。

在思考著未來的事情時，范統似乎完全忘了之前發現過暉侍的筆記的事情。也許是認為事不關己，所以才會忘得一乾二淨，當珞侍來約他們討論這件事情時，他才猛然想起來。

「對喔！我都記得有這件事。」

在他用恍然大悟的表情說出這句話時，珞侍也不高興地瞥了他一眼。

「你是說你都忘了嗎？」

你翻譯得已經很習慣了嘛。不過那種責怪的眼神是怎麼回事……我知道暉侍對你來說很重要，但對我來說，他可有可無啊。

「反正晚上老地方見，也把月退找來吧。」

「不好。」

珞侍知道他說的是「好」，但還是又瞪了他一次才離開。

所謂的老地方，就是珞侍第一次請他們吃飯的那家餐館。珞侍似乎很喜歡那家餐館的環境跟菜色，跟他們約會常常約在那裡。

事實上，比起到神王殿去，范統也比較喜歡約在那裡。有得吃喝又不必提心吊膽，而且沒有專惹麻煩的音侍湊熱鬧，多好啊。

然而，在他要轉告月退的時候，才想到這是個問題。

「月退，珞侍剛才沒有來找我。」

「嗯……？」

月退不太理解地抬起頭。

該死！珞侍你故意的！你明知道我嘴巴的毛病，為什麼要叫我轉告啊！

「珞侍約我們今早見，去新地方。」

「呃？」

月退越來越一頭霧水了。

「反正你放學不要跟著我走啦！」

在范統再次說出錯誤的話語後，月退顯然受到了一點驚嚇而慌張了起來。

「范統……我做錯了什麼嗎？」

……

不要用那麼恐慌的表情看我，我的良心正在發疼。你沒有做錯什麼，如果硬要說的話，大概就是還無法順暢地看東方城的文字，讓我無法跟你解釋語言毛病這一點有錯吧……

啊！對了！我還沒跟你問你為什麼會知道暉侍房間的機關的事情啊！人忙起來就什麼都忘

了，搞什麼！

「范統？」

月退那看著他的模樣真的很無助，也讓范統很想一頭撞死。

珞侍你給我記住，你害我面臨友情危機了啦！

「總而言之……」

范統還不知道該怎麼總而言之下去，武術軒的偏心老師就開口了。

「那位同學，回你的位子上坐好，要開始上課了。」

早不上課晚不上課，偏偏挑這種時候開始上課——

儘管誤會還沒解釋清楚，但范統還沒皮癢到無視老師的話繼續待在月退的位子旁邊說話，只能乖乖回位子上坐好，打開課本。

「同學們翻開到兩百六十七頁，我們從第三行開始說起……」

當偏心老師開口準備授課時，范統愣了一下。

我有沒有聽錯……不是七十四頁！居然不是七十四頁！

由於東方城一直有新人加入，他們這堂課基本上一直在歡迎新生，偏心老師也就不斷重複從七十四頁開始上課，搞得他們早已對那幾頁的內容滾瓜爛熟、倒背如流，月牙刃希克艾斯斯艾克希刃牙月四弦劍天羅炎炎羅天劍弦四……上這堂課腦袋裡就是這些名詞不斷在盤旋，就算是再爛的記性都不會搞錯東方城女王穿的是千幻華還是愛菲羅爾了，本來他們已經對擺脫這些內容不抱期望，沒想到今天居然突然跳到了兩百六十七頁。

即使偏心老師不喜歡學生在下面聊天，所有的同學還是不由得竊竊私語了起來。

「怎麼會，這次不是七十四頁耶！」

「兩百六十七頁是什麼，快看看有什麼特別的……」

「為什麼忽然改上別的了？老師轉性了？」

范統也是跟著快速翻到兩百六十七頁的一個。順便一提，月退終於去領了新的課本，所以不用跟他一起看了，不過，范統也很懷疑他自己看能看得懂多少。

而在他翻頁的同時，也聽到了另一個角落聊起來的八卦。

「聽說上次別班的課，綾侍大人來旁聽，聽完之後就跟老師說，不要再上這幾頁了，上點別的，老師才改的。」

「真的嗎？綾侍大人真是做了好事，這麼枯燥的內容，果然連綾侍大人也聽不下去啊……」

其實那個時候綾侍是明白地說「這輩子不要再讓我聽到這幾頁的內容，尤其是千幻華不如愛菲羅爾之類的鬼話」，但這只有有上那堂課的學生才知道，這或許也是一種愛國的情操吧。

「同學們安靜，不要講話。」

不管下面的八卦如何越演越烈，偏心老師還是臨危不亂地繼續上課。

「想要好好使用武器，最重要的是了解你的武器，和你的武器一體同心，當你們心靈契合的程度越深，武器用起來就會越順手……」

咦？這跟月退上次說過的話好像喔。所以月退真的是預習課本看到的？但是月退不是還看不太懂字嗎，這真是太神祕了。

「與武器的契合，強調的是同步率，能夠直接心靈溝通只是初步的基礎，再更進一步，是讓自己習慣武器的存在，達成不必說話也能心領神會的境界……」

聽起來實在很不開心。要我習慣噗哈哈的存在，倒不如讓我習慣它不存在。事實上它的確幾乎讓人感覺不到它的存在，因為總是在睡覺……

「而最終的境界，就是『器化』。器化即是使武器和你的身體融合，猶如你身體的一部分，使你能夠完全發揮武器的效能與強度。不過能做到這個境界的人並不多，而越高級的武器，要修成器化就越難，甚至在器化的過程中還會對主人造成傷害，所以即使這是讓武器成為最終型態的唯一方式，也很少有人願意嘗試……」

這倒是第一次聽說的東西，挺新鮮的。很少人願意，這也可以理解啦，聽起來，要修成器化就很辛苦、很難成功了，如果器化的對象是把爛武器，那似乎不太划算，而好武器的話，修成正果的機率更低，還會傷害自己，何必呢？

我也絕對不會考慮。開什麼玩笑，讓拖把變成我身體的一部分，那我到底變成什麼了啊！究極清潔工嗎！我才不要跟噗哈哈合體！絕不！那畫面能看嗎！

總之這堂課就在教授培養與武器的感情中度過，課本裡教導的方法，對范統來說都不怎麼實用。

什麼多多擦拭劍鋒，維持刀劍的銳利……換成拖把的角度，是要我多幫它洗毛，好維持它的潔白亮麗？

什麼多多誇獎、多多讚美、向它傾訴自己的信賴與愛意……我呸，這麼噁心的事情我怎麼可能做得出來！而且噗哈哈實在沒有什麼可圈可點的地方值得我好好讚賞吧！

至於多多交流，讓它感覺到你內心的真誠……這點，我這輩子只怕是不可能了，除非我們可以直接心靈溝通，可是這樣它就會知道我一直在罵它了，果真前途多難。

好不容易撐到下課，范統這才走向整堂課都在愁雲慘霧的氣氛中的月退，但想來想去還是不知道該如何開口解釋誤會。

結果，還是月退看向他，鼓起勇氣開了口。

「范統，如果有什麼事情讓你不高興，請告訴我……我沒有交過朋友，很多事情我不知道該怎麼處理，所以可能讓你不快，但我卻沒有發現……」

不是啦！就跟你說不是啦！

我也沒交過朋友……不，這不是重點，那個，月退，所以我是你的第一個朋友？你人這麼好怎麼會沒朋友啊？你活著的時候果然是被關在家裡沒有交友圈的大少爺嗎？

「剛才只是我講話有問題造成的誤會，我沒有不高興啦！」

總算，上天聽到了范統的祈求，讓他說了一句正確的話了。

「咦？」
月退還沒反應過來，如果要他再說一次，那可真的是不可能的任務了。
「珞侍在等我們，慢走吧！」
范統懶得再解釋下去，索性直接抓起月退的手，便直接拉著他出了教室。

❀

約在餐館的門口比起約在學苑門口好多了，尤其是放學時間，學苑門口人來人往的，也太多人注目了，相較之下餐館的門口不醒目得多，也好方便他們保持低調。
「好慢喔。」
珞侍看到他們的時候還抱怨了一下，但事實上他們也只是耽擱了幾分鐘而已，這到底是抱怨還是撒嬌呢？
「不好意思，我們來晚了。」
月退就是那種會因為一點根本算不上什麼的小事情認真道歉的人，對范統來說，只是幾分鐘，而且又不是故意的，實在不算是他們的錯，可是對月退來說，小錯也是錯，他可以對別人犯的小錯一笑置之，但自己有錯的時候就會嚴肅看待了。
「沒關係啦……我們進去吧。」

這次談話的地點依然是在包廂內。以他們要談的內容來說，確實也是在包廂裡比較妥當，消失的暉侍的事情，不太適合讓外人聽見，至於珞侍為什麼不把他們當外人……大概是因為他們是他少數能交心的對象，而他也需要幾個人幫他分擔煩惱吧？

「暉侍的筆記我看完了。雖然記的不是很詳細，不過從那些片段，還是可以推估出一些事情。」

談起那本筆記，珞侍便面露愁色。他並沒有把筆記帶來，似乎是打算直接跟他們說研究後的結果。

「暉侍他……可能在做一些危險的事情。不知道他現在怎麼樣了，我很想去可能能找到他下落的地方看看，可是那個地方也不是能隨便進去的……」

「什麼地方啊？」

珞侍這種欲言又止的樣子實在很不乾脆，范統索性單刀直入地問了。

「……沉月祭壇。」

在做了短暫的掙扎後，珞侍還是吐露了這個地點，在說出口後，整個人的神情也委靡了幾分。

「耶？」

范統沒有料到珞侍說出來的會是這個地方。如果是什麼凶獸多的危險地區也就算了，居然是沉月祭壇，這到底是怎麼回事呢？

「從筆記上的紀錄看來，暉侍在調查跟沉月有關的事情，包含一些沉月的祕密，甚至是……讓沉月停止運作的辦法。」

范統一面聽一面動著腦袋，但聽到最後一句時，他還是腦袋空白了一下。

讓沉月停止運作的辦法？

為什麼要讓沉月停止運作？沉月如果停止運作……那就不會再有新生居民來到這個世界，而本來在這個世界的新生居民，死掉也就不會重生啦？

這有什麼好處啊？難道暉侍跟違侍大人是一掛的，他也討厭新生居民？

「為什麼啊？」

自己想不通的時候，就是要問別人。范統將問題丟給了珞侍，他想，他所能想到的這些，珞侍一定也想得到。

「根據暉侍留下來的筆記，他認為沉月像是入魔了，他形容沉月是邪惡的，因為……沉月並不如我們原本知道的說法，只吸引死亡時帶有遺憾的靈魂，暉侍說沉月連生魂也勾來了我們的世界，他覺得這種情況不應該繼續下去……」

珞侍抿了抿唇，畢竟沉月幾乎可說是東方城的信仰，是東方城崇敬的最高存在，一下子要他將信仰打破，去相信另一個說法，把他們從小到大信奉的「神」妖魔化，這應該是很難接受的事情。

而這件事情，也跟他們息息相關。

「珞侍……你想怎麼做呢？」

默默聽到這裡的月退開了口，沉靜地問了這樣的一個問題。

「……暉侍的筆記並不完整，應該還有很多需要查證的空間。我想繼續他的調查，了解他的說法究竟是不是真的，而且，在調查中也許也會有他的線索，或是他失蹤的原因……」

珞侍在回答了這個問題後，月退又接續問了下去。

「查證之後呢？如果沉月真的是邪惡的……你要怎麼做？」

如果上一個問題他還能果斷地回答，這個問題，他就真的答不出來了。

我要將它封印，不讓無辜的人繼續受害——這樣子的決定彷彿是最正確的，一個理所當然的結論，但是這句話，又豈是能那麼輕易說出口的？

先不說能不能做到，當他說出這樣的話，就形同宣判了所有的新生居民死刑，包含現在坐在他面前的這兩個朋友。

當沉月停止運轉，依靠著沉月之力的水池自然也會失去作用，新生居民死亡後無法重生——不只如此，新生居民的軀殼只能使用十年，就算沒有意外死亡，只要沉月的力量不再作用，十年後大家都得面臨毀滅。

封印沉月，是斷了所有新生居民的生路，而如果查證屬實，放著不管，就會不斷有無辜的活人被沉月帶來這個世界……

要他做出抉擇，實在是太困難了。他不是可以冷著心腸認為大家的死活都與他無關的人，他知道這個決定造成的結果並不只是一個數字或是一個白紙黑字的事實，而是許許多多鮮明的悲劇，所以，他就更加難以決定了。

無論怎麼選擇都會有人受害，而這些影響與後果，是他背負得起的嗎？

「我不知道……」

最後，珞侍還是回答不出來。看著他為難的神色，范統覺得，自己也不知道該支持他怎麼做。

說白一點，他當然是不想死的。但他應該因為自己的求生意志，就坐視別人受累嗎？人都是自私的，卻也有良知，私慾與良知衝突的時候，就會形成矛盾與盲點，他沒有辦法全面顧及。

「如果你的選擇是封印沉月……我會支持你的。」

月退突然說了這一句話，讓珞侍和范統都感到錯愕。

「月退，你……」

「為什麼？就算死掉也沒有關係嗎？這是你好不容易才獲得的新生耶！」

相較於范統，珞侍的反應激動多了，而月退在珞侍的問話下雖然神色微微一僵，卻依然維持一片平靜。

「十年的時間，其實也夠做很多事情了，走過所有沒去過的地方，完成所有未能實現的心願……我覺得這個時間很充足。一個有期限的新生，雖然短暫，卻也不改其燦爛，這樣不是也很好嗎？」

他們看不出來他是不是真的這麼想。也許是他的模樣太過平靜，讓人無從觀察出他的情緒。

無論如何，他這段話還是讓他們沉默了。不管自身認同還是不認同，他們都覺得很難說什麼話去反駁他，或是試圖改變他的想法。

「珞侍，反正你就先查查看吧，等到確認了再說就太晚了。我是說等到確認了再說也不遲啦！

「嗯……畢竟要封印沉月，也不是那麼簡單的事情……就算東方城保留的一半法陣弄得到手，也還有一半在落月的人手上呢。」

如果真的要這麼做，勢必也會受到很多阻礙，因為一定有人不樂見這種情況發生，除非他們保密功夫做得很好，否則一定要擺平一堆麻煩才能去做吧？做了以後，可能還得面對新生居民的暴動。這真的是個必須瞻前顧後，很麻煩的浩大工程。

這天的晚餐，在這樣的氣氛下，難免令人食不知味。

用餐完畢後，各人自己回家，珞侍跟他們走的路不同，便先跟他們道別了，走在東方城的大街上，街燈映照得街道一片明亮，卻也驅散不去他們的心事重重。

范統看著與自己並肩而行的月退，他側臉的線條看起來是那麼柔和而年輕。像是美玉一樣的少年，在這樣的年紀就死去……每每想到這一點，范統就會為他感到難過或是心痛。

在聽到他願意放棄自己的生命時，范統不知道那是一種什麼樣的感覺，他彷彿又想起月退因為重現的傷痕而被死亡的陰影籠罩時，看著他跟他約定要一起回去的虛弱微笑，結果他好像還是不能為他做什麼，也許，是他一直擅自認為月退不需要他為他做什麼。

「月退。」

「嗯？」

聽見他喊自己，月退將臉轉向了他。

「你現在過得開心嗎？現在的日子……」

似乎有點不明白他為何突然有此一問，月退眨了眨眼睛，但還是露出了溫和的笑容，回答了他的問題。

「很開心。現在的日子很好……我很喜歡，真的很喜歡。」

他說著，輕柔的聲音也低了下來，如同漸漸變成說給自己聽的低語，而那真摯的笑容，也慢慢地隨著話音消失隱去。

就像是悄悄地將什麼埋葬了一般。

就像是真的單純地感到快樂，真的單純地喜歡。

范統的事後補述

封印沉月，很好，總算跟我之前被解放的記憶裡那句奇怪的話有連結了，雖然我還是找不出兩者之間的關連性，但是這應該不是巧合吧？

不，搞不好真的是巧合，我的人生中總是充滿各式各樣的巧合，例如很巧地叫了某個小姐一聲阿姨，然後就很巧被詛咒了，嗯，這簡直是我人生的轉捩點，雖然我一點也不想要。

坦白說，珞侍要自己一個人去調查這種東西，還真是讓人有點不太放心。我不是說他不可靠做不了大事，只是他就是身材嬌小個性好摸透，一副需要人幫助保護的樣子，我知道他一定很討厭這種評語啦，但年紀小是事實，實在不需要勉強啊。

我覺得他如果光明正大跟女王申請調查，有很高的機率會被禁足。他如果跟綾侍大人說，綾侍大人就會去跟女王說，還是會被禁足。如果跟音侍大人說，音侍大人可能會覺得很好玩所以願意幫忙，可是音侍大人沒有什麼事情瞞得過綾侍大人，於是綾侍大人又會去跟女王說，最後依然會被禁足。

怎麼想來想去，求助的結果都是被禁足啊？

至於違侍大人，那本來就不在考慮的範圍內，我想這個世界上應該不會有人想跟他求助。

唉，月退，月退……

一個人的眼神其實會透露很多事情。儘管那可能是你想隱藏起來，甚至希望它消失的東西，但它還是影響著你，不管你願不願意承認。

你說你過得很開心，你說你很喜歡現在的生活……

我說不出來那是什麼樣的感覺。

在這個地方有那麼多人只因為外表就對你抱持敵意，我們的住處簡陋，配給的糧食沒有讓人吃的欲望……

可是你還是笑著，說你喜歡這裡的生活，說你過得很開心。

我無從質疑你的笑容。

而我也無從想像，你的過去。

✣ 章之五

比武大會，這次真的是比武大會，不是比武招親

『……它有曾經是比武招親過嗎？』——珞侍

『啊，有啊有啊，不是才剛打完嗎！』——音侍

『所以，你打贏違侍了，恭喜你，把他娶回家吧。』——綾侍

如果示範賽看一看就算了，那范統當然樂得輕鬆，但是擺在眼前的現實就是緊接著的比武大會，他們可是確確實實報了名，逃都逃不掉的。

所幸因為報名人數眾多，要輪到他們還要等幾天，打完之後又要再等幾天才有下一場，算是多了一些苟延殘喘的時間，但如果打到後面，賽程就會因為人數減少而增多了。

關於這點，在得知是淘汰賽之後，范統也在內心掙扎猶豫過。

如果跳上台就認輸，不知道可不可行？這樣可以名正言順退出比賽吧？

要是這樣太難看，那麼技術性打輸，在有月退的情況下，保住性命退出比賽也是可以的吧？

可是仔細想想，殺一個人有十串錢，這似乎是個不可多得的賺錢好機會？

只要殺幾十個人，就可以還清債務還有得賺了耶！如果一路贏下去得到名次，不就還有其

他好康的嗎！

范統一面把人命當錢算，一面在內心想像著龐大的財富，然後流口水。

可是，他自己要殺人，自然是沒辦法的，這種事情，還得要月退或是硃砂願意配合才可以。

「月退，他們的命一條價值十串錢，你幫我殺一些好讓我還債好不好」……這種話，坦白說真的挺難以啟齒的，即使范統的臉皮再厚，猶豫了半天還是說不出口。

但是，他說不出口，不代表別人也說不出口。

「殺一個人有十串錢呢！我們要不要考慮賺點錢花用？」

硃砂在閱讀完比賽規章後，隨即毫無顧忌地提了意見。

范統實在沒想到硃砂居然會跟自己有類似的想法，這讓他不知道該高興還是悲哀。

「……用這種手法賺錢，不太好吧……」

月退依然是個乖小孩，聽到這種提議的時候，都會產生遲疑。

「這個方法看起來很有效率啊。我覺得大家都會這麼想，我們不殺他們，他們也會想殺我們。」

簡單來說，硃砂就是主張先下手為強的那種人。他大概也不會有什麼良心問題，就范統來看，他其實還挺自我中心的。

「這個……」

月退一向主張人不犯我，我不犯人，要他一下子更改這個原則，似乎難了一點。

范統開始在內心計算了起來。如果他們願意跟他平分，那麼，殺三個人他才能獲得十串錢，這就比原本設想的低很多了，這樣算來，要還清他的債務，還真的得讓擂台血流成河……不知道今年有多少人抽到血光之災呢？

但是……月退的份也可以算我的吧？反正月退也不怎麼需要錢，大不了算跟他借的好了，這樣算在我頭上的人命也會少一些，心理負擔就沒那麼重。

「月退，你有殺人的障礙嗎？」

硃砂索性先確認這一點，月退聽了這問題後愣了愣，然後搖搖頭。

「是沒有……」

月退這樣回答，反而讓范統的眼睛快凸出來了。

畢竟他一直覺得月退很善良，而且也沒看他殺過人，他會這麼乾脆說自己沒有障礙，還是讓范統有點意外。

「那不就好了？把他們像雞一樣殺掉啊，反正會重生嘛。」

硃砂說得簡單，月退則是苦笑了起來。

「這樣會結怨的，硃砂。」

「那也要他們有本事報復。」

范統真不知道硃砂哪來的自信。難道硃砂也很強？還是硃砂也覺得有月退在就夠了？

音侍大人、綾侍大人跟珞侍他們可不能當我們的後台啊，這麼說來，確實有必要思考會不會被報復的問題。

「我不會主動在擂台上殺人。你們要做的話，我也不阻止就是了。」

月退退讓了一步，算是不干涉硃砂的行動，至於范統，本來就是上台納涼的，他們都知道。

硃砂雖然對於這個結果不怎麼滿意，但也沒有強求。明天就是他們的第一戰了，為了養精蓄銳，他們便決定早早就寢了。

比武大會的團體組和個人組，是共同舉行比賽的，沒有區隔開來，只有在規則上做了關於單人遇上團體時的特殊規定。

東方城的三項技藝，術法、符咒、武術，在單人遇上單人，團體遇上團體時，都是可以自由運用的，包含自身額外的技藝在內，全都可以搬上檯面。而當單人碰上團體，則會進行抽籤，比賽抽到的那個項目。

團體組的那邊可以自由推派一人上場進行比賽，因此，獨自參賽的人比較吃虧，萬一抽到了不擅長的項目，對方三個人裡面有一個人擅長的機率是很高的，那幾乎贏面就不大了。

也因為這項規則，組隊參賽的人幾乎都會挑選各個領域擅長的人各一個當隊友，獨立參賽的人通常不是搏運氣，就是對自己的三項技能都很有自信，或者是……人際關係關係不太好，找不到人一起參賽。

而今天范統他們初賽的對手，就是個人組的。

根據比賽規則，他們必須抽籤決定比試的項目，對方非常大方的將抽籤的機會讓給了他們，在月退跟硃砂都對抽籤沒什麼興趣的情況下，范統便充作代表上前去抽了。

抽出來的籤是直接交給工作人員打開再宣布的，范統從三個籤裡面隨便挑了一個交出去，很快的，他們就聽到了大會的廣播。

「這次比賽的項目是──符咒！」

在符咒這兩個字被高分貝廣播出來的時候，范統還覺得沒什麼，一回頭卻看到硃砂一臉嫌棄的樣子看著他，月退也像是有話想說又不知道該說什麼，他頓時有點不解。

「范統，你這個人真的很倒楣，怎麼連抽個籤手氣都不好？」

硃砂皺眉責怪他之後，月退也無奈地拍了拍他的肩膀。

「我無能為力。你好像還是得自己去了……」

什什什什什麼──！

范統總算懂得了現在是什麼情況，無論如何，他似乎處境非常不利的樣子，沒想到只是抽到個符咒，居然會導致他要親自上場。

月退！啊啊啊月退！我們一直都是一起上符咒軒的課的，我居然會忘記他符咒學不好——！他到現在根本一張符也畫不出來，天亡我也——

但是硃砂呢？硃砂那麼認真用功，硃砂難道也不會嗎？

「硃砂，你會符咒？」

拜託你說會，拜託你！

「符咒軒的課，我上過一堂之後就退掉了，空出來的時間就增加武術軒和術法軒的修課時間。」

不——！

怎麼可以這樣！怎麼可以這樣子！你怎麼可以聽過一堂就不去了！符咒就這麼不吸引你嗎！符咒軒的老師又不像術法軒的老師那樣，會一見面就說你這輩子跟這門學問沒有緣分——

「會符咒的只有你，你自己上吧。」

硃砂指了指台上，如同覺得事情很無趣一般，語音也透露出了無味。

「范統，輸了也沒有關係，盡力試試看吧，我們等你回來。」

月退是搞不清楚他說反話的毛病才能這麼說，事實上，他就算想盡力也沒有辦法啊。

反正，他們這組已經決定派出他當代表了，就算他不願意，兩票比一票，他的意見也沒有絲毫作用。

比賽開始前，大會提供了十五分鐘的準備時間，可以自由領取符紙事先畫符。十五分鐘做垂死掙扎，說長不長，說短不短的，月退跟硃砂為了不要打擾他，讓他一個人待在休息棚中靜心，他的對手則在這幾天新搭蓋好的另一個休息棚內，光是想像對方會怎麼做準備，范統就坐立難安。

『呼……早安，今天睡得真好。』

正在心煩意亂的時候，噗哈哈的聲音突然冒出來跟他打招呼，這實在讓他無法好好地回話。

「早安什麼！現在明明是晚上！我都快要死了你還有心情早安！」

『咦？騙人，天色還亮著，怎麼可能是晚上？』

那是我想說下午卻被詛咒顛倒了啦！還有你為什麼只注意晚上這兩個字！後面那句話明明比較重要吧——

范統深深地覺得，他要跟這把懶惰無情的拖把心靈相通，實在是太難了，搞不好這輩子都沒有可能。

可惡！等到這事情結束，我一定要好好訓練月退，逼他快速學會東方城的文字！月退你等著吧，我一定讓你一個月內可以拿毛筆順暢地寫出字來！你一定要學會符咒啊——

『你剛剛是不是說你快死了？可是本拂塵察覺不到危險的氣息啊。』

原來你有聽到嗎，真是太好了……

「我要上台比賽符咒了，台下致死率很高啊！」

『台下致死率很高？你以為你的符咒水準有那麼強，隨便丟一張出去就倒一片觀眾嗎……』

你往錯誤的方向理解了，噗哈哈哈。我不是自暴自棄地在笑，我只是在叫這根拖把的名字，我一定要再澄清一次，雖然這樣每次都澄清讓我實在很累。

「我會被殺掉的！」

『本拂塵幫不了你。』

不要逼我罵髒話，我好不容易講對一句話，你居然不理我！

「我很需要你的幫忙啊！」

給我慢著，我是要說我也不需要你的幫忙，你都拒絕得這麼直接了，我也是有自尊的，怎麼又被扭轉成懇求的話了啊！

『嗯——你都這麼說了，既然你這麼需要我，我好像還是可以認真考慮一下。知道本拂塵的厲害了吧？』

……不是吧，你態度也轉變得太快了吧？瞧你樂的，你根本就是喜歡被拜託嗎？

「我一直都覺得你是把有情有義的善良拂塵，我好高興。」

『嗯，要不是因為你有眼光，我也不會同意讓你買走的。』

別急著得意，我本來想說的是「我一直都以為你是根沒血沒淚的黑心拖把，我好無言」，天知道為什麼會變成一直誇獎你。

『你就把我拿在手上吧，這樣使用的符咒效果會增幅，我想對你來說很足夠了。』

噗哈哈哈告訴他的方法說來簡單，做起來卻很困難。

雖說只是個非常容易的動作，但對范統來說，還有心理層面的障礙。

我……就一定得手持著拖把亮相戰鬥嗎……

沒有別的選擇了嗎？真的沒有別的選擇了嗎？我本來想把它藏起來的，我真的超級不想讓大家看到它的啊！

如果最後真的打贏了，這就是我日後被稱為拖把大俠的第一步嗎？可不可以不要？可不可以不要啊！

隨著內心的掙扎，比賽時間也分秒逼近，相較於拿著噗哈哈哈出賽，要如何使用出符咒也是另一個大問題。

咬了咬牙，范統終於想出了個折衷的辦法。

於是，他拿起了毛筆跟符紙，在剩下的時間內瘋狂畫起了符咒。

一直到時間結束，必須登上擂台讓比賽正式開始時，范統都還有點無法接受這是真的。

他帶著寫好的符紙上台時，整個人都還在恍神，唯一值得慶幸的大概就是，因為這只是最開始的淘汰賽，他們流蘇的顏色也沒什麼看頭，所以場邊的觀眾並不多，這讓他承受的壓力稍微沒那麼大一點。

讀書人不打鬥廝殺，生意人不好勇鬥狠，我明明只是個做鐵口直斷生意的老實人，為什麼我現在會站在這裡——殺人見血這檔子事理當與我無關啊！我愛好和平——

即使范統在心裡吶喊得再用力，比賽還是要開始的。

符咒和術法這兩門技藝的比法，和武術略有不同。有輪流攻擊與直接戰鬥兩種比法可以選擇，輪流攻擊是一個人有固定的一段時間可以進行攻擊，這段時間對方只能進行防禦閃避，時間到了就換對方攻擊，如此輪流下去直到分出勝負。直接攻擊就是沒有規定，直接自由戰鬥，剛才比試的項目是范統抽的，戰鬥的方式就變成由對方決定了。

范統也不太清楚自己比較想聽到輪流攻擊還是自由攻擊。就算有噗哈哈的加持，他也不知道那到底有多少功效……

不過，好像輪流攻擊的話，又要再抽籤決定誰先攻……范統覺得，以他的運氣，鐵定抽到後攻，那麼他根本不可能撐過第一輪的攻擊吧？

幸好男對手甲毫不猶豫選擇了自由攻擊，大概不喜歡輪流攻擊那種囉唆的方式吧，在開賽前，雙方握了手，男對手甲那自信的神情，顯然是不把他放在眼裡，畢竟他只是個一臉慌張又只有草綠色流蘇等級的傢伙，怎麼看都是個很好解決的對手。

而男對手甲在握手時看他的眼神，也讓范統整個人胃抽筋了起來。

那根本是看十串錢的眼神吧——！

你把我當成已經送到嘴邊的肥肉了嗎——

哪能這麼輕易被你吃到，就算是肥肉，我也要當被咬到嘴裡還會死命掙扎的肥肉——不，為什麼我一定要當肥肉呢？人應該要有志氣一點……

「比賽開始！」

胡思亂想的時間總是過得不知不覺，當聽到比賽開始的宣布聲，范統的臉色簡直跟被宣判了死刑一樣難看。

他想發呆可以，但對方可不會跟著一起發呆。在比賽開始的那一刻，男對手甲就以熟練的動作掏出符咒，開始對著他攻擊了。

「馭火咒！」

馭火咒雖然是最基礎的初級符咒，但也是個好用又基本的攻擊咒，當對方對著他使出這張咒時，范統不由得又想起了剛來到這個世界就被珞侍用馭火咒給滅掉重新做人的悲慘記憶，剛才寫的那些符咒裡面沒什麼防禦性的符咒，於是，他只有轉身就跑。

以他乏善可陳的體能，想用跑的完全躲掉符咒的攻擊，可以說是不可能的，他逃是逃了，但衣服還是被火燒到了一點，背上的灼熱感幾乎讓他罵出髒話。

可惡！好燙！

我不要開口說話，一開始又會喊出什麼好爽好舒服之類的……重點是怎麼滅火啦！

范統以拙劣的動作拍打著自己的衣服，而男對手甲的下一波攻擊很快又到了。

「冰結咒！」

冰結咒也是個簡單的符咒，主要用在妨礙對手行動、阻礙對手逃脫，跟困住對手上面。本來正在邊跑邊滅火的范統，頓時又因為橫生出來的冰而被絆倒，以非常不優雅的姿勢摔倒在地。

如果要對目前范統的戰況下個評論，大概就是四個字：慘不忍睹。

「火卷咒！」

眼見獵物破綻大開，男對手甲立即用了稍高幾階的符咒，在他擲出符咒的同時，一道比剛才的馭火咒大了一倍的火焰風隨即朝著范統轟去，這顯然是要他的命的架勢，讓他大驚失色。

「馭火咒！」

范統本來想拋出馭水咒來反制火勢，但符咒丟出去又唸錯了，緊要關頭實在不能指望這張嘴，眼見火焰風撲面而至，這時候也沒得顧及顏面的問題了，他當即朝旁邊打滾閃避，也虧得男對手甲的符咒控制得不太好，微微偏了一些，這才讓他保住了一命。

被人打得這麼狼狽，就算一開始就知道先天條件不良，沒什麼贏的可能，范統還是感到幾分火大跟不甘心，於是，他終於也掏出了符咒，並將噗哈哈緊抓在手中。

只是，別人掏符咒都是掏一張，他掏出來的卻是一大疊。

抱持著至少也要攻擊到一次的想法，他在男對手甲又要再擲一張符咒出來的空檔，拿起手中的符紙飛快扔了起來。

「馭水咒、馭水咒、馭水咒、馭水咒、馭水咒、馭水咒……馭火咒！」

他根本沒算自己扔了幾次，反正同樣的符咒連續扔連續唸，丟完之前總有一次會中的，這麼浪費符咒的方式大概也只有他會用了，這還是在大會提供符紙的情況下，他才捨得這麼做的。

觀賽的群眾與他的對手都不了解他為什麼要一直唸錯符咒的名稱，做出一堆無效的攻擊，不過，如果前面那一串馭水咒讓他們錯愕，後面這個成功用出來的馭火咒，就是讓他們大驚失色了。

只見跟著那張擲出去的符紙出現的，是一道橫過了整個擂台面、氣勢凶狠無比的火浪牆，在符咒完成的一瞬間，火浪牆焚燒的烈焰便朝著他可憐的對手撲蓋過去，一翻即逝，乍看之下彷彿只是幻影，但是男對手甲原本站的地方，在火浪牆消失後，卻只剩下一具焦屍了。

一下子戲劇性的翻盤，讓大家都有點反應不過來，連范統自己也反應不過來，想殺人的傢伙反而被殺了，照理說他應該興奮一下自己突如其來的好運，並為了劫後餘生好好歡呼一下，但在司儀宣布這場比賽由他勝出時，他還是只能用快抽筋的表情瞪著手中的噗哈哈哈，並在心中無聲地吶喊。

……噗哈哈哈，你到底是什麼鬼東西啊啊啊啊啊──！

怎麼每次只要你攪和進來就會死人！上次也是，這次也是啊！啊，這次好歹不是直接用你

進行攻擊的，所以他還是會從水池重生吧？萬一你又放了那什麼噬魂之力進去，我就死定啦！我該說是因禍得福賺到了十串錢嗎？可是又害我殺人了……可是十串錢……可是……

『嘿嘿，你看你看，贏了吧贏了吧，有我在很簡單嘛。』

噗哈哈哈整個散發出一種「誇獎我誇獎我，快誇獎我」的氣息，每當它表露出這種天真無邪的一面，范統就會覺得當初那高深莫測的說話感覺可能只是錯覺。

「做得很好……」

噢，真棒，我只要想著罵它的話，就會變成稱讚，屢試不爽，從來沒有說對過。

『多講一點多講一點。』

你就這麼想被我罵嗎？

「你真是我不可多得的良伴，天上掉下來的禮物，我能碰到你實在是三生有幸，要是人生中少了你，我簡直不知道該怎麼辦才好。」

我已經懶得解釋我本來想說什麼了，這實在太累了。

『真、真的嗎？你這麼喜歡我嗎？』

你這種有點驚喜又含羞帶怯的口吻是怎麼回事？

「范統，你還要在台上含情脈脈跟你的拖把對看多久？」

硃砂在台下朝范統喊的話，讓他清醒了幾分，繼續在台上丟臉下去可不太妙，他連忙下了台，往月退和硃砂的方向過去集合。

「范統，你的符咒用得不錯啊。」

一照面，月退就用很高興的表情對他這麼說。但他剛才那招馭火咒明明是靠噗哈哈作弊來的，這讓他實在很難面對月退的稱讚。

「我一直以為你什麼也不行，沒想到還是有兩下子。」

硃砂似乎因為剛才他展現的不屬於他的實力，而對他稍微改觀了些，看來他應該是屬於會敬佩強者的人。

可是，從來也沒看他對音侍展露過什麼敬意，也許還是有某些人天生讓人無法尊敬吧。

「那以後抽到符咒，范統你應該沒問題了。」

月退貌似很放心地補了這麼一句話，登時讓范統瞪大了眼睛。

咦——！

等、等一下，不是只有這次而已……啊，對了，我打贏了，所以會晉級，還有接下來的比賽……慢著！這是以後只要遇到單人組，抽到符咒，都是我上的意思嗎！這不對吧！我找你們來就是因為我不想打不是嗎！

這麼說來，只要遇上單人組，抽到術法應該是月退，大家閃邊涼快，抽到武術只怕也是月退上……硃砂你到底來做什麼的！你果然只是來湊數的嗎！

「范統，這樣行嗎？」

「沒問題。」

詛咒只差沒幫他說出包在我身上了。

「這樣很好，可以多磨練實戰技巧。前面你打得還是太生疏了，躲得有點辛苦，我想你打越多次就會越有經驗的。」

那個不是生疏的問題，那才是我本來的正常狀況啊……

范統現在充分有種叫天天不應，叫地地不靈的感覺，如果叫噗哈哈哈會不會有用一點？但如果每次都這樣做，他不只會成為拖把大俠，還會朝嗜血的拖把大俠邁進了是嗎……

❀

關於他們初賽獲勝的事情，珞侍這次沒有特地跑來幫他們慶祝，只捎了封信來給范統賀喜，大概是上次談論暉侍筆記的話題他還沒有個頭緒，所以不太能面對他們吧，不過，這封信的內容也很讓范統無話可說就是了。

剛開始還一本正經地寫了一些問候語，接著就直接邁入了正題。禮貌性稱讚了幾句後，就露出了本性。

『我看了比賽。你真不是普通倒楣，十分之一的機率也不會出現在前面幾次，符咒都丟了九張才唸正確，你是不是前輩子做了什麼壞事還是造了什麼口業呀……』

為什麼寫個信也要這麼嘴巴不饒人啊？你以為我就想丟九張嗎？連文字表達都不能坦率一

點恭喜就好……

『不過，你是哪裡學的馭火咒，那威力好像不太正常，我都不知道你符咒的實力可以讓馭火咒變成這樣，你應該也沒有錢添購什麼增幅器具啊……』

有啊，我有拿增幅器具，就是你出錢給我買的拖把，不過正常人看到拖把只會覺得這人打架還拿拖把，是不是剛從打掃現場跑出來，而不會覺得這是增幅器具。

『下一場我也會去看的，你們多多加油。』

說起來，今天他也完全沒注意到珞侍在現場。到底躲在哪裡偷看的啊？

「珞侍寫了些什麼？」

月退在旁邊關心問了一句，因為這封信他大概看得懂的字不超過三分之一。

「……我一個字一個字教你，從明天開始你要好好學會認字，自己讀！」

是從今天開始！今天開始！

雖然以我的嘴巴狀況，跟著我學字可能會有點問題，但我一定會克服萬難教會你的，你覺悟吧！

月退似乎對他突然來勢洶洶的氣魄有點不習慣，看著他愣了幾秒。

「范統……今天的你好像有點凶，感覺跟平常不太一樣呢。」

那平常是怎麼樣，很溫柔？

「快把毛筆放進去，我們來練習。」

我是說拿出來！拿出來……

「放進去？放進去哪裡？」

面對月退認真且疑惑的問題，范統呻吟了一聲，倒到旁邊的床上，放棄了溝通。

對於這過於糟糕的誤會，范統覺得自己真的無力再戰了，教學真是一件任重而道遠的事情，也許還是休息一下，明天開始比較好吧。

❀

他們比武大會的下一戰，舉行的時間是三天後，照理說第二戰開始，因為經過淘汰，越後面的對手就會越強，但聽說這次的對手也是團體組的，所以范統一點也不擔心，三個人一起上的話，他在旁邊搖旗吶喊就好了，而且他相信有月退在，自己無論如何也不會有生命危險。

「月退！把他們秒殺吧！」

范統一面鼓吹，一面也慶幸這句話沒被顛倒。要是變成什麼「被他們秒殺吧」之類的話，那也太糟糕了。

「我覺得這應該是實戰練習的機會，范統，不要偷懶啊。」

月退苦笑著應了一句，沒有直接答應他的秒殺要求。

開什麼玩笑，我就是打定主意要躲在後面涼快的，說什麼也別想叫我出手。

「我之前放符咒消耗太大，要幾十天才能恢復。」

呃……十幾天變成幾十天，會不會有點過度誇張了？不過我覺得那個馭火咒真的很誇張，我想幾十天的說法還是可以接受的吧，這樣我也可以名正言順偷懶久一點。

「欸？這麼久啊？」

「原來是這麼沒用的偶發性爆發，我還以為你有點用了，結果是誤會啊。」

於是，又被看扁了。

但是，范統是寧可被看扁，也不要進行什麼實戰磨練的，所以他悶不吭聲，就當作是默認了。

「硃砂，那你要打打看嗎？」

「看起來不是什麼值得動手的對手，沒有興趣。」

硃砂這種自恃高人一等的說法，讓范統投以了懷疑的目光。說起來，他還真沒看過硃砂動手，但月退好像對他的話沒什麼意見，這算是認可硃砂的確比他們強嗎？

「好吧，那我把他們解決掉就是了。」

喔耶！就等你這句話啦！

他們的對手是三名藍色流蘇的男子，但是在月退的面前，這樣的實力依舊不堪一擊。

整個過程也沒什麼好說的，月退沒有跟實力不相當的人多做糾纏的意思，比賽開始後沒幾秒，比賽就結束了，他用一貫的手法把他們擊昏在地，人都被打昏了，勝負自然也立即可見。

「如果我每個人都補個一刀，就有三十串錢……」

范統聽到了身邊硃砂的低語，這也讓他覺得，他這個同伴實在跟善心人士這四個字距離很遙遠。

這之後的團體賽，大概都是這樣的模式，而之中他們又遭遇了兩次單人組的對手，范統總算暫時擺脫了不幸，那兩次都沒有抽到符咒，分別抽中了術法跟武技，這當然就跟他這個被術法軒老師宣布完全沒有天分的體育丙等朽木完全沒有關係了。

術法這一門上場的是月退，確實也表現出了「術法軒百年還是千年難得一見的奇才」的水準，他的反制術可以說完美無缺，對手所使用的術法，他都能強制其消散還原，而他也只用幾個簡單的術法就將對手打敗了，因為在弱了他不知道多少等級的純粹想像之下，他所用出的術法讓他們無從破解，只能投降。

剛比完那一場的隔天，聽說術法軒的老師還特地到學苑門口迎接月退，對他前一天的比賽讚許有加，感動到熱淚盈眶，看了之後還激動到睡不著，接著就是一堆天花亂墜的像是東方城未來的術法就靠你發揚光大了之類的話語，像是要把全世界的讚美話都用在月退身上才甘心一樣，現場引來了很多學生的側目，月退自己也覺得很尷尬，但老師的一片熱情，他終究還是無法做出什麼潑冷水的反應，只好含笑著接受了。

范統聽說了這件事之後，真覺得內心有點不平。他用出那麼漂亮的馭火咒之後，符咒軒的老師也沒對他說什麼啊，更別說是當著眾人的面褒揚了……還是說符咒軒比較含蓄，不會這麼囂……不會這麼張揚？

不過范統仔細想想，那也不是他的實力，要是真的被這樣大肆稱讚，多半會覺得很心虛吧，所以，沒有相同的待遇，他也就這麼算了。

抽到武技的那一場，上場的倒不是月退，而是硃砂。是他自請出賽的，原因是「想賺賺零錢花用」。

也因為這樣，硃砂那鬼魅般無從捉摸的身手，范統總算是見識到了。和月退的光明正大比起來，他大概就是「來陰的」那種類型，而且包含那之後他偶爾上場的團體賽在內，只要他出手就會死人，不知道該說他很努力賺錢還是怎麼樣，總之，范統覺得自己不會想與他為敵，以後最好也不要惹惱他，以免半夜被他抹脖子宰掉都不知道。

如果不要再遇到抽到符咒的單人組，說不定前幾名真的有望？

即使知道勝利完全不是自己的功勞，范統還是不免懷抱這樣的妄想。

范統的事後補述

神啊，我不想過這種打打殺殺，在刀口上過活的日子，神啊——雖然我從來沒有過任何堅定的信仰，但我還是希望您能挽救我這頭迷途的羔羊，引領我走向平安寧靜的康莊大道……

說來說去，只是我很想從比武大會退出而已。每次都要擔心下次會不會撞上單人組、下次會不會抽到符咒，這樣子提心吊膽實在很累耶。

託比武大會的福，我跟噗哈哈哈之間有了多一點的交流，經過符咒暴走事件後，我很認真地詢問它，到底它是武器、符咒增幅器具、術法增幅器具，還是清潔工具，結果它居然回答我它是多功能萬用拂塵，除了清潔工具那一項以外，它通通具備，對魔法邪咒的增幅效果一樣好。

坦白說，我很難一下子就相信它說的話。它把話說得這麼滿，難免會讓我覺得有灌水的嫌疑，而且我怎麼看都覺得，清潔工具才是它的天職，它這樣背離天職走上別的道路，簡直是邪魔歪道，雖然我用得很爽。

呃……口誤，那是口誤，我才沒有用得很爽，我還被它嚇了一大跳需要收驚，我對它真的有很多的不滿，尤其是它一廂情願地以為我很喜歡它——

什麼嘛，我才不是那種受人恩惠不知感激的人呢！可是它又不是人！況且我也在它身上花了兩百串錢啊！這投資是要回收的好不好！

然後啊，因為上次月退的威脅，米重真的有乖乖報名參加比武大會呢。

不過像他這種不真誠的人，平時也只交得到一些狐群狗黨、豬朋狗友，這裡面是不會有人願意陪他去送死的，結果他當然就只能一個人參加了。

以米重的水準，很自然地在初賽就出局了，我當然一點也不會對他感到抱歉。只是他居然油滑地逃過了一死，真是可惡，感覺好像還是沒怎麼懲罰到他嘛。

目前為止，我們的比賽進行得還算順利，我想血光之災那檔事……應該也不用太在意吧？一定是不準的啦！月退那麼強，才不會有事呢。

✣ 章之六

春天來了？

『好想快點找個老公嫁出去啊。（好想快點找個老婆娶進門啊）』——范統

『如果你也是雙性體，麻煩不要跟我搶月退。』——硃砂

清晨，理當是起床準備上學的時間，不過在范統跟月退準備好後，看到依然睡死在床上的硃砂，頓時有點不知所措。

大概是昨天晚上的加賽，比賽完太晚睡了，硃砂今天並沒有自發性地起床，要是不理他，他恐怕又會一睡到底，錯過上課的時間，這樣似乎不太好。

「呃……」

「怎麼辦啊，范統？」

他說過，睡覺的時候不要打擾他，言猶在耳，他們兩個都不敢輕舉妄動。

范統對著月退搖搖頭，意思是不要管他。他覺得，硃砂都特別交代過了，一定是有原因的，搞不好動手叫他起床會遭遇生命危險，還是保障自己的安全比較重要。

「可是，我們上次沒有叫他，他錯過了課程之後那麼沮喪的樣子……」

之前硃砂因為睡過頭沒去上課，打擊大到連食物都吃不下，那時候月退就有點內疚，覺得

早知道還是該叫醒他的，現在同樣的狀況又來一次，似乎該做點不同的決定了。

范統指了指硃砂，然後退後幾步，意思是你如果要叫自己去叫，我不管這件事。

就他來看，如果叫硃砂起床會面臨生死危機，那以身手來論斷，月退存活下來的機率絕對比他多得多。

「硃砂，上學時間到了。」

月退硬著頭皮用喊的叫了一次，當然沒有成功。硃砂只是微微動了一下身體，棉被滑掉了一半，他們這才發現硃砂不知道什麼時候又變成女性體了。

睡覺睡到一半變成女性體……是夢見了什麼嗎？

眼見用喊的沒效果，月退只好伸出手輕輕推了推她的肩膀。

「硃砂，該起床了……哇！」

事情就這麼發生在這一瞬間，范統本來以為會發生的是喋血慘案，不過隨著月退那聲驚呼，發生的事情卻是——人在床邊的他被床上的硃砂一把扯了上去，然後，猶在睡夢中的硃砂身體便纏了上來。

咦？

「硃砂！妳在做什麼！」

咦？流血現場，變成活色生香的性騷擾現場了？

范統半失神地無視了月退驚慌的慘叫，一面生出了不曉得到底是「好羨慕啊」還是「好刺激啊」之類的感想，基本上他很樂意有這種艷遇，但單純的月退好像只覺得恐慌而已。

「范、范統！救我！」

月退已經手足無措到向他求救了，雖然看起來好像很可憐的樣子，可是范統還是對於他這樣蹧蹋送上門來的艷遇感到很惋惜。

就算硃砂是雙性體，但好歹現在是女的嘛，而且還是個有著傲人曲線的大美女，貼你貼得那麼緊，怎麼也不覺得享受嗎……

「月退，你加油。」

「加什麼油！幫我把她拉開啊！——不要亂摸！不要脫我衣服！哇！」

噢，已經要發展到那個階段了嗎？要不要我出門去，別打擾你們？

整個人可說是被壓倒在床上的月退，因為無良朋友袖手旁觀，情急之下，他幾乎想把房間給炸了然後逃出去，不過這個時候，硃砂終於清醒了。

「咦……月退？」

硃砂停下了原本正進行的性騷擾，揉了揉眼睛，看了看月退沒有一絲血色的臉，再看看凌亂的床鋪跟他有點衣衫不整的狼狽樣子，頓時領悟到發生了什麼事。

「嗯——我不是說睡覺的時候不要打擾我嗎？會被我無意識吃掉的。還好不是范統，是月退，賺到了。」

「……以後不會打擾妳了。」

月退以非常僵硬的表情回答了這一句，似乎也在某種程度上宣誓了他的決心，他大概這輩子都不會想再遇到這麼可怕的事了吧。

比起來，硃砂要是在睡夢中出手攻擊他還好一點，對他來說，那還容易應付得多。

「妳這樣吃掉過多少受害者啊？」

范統忍不住起了好奇心。本來他是想說「好運的傢伙」，但被顛倒成受害者了，只是，顛倒過後的這個詞彙，月退可能很同意。

「沒有很多，嗯。通常是未遂，因為一半我就醒了。」

「喔——」

范統有種下次也叫她起床看看的念頭，不過，得先確認硃砂那個時候是男性體還是女性體。

要是被男性體壓倒，那可就一點也不愉快了，足以列為惡夢般的經驗吧。

「讓我下床再聊天好不好？」

月退現在的處境依舊尷尬，因為硃砂還是壓在他身上，讓他無法動彈。

不過，硃砂嘟了嘟嘴，好像不太高興。

「你好像受到很大的驚嚇的樣子……我有哪裡讓你不滿意嗎？身材不好？魅力不足？」

在床上討論這個，讓人不得不說，硃砂似乎很缺乏少女的矜持心，搞不好月退的矜持程度還比她高。

「不是這個問題！這種事情、這種事情，本來就——」

面對目光不善持續逼近的硃砂，月退俊美的臉孔已經緊張到接近扭曲，幸好，硃砂終於注意到了時間。

「啊——上課要遲到了！」

說著，她立即一溜煙衝進了浴室梳洗，心臟差點停掉的月退，這才有一種得救了的感覺。

以這樣的序曲作為今天的開始，對月退而言，這可能是多災多難的一天吧。

「范統，你居然不救我……」

一起走去上學的路上，月退以十分哀怨委屈的口吻對范統這麼說，似乎對剛才發生的事情依然十分介意。

你怎麼可以這麼說呢，我是為了你好。而且……你要我去阻止硃砂？你是讓我找死嗎？

「感情的事情自己面對。」

范統想是那麼想，但說出來的還是比較正經的話。而且難得的沒被詛咒扭曲，他覺得很欣慰。

雖然他暗自覺得，那可能也不算是感情的事情，似乎跳過了很多必經步驟，直接抵達肉慾的階段……不過，推回去還是可以勉強歸類於感情的事情，所以這麼說應該沒有問題。

「我、我根本不知道該怎麼解決……」

月退那副無措的樣子，看起來真的讓人有種很想幫助他的感覺，但是，范統例外。

喂。我生前經營的是鐵口直斷店，不是什麼戀愛諮詢啦！就算我有擴增事業範圍，兼營姻緣紅線的野心，但那也還沒有開始啊！可惡，我自己都沒談過什麼戀愛，為什麼要幫別人解決感情的問題啊——

「你不喜歡硃砂嗎？你不能接受她嗎？」

「我不知道……」

月退搖了搖頭，嘆了口氣。

「怎麼不知道啊？不喜歡還是喜歡，除了你自己，還有誰知道？」

范統覺得這應該是很明確的事情，就好像他喜歡月退，不喜歡米重。但月退顯然覺得複雜許多。

「怎麼樣……才算是喜歡一個人呢？」

當月退用問句來回答他的問題時，范統看見那雙天空藍的眼睛裡，充滿了迷茫。

「硃砂為什麼會喜歡我？她到底喜歡我什麼地方？她……又了解我多少呢？」

在他提出這些問題時，是真的帶著茫然與沉重的。

雖然范統很想跟他說，不必想那麼多，她就是喜歡你的臉跟實力而已，你也可以只喜歡她的美貌，放開心胸接受她吧——

但現在的氣氛，他實在有點說不出口。

「我一直覺得……喜歡一個人，不是一件突然或隨便的事。這種感覺是需要時間的沉積來明白的……」

他說著說著，彷彿陷入了自己的思緒，而他面上的神情，也不像是在訴說喜歡這種情緒。因為說著這些話的他，身上流露出了一股哀傷的氣息。

范統覺得自己很難適應這樣的氣氛。

好吧，我知道了，所以你都是以結婚為前提來考慮交往的嗎？你真是個認真嚴肅又嚴謹的人，一點也不像是年輕人。噢……應該說，一點也不像是我那個世界的年輕人。

「你沒有喜歡過人？」

從剛剛開始，詛咒就一直在能啦不能啦，喜歡啦不喜歡啦上頭跟范統作對，幸好問出來還是差不多。

「我有。」

月退沉靜地回答，接著如同回憶起了過去，而幽幽說了起來。

「我曾經很喜歡一個人。曾經。」

他沒有做過多的描述，去說明那種喜歡的心情，也許是因為已經成為過去式了。

「只可惜，他應該不喜歡我吧。」

范統覺得這個時候好像不應該多嘴，可是他還是忍不住想再問一句。

「你怎麼知道他不喜歡你？」

月退停頓了一下，微微張開了嘴，而他的神情則在呆滯了好幾秒後終於有了變化。

那是一個讓人說不出是什麼感覺，也許只能用毛骨悚然來形容的微笑。

「他不喜歡我啊，所以，他才會殺了我，對吧？」

范統的腦袋一瞬間出現了一大片的空白。

那個瞬間襲上腦袋的冰冷涼意，讓他失去了反應的能力。

要說他不太能了解為什麼上一秒這個走在他身邊，還看起來無害而脆弱的少年，會突然帶給他如此恐怖的感覺——似乎也不盡然。畢竟這牽扯到了他的死亡，那也許是他一生中最痛苦的事……

可是，這突然讓周圍的氣場彷彿都隨之冷卻的殺意，真的第一次讓他知道，憎恨是可以如此實質化的東西。

如果我現在下跪道歉，說我問錯問題了，還來得及嗎？

人果然不能有太多的好奇心啊——好奇心不只可以殺死一隻貓，也可以殺掉一個口無遮攔的笨蛋啊——我抽籤抽到笨蛋果然是有道理的嗎？但是，月退你可以不回答啊！你為什麼要回答呀——

當范統從那恐怖的感覺中回神過來時，他才發現月退已經不在身邊了。

大概是在他呆滯時先走的，而他根本沒有發覺。
這種時候其實也不知道該講什麼，各自一個人靜一靜，應該也是好的吧。

❀

趕到符咒軒的教室時，月退已經坐在裡面了。
還好，至少人沒有不見，還是來上學了。范統鬆了一口氣。
他坐到了月退旁邊的位子，正想說點什麼，又一面擔心會說錯話的時候，忽然有另外一個聲音介入了。
「嗯……那個……不好意思……」
突然冒出來的聲音，屬於一個害羞的女生，由於人站在自己的位子前，月退抬起了頭，范統也帶了點不解，不曉得事情是怎麼回事。
該不會連在教室裡也有人要提出決鬥吧？月退他現在心情很差，別來找死啊，就算妳是女生，他搞不好一樣會辣手摧花耶？
「能、能請你收下這個嗎？」
這個時候，女學生鼓足了勇氣，雙手拿著一個包裝過的盒子遞向月退，月退遲疑了一下，依然沒反應過來。

「這是……？」

「這、這是禮物！」

月退眨了眨眼，最後終於將「為什麼要給我」這個問題吞進了肚子裡，然後將盒子接了過來。

「謝謝。」

女學生在看他收下禮物後，連話都不敢多說一句，便紅著臉跑走了，在她回到她的同伴那裡後，從那邊還傳來一些類似「他收了耶」、「妳怎麼不多跟他說幾句話」、「他沒有拒絕，那我明天也要送」之類的話，非常不明。

噢……現在是怎麼樣？愛慕的禮物出現了？應該真的是愛慕的禮物沒錯吧？不會打開來是惡作劇吧？

月退在收下了這讓他感到棘手的東西後，明顯又開始不知道該怎麼辦了，他就這樣死盯著禮物盯了很久，才終於決定轉向范統。

咳嗯！月退！慢著！你想要做什麼！難道你想學音侍大人那愚蠢的例子，把女孩子送的東西當場轉送給自己的朋友嗎？

范統一時之間恐慌了起來，畢竟他一點也不想成為一片痴心的女孩子怨恨的對象。

但事實證明是他想太多了，月退只是想問他怎麼處理而已。

「范統，這個……該怎麼辦？這是什麼？她為什麼要送我？」

你真的沒有感受到這是愛的禮物嗎？你沒收過硃砂的禮物？……嗯，拿硃砂來舉例是我的錯，硃砂太極端了，她要是送禮物，搞不好是一個熱吻之類的。

「回去再看。」

我本來是想說回去再說的……算了，也差不多啦。

因為被這個禮物突襲的關係，月退看起來是恢復平常那副無害的樣子了，這也算是一件好事，至少范統如此認為。

拿起毛筆看起來一樣笨拙，寫出來的字還是不太端正，墨汁一樣會不小心噴到紙上……這才是他認識的月退。偶爾在月退變成那種他不認識的樣子時，他真的會不知道該怎麼辦才好。

但，不想去認識他的另一面，就希望他一直維持這個樣子，也是一種自私的想法吧。

除非他們只是泛泛之交，沒有必要干涉對方過多的事情。

而范統覺得，他們之間應該是……關係更重要一點的朋友。

如果是朋友，那麼，遲早有一天還是要面對那些問題的。

回到宿舍後，首先要處理的就是那個禮物。

禮物拆開來之後很單純，就是一盒手工的點心跟一張帶有香氣的卡片，卡片上只有幾句含蓄羞澀的話語，以月退的東方城文字程度勉強看得懂，而在看完卡片後，月退再遲鈍再沒經驗，也大概知道是怎麼回事了。

「這是……表示對我的好感嗎？」

太好了！你還有救！你還沒有到音侍大人那種可悲的境界啊！

范統稍微瞥了一眼卡片，大概就是請月退比賽加油，這盒點心是她的一點心意之類的，東方城的女孩子表達起來果然不像西方人那麼開放，明明就是想告白還這樣遮遮掩掩的臉皮薄，也難怪大家傾慕音侍傾慕了半天，最後到手的居然是從西方城冒出來的璧柔。

「不是。」

「不是嗎？」

月退有點錯愕。

……我要說是，但是被顛倒了啦。

「不是，我是說，我想她應該是討厭你沒錯……」

別鬧啦！誰會做手製的點心給討厭的人啊！除非裡面有下毒！

「東方城……送禮是送給討厭的人嗎？」

月退用一張不知該說是恍然大悟還是覺得很訝異的臉這麼問，顯然，他正在誤解東方城的習俗，如果還打算入境隨俗就更糟糕了。

「是！不是！喔喔喔喔——」

范統因為努力想否定自己先前說過的話，但是並不成功，而苦惱地抱頭。

總之，在一連串艱辛困苦比手畫腳的溝通後，他總算讓月退明白了之前是他說錯話，不過，禮物的問題還是要處理。

「怎麼辦……吃掉嗎？要回禮嗎？」

在禮貌上，月退似乎很在意，可是回送禮物好像就給了對方希望似的，更重要的是……他根本沒記住那個女孩長什麼樣子。

食物當然是要吃掉的，雖然這些點心也無法當作正餐填飽肚子，但至少比公家糧食好吃得多，范統當然是投吃掉一票，月退自己一個人一定吃不完，那麼他就可以分一些了。

反正都已經拿回宿舍了，就算他吃了一部分，也不怕被送禮的人知道遭人怨恨，他可是算盤都打好了。

「我回來了……那是什麼？」

硃砂一進門，就看到他們捧著一盒東西在研究，自然要問一下。

「今天有人送我的禮物……」

月退老實地回答後，范統覺得硃砂的眼神一瞬間變得有點險惡，不過，只有一秒的時間，他也不確定自己是不是看錯了。

呃，你不問問是誰送的嗎？如果是個普通的男同學送的，你可就白吃醋了……不對，對你來說，男生還是女生送的，根本都一樣。

「硃砂，一起來吃吧。」

月退毫無芥蒂地邀請他一起分食，態度十分友善。

「嗯。」

硃砂沒有多說什麼，便坐下來一起吃了。但范統總覺得，這是暴風雨前的寧靜。

❀

說是暴風雨前的寧靜，實在不知道有沒有說對。

那天的禮物只是個開始，接下來幾天，月退又分別在路上、學苑裡收到了來自不同女孩子所送的禮物或信件，這些女人簡直不知道是突然從哪裡冒出來的，以前根本沒有這種事情。

根據范統的推測，這可能是比武大會的關係。月退的外表本來就很搶眼，只是，普通時候走在路上，就算看到了也不容易打聽，但成為比賽選手後就有資料可查了，而且月退展現出來的實力也確實足以讓女孩子心動，於是那些本來就在注意跟本來沒注意到月退的少女們紛紛開始了行動，這樣推測還挺合理的。

他們現在還只比到中下階段，觀賽的人還不是很多，如果繼續下去可能知名度會更高吧，搞不好現場還會組成奇怪的加油啦啦隊之類的……

月退因為不知道該怎麼拒絕別人——尤其是那種滿心期盼著禮物能被收下的眼神——所以人家送的東西，他最後只好通通都收了，坦白說，要應付這些女生實在讓他感到頭大，導致他現在只要非必要，都不太想出門。

「你最近還真受歡迎。」

當硃砂用一種不是滋味的語氣這麼跟月退說話時，范統就覺得有好戲看了。

「我也有點困擾。」

月退沒什麼心機地回答，硃砂則認真地提出建議。

「那麼，我們把那些擾人的蒼蠅趕跑怎麼樣？」

居然說女孩子是蒼蠅，你對情敵還真是嘴下不留情……

「趕跑？」

月退顯然是想到暴力方面去了，臉色頓時有點難看。

「我可以變成女性體跟你出去，如果有人再送東西，我就替你拒絕。」

哦？偽裝成有女朋友的假象，好讓那些女人自己識相閃邊嗎？

不過，不是我在說，如果想有效趕跑蒼蠅，你直接用男性相貌跟月退打情罵俏應該更有效果，你沒看綾侍大人一貼，音侍大人的追求者就通通閃光光？

但她們到底是因為看見音侍大人與男人狀似親密才大受打擊，還是因為綾侍大人的美貌讓她們自慚形穢，這我就不曉得了。而且，要月退跟你打情罵俏，我看還是有很大的難度。

「咦，是這樣嗎？但為什麼要特地變成女性體？」

月退還是有點不開竅，硃砂也就乾脆講明了。

「當然是讓她們知難而退。要比三圍還是什麼都行，看她們有什麼本事。」

「三……」

月退因為他話語中的某個詞，當場又頭皮發麻，呈現腦袋不能運轉的狀態。

嗯，你都被緊貼著親密接觸過了，其實你也大概知道三圍多少了吧？總覺得是個很令人流口水的數字。

「也不用這樣吧，這樣太麻煩你了……」

在月退把接下來那一句「我們又沒什麼特別的關係」說出來之前，硃砂就打斷了他的話。

「下次比賽我就用女性體上場吧，就這麼決定了。」

你高興就好、你高興就好。

「硃砂，我有個問題想問你。」

眼見硃砂已經下定決心，月退也不再勸阻了，而是將話題帶到了別的地方。

「按照你的說法，雙性體是你原本世界就有的特徵，那你質變的能力到底是什麼？」

很久以前聊天的時候，硃砂曾經說過自己有質變的狀況，但沒有提到是什麼效果，現在大家比較熟了，所以月退便重新問了這個問題。

「我真高興你對我的事情有興趣。」

硃砂對月退一笑，月退馬上又不太自在地抖了一下。

畢竟現在硃砂還是男性面貌，這種話聽了果然還是會不太舒服吧……？

「可能是跟死前的執念有關，我質變後得到的能力，是可以使用我原本世界的一些特殊技術，例如瞬間挪移。照理說，這個世界沒有我那個世界的一些必備元素介質，有些東西是不可能用的，但因為質變的關係，我可以模擬出來，但一天能使用的次數很有限，效果也大打折扣。」

硃砂肯這麼清楚地跟他們說明，應該是把他們當成自己人了，也就是說，他應該也認可范統了，這讓范統不曉得該不該高興。

瞬間挪移？就是使用過後上半身跟下半身會分家的那個？造成你死亡的那玩意兒？這……聽起來很不安全吧？你會不會把這招封印，以後不要再用比較好？大打折扣的意思是，本來上半身跟下半身分開了一百公尺，現在只剩下三公尺，所以還可以慢慢爬過去若無其事地接上嗎？不是這麼說的吧？

不過畢竟在這裡可以重生，如果你不怕支付那一百串錢的軀殼費，你可以多多使用沒有關係……

「是這樣啊……」

月退點了點頭，表示明白，他大概也只是因為好奇才發問的。

「明天就有比賽了，真期待。」

硃砂的期待，顯然是在期待那些「蒼蠅」的臉色吧。

「月退，我可以勾著你的手上台嗎？」

「不可以！」

月退似乎依然十分純情跟矜持，當下絲毫不考慮，想也不想就拒絕了，而硃砂雖然擺出了一副「真沒趣」的表情，卻也沒糾纏下去，這反而讓范統覺得更恐怖。

你真的要小心啊，月退，不要到時候被啃得連骨頭都不剩……

❀

隔天，硃砂還真的如他所說，以女性的面貌出席比賽，這也讓大家議論紛紛。

「報名的隊伍填的是哪三個人，就是哪三個人，不能中途換人的。」

現場的負責人為難地看著他們，他們也回以為難的表情。

「呃……我們並沒有中途換人。」

「什麼？但你們的另一個同伴明明是男的……」

「是他本人沒錯。」

對方顯然被他們搞糊塗了，整個充滿了疑惑。不過，要確定是不是本人也很簡單，身上新生居民的印記驗一下就是了，不過，在驗出來這的確是硃砂的印記後，對方就更不解了。

「咦？真的是本人？可是……他到底是男的還是女的啊？」

我可以理解你的心情，想當初我也無法接受，要不是他直接變身給我看，整個就是鐵證如山，我也不會相信世界上還有這種事啊。

「反正確定是本人就好了，管這麼多做什麼？」

硃砂不悅地以她現在嬌滴滴的聲音這麼回答，那名男性頓時口拙了起來，便沒再追究下去了。今天以女性體露臉的她，穿的衣服依然是緊身類的，布料不多又貼合身材，近距離對視實在很容易讓男人心猿意馬，至少在范統身上已經實驗成功過了，現在場邊的男人也差不多都中了招。

范統暗暗覺得，搞不好今天過後，追求硃砂的男人也會多起來……在不知道其實她隨時會變成男人的情況下。

「月退——」

搞定了負責人之後，硃砂便用一種撒嬌似的語氣轉向月退。

「做、做什麼？」

正要踏上擂台的月退立即僵直，神色也變得很不自然。

「比賽之前，擁吻一下吧？會帶來幸運的。」

噗！

范統差點吞口水嗆到。

「就算不那麼做比賽也會贏的！」

月退一臉就是「妳就算殺了我我也做不到」的樣子，不過，硃砂今天似乎還不想就這樣放過他。

「可是我覺得沒有這麼做心裡不安嘛！來嘛……」

硃砂說著，眼明手快地勾住月退的脖子，人就要貼上去。

「不！絕對會贏的！我用我的名譽發誓！」

月退臉色大變地推開她，不過又推到了不該推的地方，一下子他的臉色就從白轉紅，變化可謂快速無比。

硃砂，妳再這樣下去，他恐怕連祖宗牌位都要拿出來發誓了。

這場的對手恐怕會被秒殺吧，嗯。

雖然這只是范統的猜測，但要是他知道之前月退第一次在樹上被變成女生的硃砂嚇到，就在腦袋一片空白的情況下把樹下騷動的野獸全都宰了的事情，大概就能更肯定這個猜測了。

「可以開始比賽了嗎？」

自己一個人上了台，不敢再面對硃砂的月退，慌張地朝司儀問出這個問題。

「你的隊友還沒上台……」

團體賽的對手已經三個站在台上了沒錯，不過范統跟硃砂可還沒有上來。

「沒有關係，我一個人就可以了！」

月退，你真的太緊張了。硃砂有這麼可怕嗎？我不這麼覺得啊。

「居然敢藐視我們！」

這種一對三的要求激怒了對手甲乙丙，瞧他們怒氣沖沖的樣子，大概也恨不得比賽早點開始，好讓他們教訓一下這個不長眼睛的傢伙吧。

但是，月退可是個不看對方都可以跟金線二紋的魔法劍衛對打的常理外存在，你們被藐視也是理所當然的啦。

「噢，如果你覺得這樣沒有關係的話……」

司儀很善解人意地宣布了比賽開始，然後情況就如范統所料——月退以可怕的高速在台上留下殘影後，可憐的對手甲乙丙便整齊劃一地倒地，只差沒吐血而已。

我說月退啊，人家好歹也是三個深藍色流蘇，你這樣一次秒掉三個人，不會太張揚嗎？還是隱藏一下實力比較好吧？

裁判做出勝利的判決後，月退就下了台，為了逃掉擁吻，他還真是賣力，這也使得硃砂嘟著嘴瞥了他一眼。

「你就這麼不想跟我親近嗎？」

我想，對他來說，自身個性跟大庭廣眾之下可能都是個障礙吧。

「妳……妳才是為什麼一直要親近我吧？」

月退總算被逼出了一句真心話，要不是神經太過緊繃，他可能也會因為這話有點失禮就不說了吧。

「我不是說過了嗎，我喜歡你啊。」

砵砂一點也不害羞地又告白了一次，這種類似的衝擊再多一點的話，大概又可以成功讓月退的大腦停止運轉了。

「你真的不考慮嗎？一點也不考慮嗎？不嘗試看看就要拒絕我嗎？」

小姐，妳到底是要他嚐些什麼、啊不，我是說，嘗試些什麼啊？

「……我再考慮看看。」

大概是無法就這麼斬釘截鐵直接拒絕，月退給的答案有點曖昧不明，也不知道他心裡是怎麼想的。

那個啊，你是真的也有那麼一點意思嗎？如果沒有還是趁早拒絕比較好，我覺得砵砂是分手後會潑你硫酸的那種人。

嗯……我覺得詛咒我的那個阿姨，咳，小姐，應該也跟她是同種人。

「月退！咦，你們比賽已經結束了啊？我本來想來看比賽的耶。」

范統本還以為，有砵砂在這裡，應該沒有女孩子敢上前搭訕了，沒想到人群中還是走過來了一個……原來是早就認識的璧柔。

「嗯，已經結束了。」

月退在面對璧柔的時候，神色就轉為冷淡了，到現在范統還是不曉得他這種冷淡的原因是什麼。

「真可惜，我也不過晚了幾分鐘出門嘛……咦？這位是？」

看到跟范統還有月退站在一起的硃砂，璧柔露出了幾分好奇的神色，因為她從來沒看過女性體的硃砂，對她來說，這就是個從來沒見過的女孩子而已。

月退看向硃砂，一時也不知道該怎麼介紹，就在他猶豫的這幾秒間，硃砂已經笑著抱上他的手臂。

「我們是睡同一張床的關係。」

噗！咳咳咳咳！

范統再度差點被自己的口水嗆死，他到今天才知道，原來自己的口水是這麼危險的東西。

明明是上中下鋪吧！說起來的確是同一張床，可是差很多啊！咦，還剛好他在上面妳在下面……這麼說來我在最上面……不，我到底在想什麼啊？

「耶？」

璧柔傻了一下，有點懷疑自己到底聽到了什麼，月退也呆滯了一下，但他呆滯的原因是，這句話好像也沒有哪裡不對，實在不知道從何反駁起。

「你們……是情侶？」

「我……」

「他還在考慮，試用中。」

月退還沒回答，硃砂又搶先幫他答了。

試用？剛才的對話不是這麼解釋的吧？有這麼新潮嗎？

「是、是這樣嗎？啊，你們比賽贏了吧？恭喜。既然比賽結束了，那我就回去了，下次有機會再來幫你們加油。」

大概是察覺到氣氛有點尷尬跟詭異，璧柔就決定先迴避了。

「——」

看著璧柔離去的背影，月退似乎有什麼話想說，但最後還是沒發出聲音。

結果就是，那天他沮喪了一整天。硃砂看他那副沮喪的樣子，也覺得很不高興。

要說他跟璧柔沒什麼，范統是絕對不信的。不過，璧柔都跟音侍好成那樣了，范統覺得，月退可能還是早早放棄比較好吧。

❀

正所謂，物極必反……其實也不這麼說的。總之，在送禮物風潮之後，因為昨天硃砂主導的好戲，緊接著上演的，就是心碎砸雞蛋風潮。

倒也沒有人真的砸雞蛋，但是，砸花或者砸編到一半的圍巾的還真的有。

統一大致的狀況，大概就是先前送過禮物或卡片的女孩子，又再跑到月退面前來，用「你既然都有對象了，為什麼還要收我的東西戲弄我的感情」當開頭，越說越難過，看月退也百口莫辯之後，就將正在準備還沒完成的下次的禮物往月退身上一丟，然後哭著跑走。

之前送過禮物的有多少個，哭著來砸花砸圍巾砸蛋糕的就有多少個，女人果然是很難搞也很難了解的生物，范統在旁邊看了也有點搖頭，但這還是沒有打消他希望有個女朋友的心願。

「范統，我好累。」

月退趴在桌子上，神情疲憊地這麼跟他說。

嗯，應該的，我用看的都覺得累。

「你之前有算嗎？大概還會來幾個……」

沒有耶，別人的女人我沒有興趣。

不過這樣，以後你就只有硃砂了，該說這樣也比較單純嗎？

「我真的覺得好累喔……」

連上課的老師都有點看不過去，還特地跟月退說「感情的問題要好好處理」，他身心的疲倦可想而知。

「覺得累了就請假，休息休息，我覺得這樣很糟糕。」

我是說，我覺得這樣也不錯……

「我還是會來上學，即使大家看我的眼光都很奇怪。」

是嗎，你真堅強。

「至少范統你知道我不是那種玩弄人家感情的人，還好還有你，只要你了解就好了……」

……月退，你突然說出這種話又是怎麼了？讓人很害羞耶。

「范統……女人好恐怖……」

我覺得，跟硃砂比起來，她們其實也還好。嗯，雖然我能理解你的心情，但是也不要因此想向我尋求安慰，我不希望那些女人砸蛋糕的對象變成我。

因為這莫名其妙的示好與後續的反感浪潮，月退暫時處於一種對異性感到不敢接觸的階段。

不過浪潮還真的是一陣一陣的東西，有看到心上人有對象就心碎退出的純情小女生，也有認為心上人有對象自己未必沒有機會的積極女孩子，於是，示好的女孩子還是陸陸續續地出現，這也讓月退成天看起來都像是很想把自己埋了的樣子。

「音侍大人的追求者應該不多，你搞不好可以向他請教一下意見。」

范統在說這話的時候也覺得自己是睜眼說瞎話。音侍的例子如果可以拿來用，那放了三個月的公家糧食也可以吃了，總而言之那絕對不會是什麼正常的處理方法，光聽綾侍舉的例就可以窺知一二。

「說得有道理，我問問看。」

說得有道理？哪裡有道理？

所謂的病急亂投醫差不多就是這樣，要聯絡上音侍也不難，直接用符咒通訊器就好了。

『啊，女孩子？嗯？的確常常有女孩子找我說話，但是那又怎麼了嗎？』

因為打開符咒通訊器時，就發現音侍有開團訊，所以月退就直接用團訊問了，范統也聽得到。

音侍大人，您從來沒搞懂那些女孩子是在表示對您的愛慕嗎？

「我不知道該怎麼應付……」

『啊，不就是聊天嗎？有什麼困難的？』

『她問你喜不喜歡她上次送的圍巾，你回答她虛空二區的魔獸長得很可愛，這樣也能叫聊天嗎？』

綾侍的聲音加入了談話，還是一樣涼涼的語氣。

『綾侍你……！小月難得求教於我耶！你不要礙事啦！』

就某方面來說，我覺得有綾侍大人的插話比較好啊，月退問您根本是問錯人了，雖然是我提的餿主意。

「呃……音侍大人收到的禮物，都是怎麼處理的呢？」

『嗯？沒有興趣的通通給綾侍。他會處理。』

「……那，她們問起禮物的相關事情的時候……」

『啊，叫她們去問綾侍，是他處理的。』

「……」

月退沉默了。這好像比跟她們扯魔獸的話題更糟糕。

音侍大人，您這是又狠又乾脆地讓人家死心吧？而且您自己還沒有自覺……

喂，月退你看我做什麼，我是不會幫你處理的！

「請問，綾侍大人，您都怎麼處理的……」

月退關心起了那些女孩子的心意的下落，綾侍則回答得很妙不可言。

『這是祕密。如果有女孩子真的來問我，我才會告訴她。你如果想知道，可以送個禮物給音，然後再來問我禮物的下落。』

我覺得那些禮物多半不會有什麼好下場。啊，這麼說來，上次過年，音侍大人收到了綾侍大人的禮物，似乎也是沒有用的東西，那豈不是又把禮物退回給綾侍大人處理了？

『綾侍每個月都收到很多我的禮物喔。』

『是啊，但沒有一個是你送的。』

是「別人送『我的禮物』」就是了……

「音侍大人……不會覺得困擾嗎？」

對於音侍那副樂天開朗的語氣，月退很不能理解，比起來，他簡直墜入了苦惱的深淵。

『啊，怎麼會，可以跟可愛的女孩子說話很開心啊。』

『哼，很開心嘛。』

這個時候又冒出了另一個聲音——璧柔不知道已經偷偷聽多久了。

『啊！小柔！』

音侍驚呼了一聲，看樣子他隨心所欲的發言大概要遭到報應了。

范統則只暗暗覺得，有音侍在的地方就有綾侍，然後，有音侍跟綾侍在的地方也會有璧柔。

你們三個怎麼老是湊在一起啊？這麼巧？

『小柔！就算在跟那些女孩子聊天，我心裡還是想著妳的！』

音侍大人，我覺得這不太可能。

『嗯——我也去找一些男孩子聊天好了，放心，我心裡也是會想著你的。』

『啊！不要啊！』

看來問題是問不下去了，月退口頭上道謝後，就關閉了符咒通訊器。

「好像沒有得到任何幫助……」

「不會啊，音侍大人都把禮物交給綾侍大人處理，那你都交給硃砂處理就好了嘛？」

「都交給硃砂處理？這樣很奇怪吧！」

那音侍大人都交給綾侍大人處理，你就不覺得很奇怪嗎……

❀

月退的災難依然持續著。

老天爺彷彿嫌現狀對這個可憐的少年打擊還不夠，打算再給他一點刺激，這天忽然發生了一件事——東方城貼出了公告，因為施工的關係，宿舍停水三天。
一天不洗澡都會覺得怪怪的了，更何況是三天，為了洗澡的問題，四四四號房的三個人只好再拿起符咒通訊器，求教於對東方城比較熟悉的人。
『啊，洗澡？有公共澡堂啊，本來是要收費的，因為設備還不錯，可是因為這三天停水的關係，學生可以免費使用唷。』
音侍難得有派得上用場的時候。
『每次我找綾侍去他都不去。我好想實驗看看，澡堂的男人們是會理想幻滅清醒過來，還是會集體噴血把澡堂染成紅色……』
『這一點也不有趣。神王殿好好的，去公共澡堂找自己麻煩做什麼？』
沒錯。我一點也不想看到澡堂被染成紅色的畫面。那是什麼可怕的世界啊……
『你可以找小柔去啊，說不定她會答應跟你去。』
『啊！不行！男人怎麼可以跟女人一起泡澡呢！』
……好像有哪裡怪怪的？該說您謹守禮法，還是觀念有點問題呢？
而月退的災難，就是在問到了公共澡堂的位置後開始的。
得知有這個地方之後，硃砂便非常自然地笑著轉向了月退。
「月退，一起去公共澡堂洗澡吧。」
一時之間，范統還真是很難以形容月退那不知該說是晴天霹靂還是天崩地裂的神情。

「……為什麼？」

月退從來不知道開口說話有這麼艱難。

嗯……我很認真地覺得，他……應該說是「她」想看看你的身材。不是說想多多了解嗎？我覺得硃砂對身體上的了解很感興趣的樣子。

不過講出來的話你應該會破窗而出再也不回來。

「我們同寢室，一起行動也方便啊。」

硃砂說得好像很理所當然的樣子，月退則看向了別的方向嘀咕著。

「我可以拒絕嗎……」

范統依然可以體會月退的心情。

任何人洗澡的時候，都不會想被人用有色的眼光看來看去吧，那簡直是視……咳，視覺侵犯，一個不好還會在心裡留下創傷呢。

說真的，硃砂你也不必這麼想看吧，月退他就是個男的，皮膚是黑是白，衣服底下也不會有多大的差別，他沒有六塊腹肌也沒有二頭肌，身上沒有刺青也沒有紋身，真的沒什麼好看的啊。

上次去打撈的時候瞥過一眼……噢，嚴格來說，那個時候算是有紋身……不過那應該叫做傷痕。

「月退，你好像還欠我三個要求……」

硃砂淡淡這麼說的時候，月退的臉色就猶如被人戳中了死穴一般慘白。

「決定了，今天就用掉一個，我們一起去澡堂洗澡吧。」

咦？這……追根究柢，好像變成是我害的？

「走吧，現在沒事吧？正好可以去。」

硃砂說著就開始收衣服，也催促著月退準備洗澡用具，月退則在呆滯地收完衣服後，神情淒慘地看著范統。

「范統……」

好啦好啦！我知道了啦！我也一起去，可以了吧！不要用那種求救的眼光看我，要是真的發生什麼事我也救不了你！

「范統也要一起去啊？」

看范統自認倒楣地開始收衣服，硃砂挑了挑眉，問了一句。

「大家同寢室的，一起行動比較方便。」

月退強笑著用剛剛硃砂才說過的話來回答他，硃砂也就沒說什麼了，大概是覺得，多一個范統也沒什麼差別吧。

沒有人穿著衣服洗澡的，如果是游泳也就算了，洗澡就是該脫光，不管心裡對公共澡堂還是身邊那個不知該說是男是女的同伴有什麼障礙，衣服還是得脫掉的。

范統捏了捏自己的手臂，覺得自己最近好像瘦了些。多半是公家糧食太難吃，降低了他的食慾，導致他營養不良的關係，不過，養不出贅肉也是個好處就是了。

公共澡堂的設施確實還不錯。除了淋浴的設備，還有泡澡的浴池。整個空間算是挺寬闊的，似乎也有人數管制。

以范統的標準來看，會覺得還少了點三溫暖蒸氣浴之類的設備，不過，東方城可能還沒有烤箱的科技水準，這是世界文化差異性問題，沒有辦法。

月退正坐在旁邊的位子抹肥皂，硃砂則在他隔壁沖洗著。

因為上次的事情，范統不由得多看了月退幾眼。

啊，那些傷痕真的完全消失了。真是太好了。

「范統，你一直看我做什麼？」

月退注意到了他的目光，因而產生了些許疑惑。

「呃……」

根據以往的經驗，只要觸及跟月退死亡原因有關的話題，就會有很恐怖的後果，范統自然不敢老實說是在研究他之前身上意外出現的死前傷痕消失了沒。

「我在想，找人幫忙擦胸。」

「擦胸？」

「沒關係，我是說擦背。」

我真的受夠這個詛咒了——它讓我的人生變得很尷尬！真的很尷尬！這世界上哪有人請人幫自己擦胸的！又不是調情或者吃人豆腐！

「啊……需要嗎？」

月退一向不吝於幫點小忙，擦背也不是什麼難事。

范統都還沒回答，硃砂在一旁聽了就湊過來了。

「擦背？月退，我也要——」

最近，男性體的硃砂講話有點跟女性體綜合起來了的感覺。月退聽了他的要求，則是臉部又抽了一下。

「你的話，還是免了吧。」

「為什麼？差別待遇？」

「你剛剛不是已經自己洗完了嗎……」

「原來你都有注意啊？那，我幫你擦背吧。」

「我想我不需要，謝謝……」

范統在想，繼續這樣搞下去，月退搞不好會精神耗弱。

女人露出虎視眈眈的一面都已經讓月退很害怕了，更何況是男人……嗯……這真是複雜。

擦背進行得很正常順利。月退沒有把揉飯糰的手勁用在他身上，這點讓范統暗自慶幸。如果那種事情真的發生了，他大概會變成史上第一個被人擦背就斷了脊椎的人，上這種榜一點也不值得高興。

「洗好了就回去吧……」

「難得有這麼大的澡池在眼前，你們難道都不想泡一下？」

硃砂一臉就是想泡的樣子。范統覺得泡一下也沒什麼不可以。月退則是依然不知道該怎麼回答。

裸體無論做什麼事情都很沒有安全感，如果可以，月退還是想早點穿上衣服回去，可是自己一個人先走好像又不太好，最後，他還是跟他們一起進浴池去了。

啊──還真是有一點在泡溫泉的錯覺呢，感覺不賴。

把整個身體浸泡在水中的范統，覺得泡澡還是挺舒服的。雖說如果可以，還是獨立的池子自己泡最好，不過有總比沒有強，有得泡就不錯了。

這樣一想，宿舍停水還真是一件好事呢。

「……」

月退把半張臉都埋進水裡了，似乎因為水溫而泡得有點茫然失神的感覺，白皙的皮膚也因為熱水的溫度，微微泛紅了起來。

美少年果然怎麼看都是美少年。

待在這麼大的水池泡澡，這算是第一次。如果從東方城水池重生那些不算的話。

很多人、大水池，范統直接想到的就是游泳池。雖然他有個奇怪的老爸，但他還是有童年的，不過他只記得小時候去游泳池常常做些蠢事，像是打水抽筋、水下猜拳看到對方的臉忍不住笑出來所以嗆到、矯正了很久自由式才改掉同手同腳的習慣等，他覺得，早知道那時候游泳還是該學好的，搞到現在要為了這不嫻熟的泳技跟死神搏鬥，還真是不划算到了極點。

「月退……」

「這裡是男澡堂，你不可以在這裡變成女生。」

硃砂什麼都還沒說，月退就先嚴肅地警告他了。

我看，是你怕刺激太大吧……

「可是，女性體也想泡澡啊。」

硃砂不滿地回嘴。

「你可以明天自己去女澡堂泡。」

「那樣子多麻煩，你們幫我擋一下，我就可以泡了啊。」

咳，你的意思是，要我們轉過身子背對你當人牆，在明知背後有個裸女的情況下也不能轉頭，只能自己想入非非？這太不人道了吧！

「不行，這怎麼可以……」

月退皺起了眉頭才正表達反對的立場，硃砂就打斷了他的話。

「不幫忙就算了，反正我也不怕人看。」

「喂！硃砂！等一下！……」

在月退驚慌地想阻止時，硃砂已經很任性地進行了變身。

喔喔喔喔喔喔！這到底是要看還是轉過身去啊！我這輩子還沒親眼看過真正的女人的裸體，搞不好錯過以後都不會有機會了啊！這難道是人生只有一次的抉擇嗎——理智與感性的衝突——

「范統。」

嗯？咦？我還是下意識轉過去了？這是良知作祟嗎？好吧，硃砂你叫我做什麼，在我轉過去的這幾秒內發生什麼事情啦？現在可以回頭了嗎？

「我們還是回去好了，月退暈倒了。」

什麼？

范統這才轉了回去，硃砂不知道什麼時候又變回男性體了，月退現在正被他扶著，看起來的確昏迷不醒中。

「你做了什麼啊……」

「開個玩笑罷了，沒想到他反應這麼大。」

的確。連尖叫都沒有，就直接暈倒了。你變成女生後應該不只是讓他看到而已吧？

「如果做人工呼吸會不會醒呢……」

不會！他又不是溺水！不要拿人工呼吸當幌子掩飾你想佔他便宜的意圖！

幸好硃砂只是說說，也沒有真的做。把月退抱上岸套上衣服後，范統就跟硃砂一起把他帶回宿舍了。

月退醒來已經是三小時之後的事。事實上范統也希望他早點醒，不然，只有他跟硃砂兩個人面面相覷，實在是很無聊的狀況。

而他醒來之後依然處於驚恐的狀態，確認了一下自己的所在地與衣物之後依然沒有安心下來，讓范統很想拍拍他的肩膀說：放輕鬆，你沒有失身。

但他當然沒有這麼做就是了。萬一詛咒說成「難過吧，你失身了」這種不知道是叫人節哀還是幸災樂禍的話語，那他肯定會被硃砂修理到死。

「月退，你還糟嗎？你在澡堂突然暈倒了。」

月退聽了范統的問話，看了看他，再看了看坐在書桌前，也跟著看了過來的硃砂，停格了半晌後，倒回了床上。

「我再暈一陣子好了……別管我了……」

咦？這算是青少年的憂鬱嗎？我真是越來越不懂你了，月退。相較之下，硃砂還比較好懂，雖然我不想懂。

范統在心裡哀嘆了一聲。這極樂澡堂之行，可是還有兩天呢。

月退，希望你能撐過這個春天，不被女孩子們的熱情淹沒啊。

范統的事後補述

東方城好像沒有什麼春夏秋冬的分法，或者是我沒有聽過。總之，我習慣過完年就是迎接春天，但是，不是人人都發春的那種春天。

我覺得啊，月退的死，越接觸就越覺得心驚。照他的說法，他是被一個他很喜歡的人殺死的，這是什麼狀況啊？難道是告白失敗嗎？難道他的世界是個告白失敗就會被殺的世界嗎？

「我喜歡你」、「抱歉，我不喜歡你，所以請你去死吧」、「呃啊啊啊」……是這樣子的感覺嗎？這也太可怕了吧！這樣誰敢告白啊！

不過，月退雖然不喜歡那些跟他告白的女孩子，也沒有把人家殺掉啊。所以，其實還是我一廂情願誤會了嗎？那對方到底為什麼要殺了他？真的不是情殺？

然後，月退還沒有接受硃砂，對我來說也是一件好事。

我沒有什麼特別的意思……只是因為，他們兩個剛好都是我的室友，萬一他們變成了情侶，又像音侍大人跟璧柔他們那麼超過的話，那我不是一天到晚被閃光閃不完了嗎！

除此之外我還會變成一個超級瓦數的電燈泡，只能抱著我的拖把在角落自生自滅，我不要這種一點也不陽光的悲慘宿舍生活啦！

想我當年念大學的時候，也是因為受不了室友天天打電話跟女朋友肉麻當有趣地聊天，才決定搬出去自己一個人住的，現在難得可以重溫正常的宿舍生活，還是希望不要變質啊。

對啦，我有念過大學啦，有意見喔？我可是念占卜系的，系主任還是我老爸的好朋友呢！也不是每個唸占卜系的學生出來都可以開店做鐵口直斷的生意，也就是說我是很有天分又有成就的高材生，只是你們都看不出來而已。

快點把記憶還我啊！我懷念我卜卦看相消災解厄的能力！沒了這些，我的生活頓時很沒有保障啊！

反正老實把比武大會打完，得到前幾名，流蘇顏色就可以有大幅度的提升了吧？

話說宿舍停水的隔天，我們又去公共澡堂洗澡，這次不知道為什麼就捲入了全澡堂的打水仗，真是有夠幼稚……嗯，有夠青春的。

這種混亂幼稚的局面一向與月退無緣。他不知道是不想玩還是不懂得如何加入，遇到這種事情就自己躲在一邊置身事外，不過在被陌生人干擾泡澡、潑到好幾次水之後他好像也怒了……這個時候我一定要說，千萬不要惹月退生氣。無論是什麼時候，惹月退生氣都是一件很可怕的事情……

人家打水仗要嘛用手潑，要嘛拿瓢子板子潑，我真沒看過像月退這種把水池的水抽了一大半懸到手上變成一個大水球再砸出去的，根本所有的人像被海嘯打到一樣，通通撞牆去了吧，這真的是太誇張了，當然，那之後我們也只能倉皇離開了澡堂。

最後一天的澡堂之旅，異常平靜。可能是月退壓力過大精神緊繃，全身散發出一種讓人不敢靠近的氣息，就連硃砂也不敢招惹他，大概只有我還敢跟他說話，畢竟我已經有點免疫力了。

明天開始就可以恢復正常生活了吧？

不過，對我們來說，究竟什麼是正常的生活，還真是難以說明啊……

✣ 章之七　黑白視界

『這個世界上，每個人都有機會壞掉。』——范統

『啊，好可怕。』——音侍

『你這個從一開始就壞掉的大白痴是在那裡可怕些什麼？』——綾侍

宿舍恢復供水，是一件美好的事。月退覺得有私人的沐浴空間真是太好了，范統也覺得臉沾到墨汁之類的時候，旁邊就有地方可以清洗真是太好了，至於硃砂有沒有覺得什麼太好了，這個他們不是很清楚。

「范統，你說的是真的？」

這陣子，因為范統的逼迫，月退東方城的文字大有進展，毛筆字寫起來也有點樣子了，但范統自己各方面卻沒什麼進步，於是，月退好像想利用空閒時間稍微教他一些武術。

然後，關於月退學字進步了這件事，范統便想用文字跟他解釋一下自己說話的問題，於是，才有了現在月退驚訝問他的這一幕。

「你騙我做什麼？」

這句話的正確翻譯是我騙你做什麼，月退聽了之後顯然還沒反應過來。

「唔，所以這一句是……」

「月退你要懷疑我啊！硃砂他看了我的解釋以後，居然完全相信，覺得我就是個愛說老實話的人，我的自尊肺遭到很小的打擊，如果連你也相信我的話，我簡直不知道該怎麼辦啊！」

好久沒有機會可以隨心所欲說這麼長的話了，好爽，我覺得身心暢快，那種有話不能說的鬱悶感覺好像也紓發出來一些了，只可惜說完以後審視一下自己說的話，還是覺得不堪入耳，自尊肺……唉，虧詛咒想得出來。

「等一下，你到底在說什麼……」

月退的腦袋看起來已經打結了，要去嘗試習慣翻譯范統說的話，實在是很痛苦的事情，尤其裡面真真假假難以分辨，可以完全理解大概已經心靈相通了吧。

「反正一切都是那個大叔的錯啦！我只不過叫她一聲阿姨，有必要這麼高興嗎！」

我是叫一位小姐阿姨，不是叫一位大叔阿姨，謝謝，我還有長眼睛，而且她也沒有很高興，她應該是很生氣才對，這段話如果被她聽見，搞不好要咒我斷子絕孫永世不得超生了。

「……」

月退漂亮的雙眼已經出現失焦的狀況了。多半是腦袋轉不過來，快要宣告陣亡了吧。

「珞侍他也很好心，我從第一天見面就沒有跟他解釋，然後他居然不幫我跟你說，一直在旁邊看我鬧笑話造成誤會，好不容易你終於看不懂字了，不然我要恐怕等到活了也無法讓你理解啊！」

「……等，范統，你等一下……」

月退一手掩面，一手舉到身前制止他繼續說下去，在無法將話語放進腦中翻成正確的句子的情況下，范統再說下去只是對他的精神攻擊而已。

一時之間，范統也有點擔心月退會做出「我可以當作今天沒聽過你解釋，我們以後還是繼續照以前的模式相處就好嗎」之類的提議，那樣的話，他大概會現場石化崩解吧。

「我真的聽不懂你在講什麼，你可以用寫的嗎……」

我們總不能以後都用寫的來溝通吧？而且我寫的你也不是全懂啊！

不過月退既然做出了要求，范統還是做了，因為想說的話很多，又沒有耐性，寫出來的字潦草了點，月退看了頓時更加痛苦。

「范統……不要寫草書……」

這只是行書而已！這不是草書啦！

於是，范統只好用端正標準的楷書字體全部重新再謄一次，月退這才勉強看懂了七八成的意思。

「所以，你真的說話有這樣的問題？」

范統點頭。

「從以前開始……一直都是這樣？」

范統點頭。

「……」

月退一語不發。大概是在回想范統以前到底說過哪些奇怪的話。

「范統，給我一天……不，給我幾天的時間釐清、處理一下思緒，我覺得腦袋快要爆掉了。」

什麼啊，真的讓你這麼困擾嗎，過去的就讓他過去啊，有什麼關係嘛。

「在這之前……你可以先不要跟我講話嗎？」

月退這麼說之後，范統整個人愣住。

絕交！

絕交——！

不，應該說是……冷戰？不對，到底該說是什麼？「我們雙方都該冷靜下來好好思考一下這件事情」這種台詞好像很常見啊？到底是哪一台的連續劇演過的？

不要這樣啊！你就像硃砂那樣不相信我也沒有關係啦！或者你要像珞侍那樣玩弄我也可以，我不介意了！真的！

「以前常常誤解你的意思，實在很抱歉，可是我覺得……以後搞不好還是搞不清楚你的意思，我不知道該怎麼辦才好……」

現在到底是你天崩地裂還是我天崩地裂啊，珞侍他就算搞錯了把我用馭火咒燒掉，也從來沒有跟我道歉的，你這麼客氣做什麼？

「所以，范統，那天……」

月退的神色忽然變得怪怪的。

「那天……你其實是說，你不會陪我回去嗎？」

什麼東西？

哪個那天？

范統自認不是個記性超強的人，這麼模糊的線索配上那麼普通的台詞，要他想起來是哪時候說過的話，也太為難他了。

「你忘記了啊。」

月退看他的表情大概就猜出他不明白他在問什麼了，表情便轉得有點失落。

不要這樣好不好——你這樣讓我覺得我忘記了好像是什麼十惡不赦的事，我應該不是那麼爛的人吧？

「沒關係啦，想不起來就算了，是怎麼樣也無所謂了。」

月退淡淡一笑，那樣的微笑裡實在沒有包含多少開心的情緒。

你不要自暴自棄啊！不能把話說清楚嗎？

「反正，就這幾天讓我先自己想想吧……就這幾天。」

你到底要自己想什麼？總不會因為我嘴巴有問題就嫌棄我，不要我這個朋友了吧？

范統想不通月退是什麼意思，但是，月退說要自己一個人想想，卻也不是隨便說說的。

隔天早上，月退沒有等他就自己去上學了，這種時候，范統就覺得，他還是希望月退不要這樣說到做到啊。

平常總是跟月退一起上學，現在突然間要自己一個人上學，范統還真是亂不習慣的。

安靜地走路，沒有說話的對象。也沒有決鬥的熱鬧可看。當然也不會看到女孩子送禮告白的場景。范統深深體認到，當他只有一個人，身邊沒有月退，那麼他就會變成大眾忽略的那種對象，埋沒在人群裡面。

當然，他也不希望決鬥這種事情因為月退不在，就發生在自己身上。要是真的有人有興趣找他打架，他恐怕會一個頭兩個大。

一般情況下，自然是打不過的。如果又要依靠噗哈哈的幫助，那也不太樂觀，因為火力他無法控制，一個不小心就會把人殺了，在路上的決鬥中殺人又拿不到錢，也沒有好處，范統覺得這種事情還是能免則免。

我可是受過教育的文明人，沒有必要的情況下，打打殺殺這種事情我才不做。雖然一回生二回熟，但我覺得熟這種事情也不是什麼好事，搞不好還得為自己化解業障，何苦呢。

范統一面胡思亂想，一面踏入了學苑。月退雖然沒跟他一道上學，但他們上的還是同一堂課，座位還是在隔壁啊。所以見了面也不說話的嗎？

這天早上的課是符咒軒的課。今天的上課內容，是幾張進階的符咒，他們所要做的就是在課堂上不斷練習、臨摹這幾張符咒的寫法，直到成功寫出有效的符咒為止。這對范統來說是拿手好戲，符咒字跡該在哪裡勾起哪裡轉折，在他靈活運筆下，都不成問題，但他隔壁的月退，就如以往一樣手忙腳亂了。

不會就問我啊。有困難就找我幫忙嘛……

月退明明有所猶豫、偷偷看過來了好幾次，但還是沒有開口跟他交談。范統也無法理解他的心結到底是打在什麼地方，又為什麼無法解開，這種奇妙的氣氛讓他感到十分煩悶。

以這樣的氣氛上一天的課，結果當然是悶到想撞牆。放學的時候月退還是沒有跟他一起走，好像自己一個人仍陷在嚴肅的思考中，就這麼獨自離去了。

回到宿舍，連硃砂也看出了一點不對勁。

「你們兩個，吵架了？」

「沒有。」

月退立即就否認了。其實范統也不覺得這是吵架，分明只是月退單方面想不開，令人為之氣結。

「那你們怎麼互相不理睬？」

「我只是在回顧過往，跟想一些未來的事情……」

太深奧了。月退你的回答太深奧了啦——

「未來的事情？那也想想我嘛。」

硃砂馬上就拋開了對范統和月退之間的異狀的關心，纏著月退要他把他列入他的「未來規畫」之內。

友情的問題，如果想靠硃砂幫忙解決，看來是沒有用的，范統完全不抱這樣的期望。

『喔……月退不理你？你做了什麼糟糕的事情嗎？』

珞侍根本什麼都不問就直接判定是他錯。這真是有夠偏心的表現。

「我只是寫字告訴他我嘴巴的優點啊！我哪知道他打擊會那麼大！」

范統拿著符咒通訊器情緒激動地抱怨著，實在是因為沒有人可以講太苦悶，他才逼不得已找了珞侍。

『那你節哀吧，算你倒楣，誰教你嘴巴有這種「優點」呢？』

「……我要告訴月退，你明明知道，卻故意不告訴他，害他一直誤會到現在喔。」

因為珞侍的態度太幸災樂禍了，范統忍不住想威脅他一下，剛好威脅的話也沒被顛倒，真是天時地利人和。

不過，其實珞侍早就知道這件事，他早就跟月退說過了就是了。

『……！范統！你這個小人！你怎麼可以這樣暗算別人！』

哼哼哼，曉得緊張了吧？你這小毛頭不要以為我拿你沒辦法，弱點在哪裡根本一清二楚。

「不敢當，要論暗算我怎麼及得上珞侍小人您呢？」

看吧，我就說不能叫珞侍大人，喊出來很可能變成小人的。但是這個時候顛倒，只能說顛倒得剛剛好。

『你……反正不准說！你要是告訴他，我、我三個月不請你吃飯！』

嘖！怎麼大家的弱點都被別人看透了啊！搞半天我也被你看得一清二楚嘛！

可是我已經說出去了耶，怎麼辦？

真糟糕，月退那邊難以言喻，現在連珞侍這邊也要有危機了嗎？這算不算是自食惡果啊？

如果我去要求月退跟我串供，他會不會同意？

「你不請我吃飯，那也不請月退吃飯？」

我就不相信沒有我在，你這臉皮薄的敢跟月退兩個人吃飯。

『我才……我不要跟你說話了啦！』

珞侍一怒之下，就鬧脾氣切斷了范統的通訊，結果，講了這麼多還是沒有什麼幫助。

唉，珞侍，好孩子是不可以這樣的，這是家教不好的表現。不過你對別人應該也不會這樣吧？朋友果然是拿來頤指氣使用的。

范統一面無奈，一面看打工時間也快到了，只好準備準備，出門去。

范統雖然是個懶人，但其實也沒有很排斥打工這件事。用勞力換取金錢，是很合理的事情，比較不合理的就是他拿不到那份金錢，因為所有打工的費用都要拿去還債，而欠下這些債也讓他覺得很沒天理。

打工沒錢可拿，感覺就像是做義工。做義工這種事情，范統是沒興趣的，可惜這也容不得他選擇，他連選擇打工夥伴的權利都沒有了，更何況是決定要不要打工呢。

「范統，好久不見啊，你們的比賽真是一帆風順，有沒有覺得我幫你報名也是一件不錯的事啊？」

米重一看見他就笑容可掬。當初米重好像說過，因為他是帶他的人，所以他打贏了米重就有獎賞，現在他們都贏這麼多場了，米重搞不好都賺翻了吧？

可是，米重還是來打工了。到底是他欠債的數目是天文數字，還是其實也沒有賺到多少錢呢？

「你靠我們賺的錢，也不應該分給我吧？」

「啊，你曉得的，我當然沒有要分給你的意思啊。」

我是說你也該分一些給我……算了，我怎麼會想跟米重談錢呢？

「難得你沒有跟月退在一起，他不是也會陪你打工嗎？」

米重這麼一提，范統的心情就更差了。

「不過他不在，說話也比較沒壓力，怎麼樣，還有沒有什麼想向我打聽的事情？看在這陣子得到的好處上，可以不跟你收費。」

范統覺得米重自說自話的能力越來越高強了，搞不好他一句話也不回答，米重一樣可以自己一直說下去。

「如果沒有想問的情報，我也一樣可以說故事喔，反正這個打工很閒嘛，不說說話也挺無聊的。」

反正你就是想講話給別人聽就是了……真受不了你。

目前的負債還有一百七十串錢，希望可以快點還完，就不用再被強迫打工了。

「不如講講比武大會的事吧。」

「比武大會的事？你要聽什麼？淵源？有幾年的歷史？這次大會最有希望勝出的幾個組別？」

只是問個比武大會也有這麼多細項啊？為什麼會有最有希望勝出的幾個組別這種東西，難道你還私底下開賭盤？

「有什麼就講什麼啊，你隨便講，我認真聽。」

不是認真聽，是隨便聽啦。你這個人講的話，我怎麼可能認真聽呢……

「有你這樣沒勁的聽眾，我講起來也很沒樂趣耶。」

你到底要不要講，還挑剔這麼多！

「其實比武大會也沒有什麼了不起的典故，已經舉辦很久了沒錯，但好像一開始也沒什麼特殊的故事，就是突然想到要舉辦就辦了，並沒有任何優美的傳說。」

米重如他所講的，開始沒勁地講起了沒什麼看頭的內容。既然都沒什麼特殊的，那其實也可以不用講吧？

「每一屆的規則和獎品多多少少都會有些修正。讓東方城五侍先做示範賽，是今年才開始的新項目，也因為這樣，我才多了一個機會可以看到綾侍大人啊！美麗的綾侍大人啊！音侍大人怎麼能下手那麼不知輕重，居然削掉了綾侍大人幾根頭髮，要是傷到了他的臉蛋該怎麼辦！我看得心臟差點就要停了——」

你可以不要三句不離綾侍大人嗎？我覺得下手不知輕重的是綾侍大人才對吧，音侍大人分寸拿捏得剛剛好啊，雖然這所謂的分寸在對上違侍大人之後就不曉得拋到哪個宇宙去了。

「說起來，示範賽也是有賭盤的，結果都跟大家猜的差不多，因為光看流蘇顏色就可以知道了，賭的人不太熱絡，音侍大人對違侍大人就算是一賠四百，還是沒有人要賭違侍大人贏。」

還真的有賭盤？你們這樣是可以的嗎？如果米重你憑著一股熱情賭綾侍大人贏，那你不曉得輸掉了多少喔？

「比武大會的前五名有向侍挑戰的權利，倒是已經持續好幾年了。大概差不多是五年前開始的吧？不過，可以挑戰的侍不包含珞侍大人，畢竟他跟其他幾位侍大人的程度還相差太多，尚未到可以接受挑戰的程度，這也算是保護他的做法吧。」

唔……有這回事啊？珞侍一定也對這種特殊待遇感到不高興吧，他總是很在意自己實力不足的事實，然後就處在那種不甘心又無可奈何的情緒中。

「大家多半都不向誰挑戰啊？」

范統聽到這裡才插了一個問題，以免米重一直講，看起來很像是自言自語。

「嗯……挑戰的理由是可以有很多的。有人喜歡挑戰看起來有機會可以打贏的，有人喜歡挑戰自己的偶像，有人是有私人恩怨所以才提出挑戰，這五年統計下來，被挑戰最多次的是違侍大人，然後是綾侍大人，最後是音侍大人，暉侍大人是不計的，畢竟他少了兩年的紀錄。」

哦……違侍大人果然很惹人厭，大家即使知道會輸，還是抱持著打到他一下也好的心情向他提出挑戰，是嗎？

那綾侍大人是怎樣？是像米重這種，覺得被綾侍大人打死也爽的變態，還是那些懷春少女秉持著敵意，因為音侍大人的緣故而提出挑戰啊？

至於音侍大人……感覺就是不長眼睛的人才會去挑戰。根本不可能打贏，還可能被他手滑了一下做掉，打完多半也得不到什麼有用的經驗，會挑戰他的人大概都很有實驗精神吧。

「然後啊，討厭違侍大人的人，被違侍大人打敗之後就更討厭他啦，哈哈哈哈……」

這是一定的嘛。我也挺想知道，新生居民裡面，最強的人流蘇不知道到什麼階級了？

「目前被看好的，大致上都是些紅色流蘇的隊伍，競爭得可激烈了。你們能打到現在的地步也算不錯了，如果輸了也不要難過啦。」

什麼話，我們的目標可是前五名耶。這是因為你不懂月退，你不懂月退啦。

這麼說來，既然有賭盤，實在應該去賭自己贏一下喔？

但我的偏財運超差的，搞不好本來會贏，因為我賭我們贏，結果就輸了，這樣可得不償失啊。

「噢，對了，范統，那天跟你們一起出現在擂台邊的火辣美女到底是誰啊？」

米重說著，忽然開始跟他打聽消息起來了。

火辣美女……誰啊？我有認識這樣的人嗎？不會只是剛好站在旁邊吧？

「她真的是硃砂嗎？雖然貌似通過了身分鑑定，但也差太多了吧？之前怎麼看都是個男的啊？那胸部是怎麼纏起來的，有困難吧？」

搞了半天原來是在說硃砂喔。你那個時候看到的確實是個男的沒錯啊，結果你的著眼點在胸部？等一下，你不是心裡只有綾侍大人一個嗎？你不是同性戀嗎？你去關注一個火辣美女做什麼？

「有沒有什麼祕密可以告訴我？很多人想打聽她的情報呢。」

所以，是商業價值？

打聽了也沒用啊，人家心裡只有月退而已。而且我還是無法單純把硃砂當成火辣美女來看待，這實在是太複雜了，真的。

「我沒什麼不可以告訴你的。盡量問我。」

全錯了啦！

倒也不是什麼朋友的情報不能出賣，是硃砂太潑辣……太認真嚴肅了。像他那種狠角色，要是被他知道我賣了他的消息，我肯定只能去求月退出賣色相救我。

「我不是已經問了嗎？快告訴我啊。噢，你不會還想抬價吧，我最近沒有錢啦，就當作贊助一下嘛——」

我真的沒有要告訴你的意思，不要再糾纏不休了啦——

范統覺得，理當是輕鬆性質的打工也可以做得很累，這一定是米重的關係。

希望下次打工可以不要再排在一起了。不要再強迫我這個語障人聊天了啦！

❀

打工的日子是苦悶的，就連有比賽的日子，也得先去打工，這點更加苦悶。

下午的課是術法課，他不必去上，所以排了打工，月退在上課，硃砂在宿舍，就只有他一個人要打工……范統越想越覺得心情低落。

負債的人沒有人權！負債的人沒有人權！

范統一面在內心祈求今天不要再遇到米重，一面朝打工的地點前進。

不過，他走著走著，卻不得不停下腳步，只因為，前方有人擋住了他的去路。

咦，現在是……？

范統敏銳地感覺到這幾個人的敵意，然後，他才驚覺這條巷子好像偏僻了點，在他覺得不妙而想後退時，連後面也被人包圍了。

「你們沒事嗎？」

……這種時候，詛咒就別開我玩笑了吧？他們自然是有事找我的。

但是，看起來有事的只怕會是我，難道、難道又要再負債一百串錢了嗎？我不想死啊！

噗哈哈哈！你該不會又在睡覺了吧！啊，該死的，還沒心靈相通，要出聲講話才有用，可是這種情況下又不適合開口……

「我們想請你跟我們走一趟，你應該不會反對吧？」

帶頭的紅色流蘇男子露出了不具好意的笑容，他們都特地到這裡來堵他了，想必也是跟蹤他一段時間了。

我反對！我當然反對！跟你們走怎麼看都不會有什麼好事情的！況且我還要去打工啊！無故翹班會留下不良紀錄的！啊，其實你們根本就找錯人了吧？找我做什麼，我只不過是個草綠色流蘇的平民！

范統一心只想從這裡脫身，他不知道這些人的目的是什麼，忽然被這麼多人包圍，讓他覺得恐懼，無奈，如果他們不肯放他走，他還真的沒有什麼辦法可以逃離。

「你還是配合一下比較好吧，看看這是什麼？」

前面的其中一個人亮出了一把刀，刀身上那層薄薄的光芒，讓范統的瞳孔一下子緊縮了起來。

噬魂武器。

他這才注意到，這群中裡面有一個原生居民，跟他們是一夥的，會找個原生居民來，多半也是為了利用那把噬魂武器進行威嚇吧？

「如果你想反抗，我們可無法保證打鬥中不會誤傷喔？」

誤傷？開什麼玩笑，我都已經有語言障礙了，再被傷到導致靈魂受損的話，天曉得會變成什麼德性？

范統的臉色很難看，照這種情勢，他好像真的只能乖乖跟著他們走了，不管他內心有多麼不願意。

「帶走。」

領頭的男子下達了命令，幾個流蘇階級較低的少年便走向了他，在其中一個人往他的脖子劈了一下之後，他便眼前一黑，失去了意識。

術法軒的課程結束後，月退收拾了一下東西，隨即離開教室，準備回宿舍。

的。

畢竟傍晚還有比賽，回去休息一下就又得出門了，可以休息的時間不多，還是不應該浪費

而他走到學苑門口時，卻被一個不認識的學生叫住，這次不是女孩子，他多少有點疑惑。

「有事嗎？」

「你朋友說有急事，約你去一個地方見面，我是來幫他轉達的。」

聽了對方的說法，月退愣了一下。

「范統嗎？」

說到朋友，他第一個想到的就是范統，雖然想不出來為什麼要託人約見面，但他想想最近自己的態度，頓時覺得，范統沒有自己來找他，也許也是可以理解的吧。

「是啊！那地方有點遠，我帶你去吧？」

月退想了想，最後還是點了點頭。

「那就麻煩你了。」

❀

跟著這名帶路的學生在小巷裡繞來繞去的月退，到現在才曉得東方城還有這麼複雜偏僻的巷弄。

整個東方城畢竟是很大的，有很多地方他都沒有去過，跟著繞了這麼多條巷子後，月退甚至有點懷疑，他自己不曉得有沒有辦法走得回去。

「還很遠嗎？你確定沒有走錯地方？」

月退雖然覺得隨便質疑人家不太禮貌，不過，這地方的感覺就是怪怪的，他也不覺得范統會自己沒事逛到這邊來，好歹之前他們也都是一起行動的。

「快到了快到了，是這邊沒錯。」

領路的學生陪笑著這麼回答他，於是，他雖然覺得納悶，還是繼續跟著他走下去。

一面走著，他也一面思考，等一下見到范統到底要說什麼。

他跟范統說給他幾天的時間，算一算也過了三天了，是該做出個結論。

要回想以前哪些對話比較有問題，好跟范統確認，再跟他道歉，這真的是個大工程。月退也沒有自信想起全部，他很怕東漏西漏漏掉一堆他曾經誤解范統意思的話沒有提到，如果留下了疙瘩沒解決，他可是會很在意的。

這三天他就一直在想這些事情，上課也難以專心。重複著恍神、走神、出神的動作，幸好他本來就很擅長切割身體跟腦袋，一心二用，所以上課還沒有什麼問題。

但未來該怎麼辦，他就真的想不出來了。

聽不懂朋友的話，怎麼想都是一件很糟糕的事，到底該怎麼辦呢？

「這不就到了嗎？就是這裡了。」

月退的思緒被領路的學生的聲音勾了回來，他抬起了頭，巷弄內顯得有點雜亂……

然後，他看見了范統。

范統這輩子沒有什麼被人打昏的經驗，上輩子也沒有。正常來說，一般人都不該有這種經驗，他也一直期望自己能像個一般人，不然就當個上天眷顧的人也不錯，但很可惜他都無法如願。

也許上天眷顧確實是有，但眷顧的可能是衰運。

他從昏迷中清醒時，眼前還有點模糊，想要活動身體卻發現被人綁著，被打昏之前的記憶他還有，想來發生在自己身上的不會是什麼好事，但總得搞清楚狀況。

「醒啦？醒得真恰巧，你朋友來了呢。」

聽著耳邊的聲音，范統困難地張開眼睛，這才看到在一段距離外的月退。

「范統……」

月退看到他醒來，有點著急地想靠近，但被幾個綁架同夥人攔了下來，只能站在原地擔心地看著他。

范統不太明白月退為什麼會出現在這裡，他決定先了解一下自己的情況。

他現在是坐在地上，手被跟後面的雜物綁在一起，所以活動不自由，也無法站起來，整體上除了被敲了一下的脖子有點痛，沒什麼大礙。

但他們費事將他綁來，事情當然不會這麼簡單，儘管他覺得身上沒有哪裡有問題，還是不敢亂動，只因為旁邊一個傢伙就拿著那把要命的噬魂武器，刀鋒正抵著他的臉。

只要劃到一下，他馬上就會從沒事變有事。

「你們這是什麼意思？」

月退終於開口了，他的語氣有著隱藏不住的怒意，卻也不敢輕易動手。

他的速度很快，但可能快不過那把致命的刀。

雖然他可能辦得到在執刀的人將刀劃下之前奪下那把刀，但這只是可能，不是一定，所以他不能賭。

看著刀上那象徵著噬魂武器的刀光，月退一下子真的不知道該怎麼做。

「沒什麼意思，只是要你配合不要反抗而已。」

聽到這樣的話，范統大概也明白他們針對的是月退不是他了。

他不得不說用這種手段很卑鄙。不就是正面打不過所以挾持人質嗎？

但是，他們到底想做什麼？

「你應該明白該怎麼做吧？」

大概算準了月退不敢拿范統的安危開玩笑，他們見他沉默，便覺得他是屈服了。

那名紅色流蘇的男子使了個眼色，一名學生就走到了月退，直接就是一拳朝月退的腹部揍下去。

范統睜大了眼睛。他看到月退退了一步，悶哼了一聲，然後便有人從兩旁架住他，拳腳又招呼上去。

「住手！你們做什麼，有什麼不滿就用說的，為什麼要……」

負責看守范統的人往他身上狠踩了一腳，讓他因為吃痛而說不下去。

「不想多吃苦頭就閉嘴，不關你的事。明明是個西方人，有什麼資格在東方城這麼囂張？」

「我們今天就讓他認清楚自己應該有的處境啊，什麼樣的身分地位就去做什麼樣的事情，東方城根本就不應該有西方臉孔，還平等競爭？憑什麼？」

范統不知道東方城對於西方臉孔的排斥與歧視已經到了這種地步，這些聚集在這裡的人裡面，好像也有比武大會上落敗給他們的傢伙，這根本是嫉妒與挾怨報復。

為什麼？就算是比武大會上被殺掉的人，人也都不是月退殺的啊！

你們做這種事情能證明什麼，明明就一點意義也沒有！

這裡所有的人似乎都對於能夠報復、欺凌一個比自己強的人感到興奮，唯一讓他們遺憾的大概就是，被他們暴力對待的對象一點聲音也不發出來，這點大大降低了他們的樂趣。

他們進行這種群體圍毆，當然不會顧忌什麼，鐵棒之類的武器也是毫不留情就往月退揮過去，將他打倒在地之後，又會有人將他拉起來，彷彿這點程度根本還不能盡興，然後便繼續對他施暴。

范統只要喊叫就會被揍，但他覺得自己還是無法就這麼閉嘴，乖乖在旁邊沉默看著。

月退是因為誰才會落入這樣的狀況的？

他本來不用幾分鐘就可以將這裡所有的人打倒，是因為誰才讓他們這樣對待他的？

范統再看向這些人的時候，只覺得這些人都瘋了，全是一群瘋子。

新生居民應該是這樣的嗎？懷抱著遺憾與執念而來，其中就有許許多多像他們這樣，心靈扭曲的怨靈？

但是，他們還找來一個原生居民一起做這種事。所謂的惡行，根本就不分亡者與生者吧？無論內心是否因為死亡的恨意而扭曲，做的都是一樣的事情啊……

「時間已經到了，你的隊友還沒有來嗎？那麼，要宣判棄權了。」

比武大會的擂台旁，等候選手的時間已經用盡，負責人向硃砂這麼表示，因為規定上，團體組一定要人到齊才能進行比賽，就算只推派一個人上台也一樣。

「搞什麼……」

硃砂皺起了眉頭，頻頻看向街道兩旁，但看來看去就是沒有范統跟月退的身影。

他們是知道時間的，硃砂可以肯定這一點。昨天晚上還特別提醒過，記性不可能這麼差吧？

又沒有故意不來的理由，那麼為什麼時間到了，人卻還沒有出現呢？

月退已經無法自己站立著了。

即使被人托著，他的手臂也是垂軟在身側，像是使不出一點力氣，范統也不知道他是否還醒著，是否早已昏了過去，可是，這些人卻還不打算結束。

「對了，還有利用價值嘛！流蘇！」

在其中一人的拍手聲中，他們搶下了月退的流蘇，然後幾個草綠色流蘇、淺綠色流蘇跟白色流蘇的學生就輪流向月退提出決鬥。

「我們要跟你決鬥，你還聽得見吧？」

月退似乎已經無法回應，在傷重的情況下，他幾乎等同不戰而敗了，辛辛苦苦升到深綠色的流蘇，掉回白色也成了必然。

「好像昏過去了，真沒意思，接下來呢？」

都已經把人弄成這樣了，他們自然也沒了最初的忌憚跟謹慎，原本拿著噬魂武器看著范統的人也過去圍著昏迷的月退湊熱鬧，各自提議要怎麼處置他。

「當然還是要把他殺掉的，對吧？」

「噢，用這把嗎？誰來動手？」

他們在嘻笑中將噬魂武器傳了過去，看見這一幕，范統又忍不住喊了出來。

「你們不要太過分，怎麼可以用那種東西！」

「沒有用在你身上就不錯了，還是你也想死嗎？西方臉孔的傢伙少一個算一個，殺掉也不會有人追究的。」

「還是讓他來吧，違侍大人很保護原生居民，讓他來殺絕對不會有事。」

說著，他們將刀傳回了那個原生居民手上。范統用力扭動著手臂，想將繩結扯鬆，但儘管手扯得很疼，掙脫的速度似乎還是來不及讓他去阻止。

「不可以！你們……」

「吵死了！少礙事！」

一名少年把旁邊的鐵棒朝他扔過去，擊中了他的頭部，頭部的劇痛讓他整個人腦袋空白了一陣子，這個時候，那名原生居民也將刀往月退身上砍去。

那一瞬間，這個區域的空氣，忽然橫向扭曲了一下。

在空間不合理地扭曲了幾秒的時候，所有人的動作都為之一頓，當他們再度找回自己的神智，卻發現那個本該昏迷的人的手，抓住了要將刀砍向他的人的手腕。

「我不會……再給你一次機會……」

整個寂靜下來的空間，唯一的聲音，是月退低低的說話聲。

他的聲音很輕，沒有用上什麼特殊的語氣，就如同只是平板的敘述句，卻在這樣的氣氛中格外清晰。

在他說話的同時，空間的扭曲更加強烈了起來，猶如有種可怕的東西在中心蔓延開來一般，那種感覺讓人很難去說明，但確實每個人都察覺到了現場的異狀。

整個環境的顏色，在這股扭曲之下，洗白剝落。

他們一時之間都懷疑自己的視覺是不是產生了問題，因為他們看出去的世界，忽然之間只剩下黑白兩種顏色交織出來的模樣，整個失去了色彩。

「我不會……再讓你殺我一次……」

其實應該要逃跑的。

從狀況生變開始，他們就應該要逃跑的。

即使現在才跑掉，都是正確的、本能所驅使的，沒有任何人會嘲笑他們，這本來就是應該的。

只是他們辦不到。

從那點空間扭曲開始擴散時，從他們看出去的世界原因不明地遺失了色彩，直到現在，原本端正的景物都開始變形，宛如知覺迷幻的重壓使得地面浮動、建築物崩解……

從徵兆出現開始，他們就已經無法克制住骨子裡寒顫出來的冷意，使盡了力氣也只能退後，手腳彷彿都不是自己的了，主宰身體的意識也不聽使喚。

那個時候他們還不知道，的確，手腳、身體，很快就不是他們的了。

「永遠……不原諒……」

當他說到這句話的時候，原先平板的語氣瞬變，話語間傳達出的無比憎恨，瞬間使得黑白空間的威壓上升了數倍。

范統是在淒厲的尖叫聲傳出第一聲時勉強張眼看過去的，而他一眼看去，便是拔出了腰間佩刀的月退，一揚手將一名少年橫切為兩截的畫面。

他們都以為他應該無法再站起來了，他就連動一下手臂都令人匪夷所思，那應該是重傷的他不可能做到的事情，可是，事實勝過所有的預設，他非但醒了，還以極端恐怖之姿，狠手進行他的反擊。

「月退！」

范統喊了一聲，然後又覺得剛才被擊中的頭腦一陣暈眩，讓他沒辦法再維持抬頭的姿勢。

月退！不可以啊！

不可以殺原生居民啊……！

跟繩結奮鬥了半天，他的右手終於掙了出來，有一隻手可以用，其實能做的事也不多，他第一個想到的，就是把手伸進懷裡去，掏他的符咒通訊器。

他唯一的念頭是求助。開啟了團訊後，嘶啞地問了一句有人在嗎，接著就聽見了音侍毫無緊張感的聲音。

『啊，有啊有啊，我在唷，什麼事嗎？』
「音侍大人，救命……」
『咦？什麼？怎麼回事？你在哪裡？』
在努力喊了那一聲之後，異變空間所帶來的壓力，便讓范統再也承受不住地鬆了手，符咒通訊器摔了下去，跌到了他的手無法拿到的地方，自然也就無法再對話下去了。
那些人的慘叫聲在環境的壓迫下，根本也無法聽得仔細。頭部受傷的暈眩感與殘留黑白的視覺下的不舒服，再加上時而閃過耳際的嘶聲尖嘯，讓范統覺得自己就這麼失去意識也不奇怪。
他根本很難再去思考任何事情了，可是環境所帶來的不適的扭曲，讓他想杜絕感官都不可能，那種絕望籠罩的情緒布滿了整個空間，刺激著他的神經，他難得產生一種生不如死的感覺，而這種感覺是這個月退創造出來的環境帶給他的。
一段時間過去後，他其實不知道究竟具體過了多久，對他來說很漫長，但應該只有一下子，那些人的尖叫聲不見了，地上剩下一片一片長刀掃過噴濺出來的血網，那把噬魂武器滾落一邊，它的主人已然失去了寶貴的性命，也不知道是那堆屍首中的哪一個。
空間扭曲帶來的痛苦感，讓范統幾乎想出聲哀求，讓這一切停止，而在這樣的折磨中，不可思議的是，他發現自己還能聽見月退踩過了血跡、踩過了地面的腳步聲，那腳步聲正朝著他接近，一步、兩步……

人都已經死了，瀰漫空氣中的殺氣卻沒有散去。

當范統強撐著仰起臉孔時，月退以那樣緩慢的速度，已經快走到他面前了。

整個扭曲不成型的環境中，月退的形體模樣卻異常清晰。他端正俊美的臉孔沒有任何表情，而他空洞失焦、不像看著任何事物的雙眼，正是構成這個環境的色彩，一白一黑。

那樣形成完全對比的黑白雙眼，純粹得幾乎也產生出一種奇異的美感，儘管他帶來的是毀滅性的破滅，依舊令人分不清是因為什麼原因而屏息。

少年的臉孔曾經露出過那樣溫和的笑容，現在卻宛如人偶般死沉。

少年那原應是天空色的雙眼平常注視著他時都帶著溫暖，現在卻像是在看一個對他而言不具任何意義的東西。

月退……？

范統茫然地看著這個他幾乎全然陌生的月退，茫然看著他走到他面前。

茫然看著他對他舉起手中輝耀著熾亮白光的刀，朝著他的頭頂，起手斬下。

（待續）

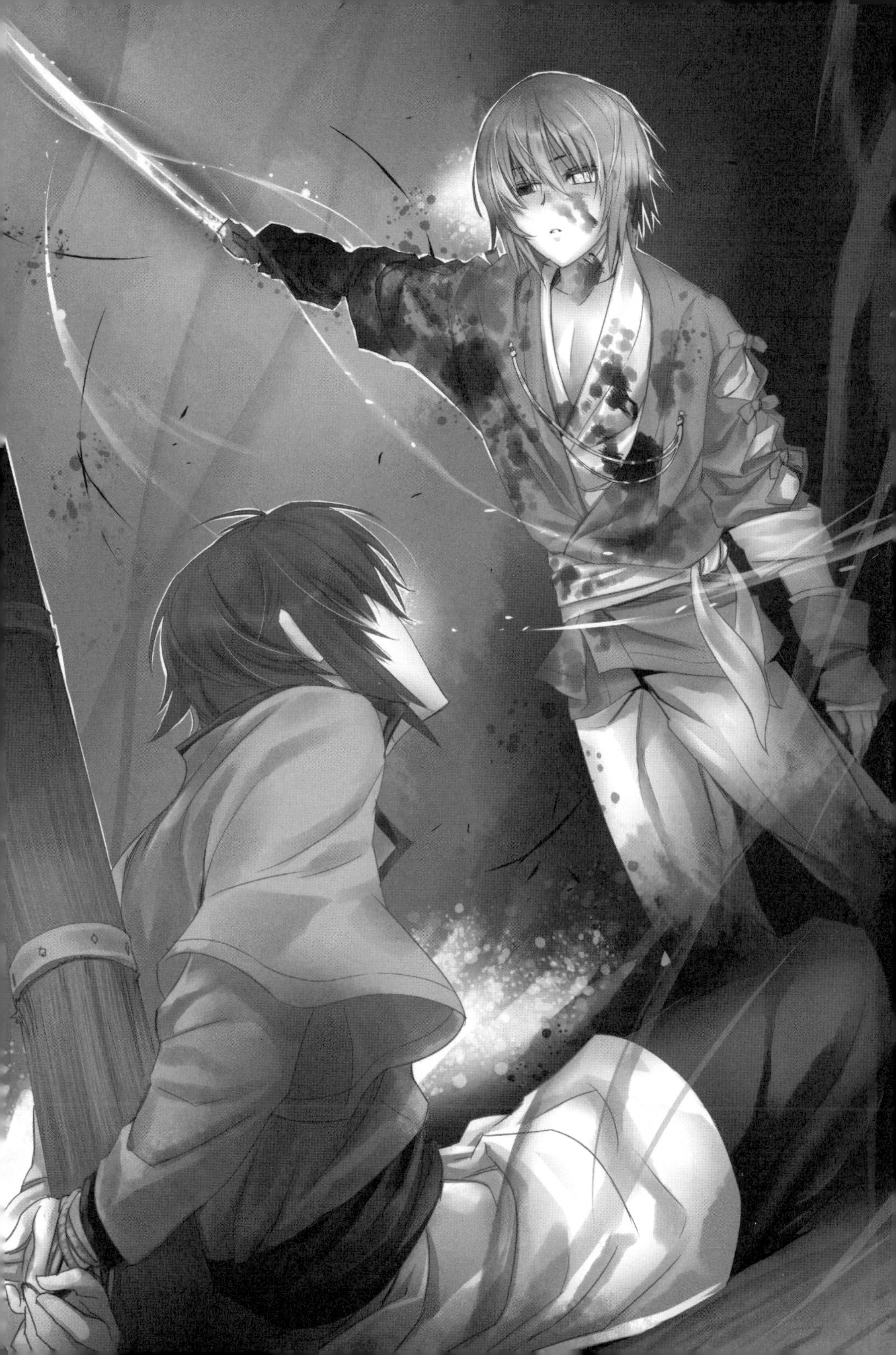

自述——硃砂

我出生在一個很大的家族，一個凌亂而灰暗的世界——那是一個很現實的地方，從我誕生下來開始，我能夠無條件擁有的就只有我的名字，其他生活的需求，成長的供給，都是用我日後的人生換來的。

我們的族長不講究親情，能入得了他的眼的，只有他認可的人才，因此，天資就是我們與生俱來的條件，努力則是我們後天投資自己的手段，他總是說，養育我們的資源是我們用成人後的勞力預支的，生在這個家族，我們首先要學會的就是認清現實，在還完自己欠整個家族的債之前，我們沒有權利做出任何要求，所以我只能在服從這些規範的前提下努力，學習各種事物，讓自己更有「價值」。

在那個世界，每個人都有兩個性別，我們一向將同源的孩子稱為手足，兄弟姊妹這種說法，我直到去了幻世才聽說，不過，我們雖然沒有兄弟姊妹這些名詞，類似夫妻跟父母的名詞還是有的，只是意義可能不太一樣，我們主要是用來區分伴侶中強勢與弱勢的一方、還有主外主內的差別。

我的父母在我們家族中地位不低，他們對我十分寵愛，因為我學習的進度快，看來前途光明，連族長也稱讚過我，我所拿到的成績、修行的成果與長輩的特殊待遇，都讓我不由得心中有幾分驕傲，潛意識裡我也希望能修行得更快一點，能使用更多的技法，為家族倚重，派遣執行有挑戰性的任務……這樣的想法也從來沒被人勸阻過，沒有人會跟我說不急，他們只會鼓勵我努力去做，因為他們樂於見到下一代快速成長，不管這樣的成長會不會帶來危險。

我們家族是個暗殺組織，在那個混亂的世界中，因為各方勢力的需求，所以我們佔據著很重要的地位，由於戰亂紛爭不斷，大家對於人命也早已麻木，唯有有才能的人的命是值得重視的，但是，當這個人死去時，也沒有人會再看他一眼了，因此增進自己的價值的同時，也該好好保護自己的性命，而我似乎忽略了這一點，才會沒發現貪功躁進修行中的瑕疵，導致在運行尚未摸透的瞬間挪移術時，因為嚴重的錯誤而送掉自己的一條命。

我的人生幾乎還在起步的階段，什麼都還沒開始。

我還沒能踏出我們家族的堡壘幾次，還不知道在穩健的成長下，自己的實力能到達什麼地步，也還沒有找到我這輩子的伴侶……

在我那不甘與求生意志混合的情況下，雖然我是活不回去了，但我的生命卻以奇怪的方式做出了延續——我來到了一個陌生的世界，得到了一個全新的身分，這彷彿可以說是重新開始，不過至少我還是我，即使這個世界沒有半個我認識的人，我也不會感到寂寞，對於原本那個世界的人，我沒有多少留戀，這可能是那種現實教育下的後果吧。

經歷過一次的死亡後，我重新思考我的人生方向，覺得應該做出調整。

這個世界看起來很和平。儘管依然有看似看實力說話的階級制度，但聽起來無用的人也能得到食物與住處，學習也是免費的，感覺有一定程度的自由。

我知道常理而論，水準特別高的人才都會被國家網羅，逃不了為國家效命的命運，更何況新生居民在東方城就像是次等居民，更加沒有自主的可能，所以，如果想好好過自己的生活，範圍內地提升階級以博得好處，又不要太招搖以免引起注意，應該是最好的選擇。

這個世界也有很多有趣的東西，學起來總是不吃虧的，我想默默學習吸收，過點沒有壓力又自在的生活，不過像是符咒學那種不合我的個性的學問就免了，我想，光是術法跟武術要精通都很難了，再多一個符咒增加複雜性也沒有好處。

而這個世界的居民似乎會形成一種團體活動的模式，光看住宿安排不只一個人住在同一個空間內就可以明白，我想，這應該也是我需要適應的部分，和人和平相處不難，只要他們不是會犯到我的界限的人。

在還沒見到室友的時候，自然會對將要一起住的人有一些想像，人是在我洗澡的時候來的，莫名被人開了門看見裸體，我雖然有點不高興，但出去看到人後，那點不高興就煙消雲散了。

其中一個室友沒什麼好說，是個普通人，對普通人我沒有興趣，不管他長什麼樣子都一樣。但另一個室友卻讓我眼睛為之一亮，儘管他藏得很好，讓人看不出什麼，不過我的直覺是很敏銳的，他鐵定是個高手，而且是比我還強的高手。

看他拿的是白色流蘇，只怕是剛來沒多久的，居然能在這裡發現這麼好的人才，我覺得心情頓時好了起來，當然我不會讓他們發現。

他的長相是我喜歡的類型，無可挑剔，個性跟我原先世界的那些人不太相同，那裡有實力的人都不會太過謙遜有禮，但他這樣溫和的態度反而讓我覺得很新鮮，有想進一步交往的念頭。

畢竟好的對象難找，他大概是我看過條件最好的了，從旁觀察的時間越久，我就越肯定我對他有興趣。

那個時候我還不知道大家普遍都來自只有一個性別的世界，所以，在得知真相時，我實在遭到了不小的打擊。

月退的女性面貌居然不存在，我連長髮還是短髮，嬌小還是修長都幻想過了啊，結果他居然只能是男人？

而且他居然對女性面貌的我退卻，看起來好像還比較喜歡范統？

有一段時間我都處於相當程度的困擾中，我要因為月退不能變成女人而放棄他嗎？但是，這個世界每個人都是這樣啊，我就算去找另一個女人，她也無法變成男人，再怎麼樣都不可能兩全其美，怎麼辦呢？

於是本來該展開的追求又退回了觀察模式，但是越看他，越跟他說話，我就發現自己真的對他很有興趣，要找到這麼符合我喜好的強者真的很難，像音侍大人腦袋就太誇張了，綾侍大人則是長相太過分，況且我也沒遇到哪個女人讓我心動，看來看去還是只有月退啊。

我以前生活的那個世界，雖說是兩人對彼此身上的異性都有好感才能結成伴侶，但因為再怎麼樣都是同一個人，在相愛的情況下也時常不分性別的，所以，他就算沒有女性面貌，我也還可以接受。

我覺得這樣的對象不好好把握，被別人搶走的話，那也太可惜了。

從小到大，家族有一條明訓我一直銘記在心：想要的東西，要自己掠奪。

這條明訓我很贊同，但我色誘也色誘了，告白也告白了，我實在看不出來他到底吃不吃這一套，那副害怕驚恐的樣子看起來好像不喜歡，可是好像又有反應，讓人實在疑惑啊。

由於我一直謹記我來到了一個新世界，過去的法則可能不是那麼適合，所以強勢的態度也許還是要改一改，我相信我還是有一些良好的條件足以吸引人，只要我用得正確。

那之前我還想研究一下，他到底為什麼那麼喜歡范統。這個世界的男人應該還是喜歡女人的沒錯吧？

如果新年抽的籤準確就好了。至於半強迫得到的三個要求，已經用掉了一個，剩下兩個還得好好思索要怎麼用。

我不會用這種兒戲般的承諾要求他跟我交往的，這樣就好像輸了一樣，我不相信我就沒有魅力讓他主動點頭。

憑著我的感應，情敵不只是范統，還有璧柔。

為什麼他放上情感的對象都是那種讓我無法欣賞的對象呢？這世界真的很奇怪。

范統那個口不擇言的寄生蟲，璧柔那個平胸還滿腦子另一個男人的花痴，究竟哪一點比我好？

相較之下范統還對我的女性面貌比較有反應，實在令人沮喪。

月退不管喜歡女人還是男人，我都沒有問題啊。不過如果要我變成范統或是璧柔那種人，就有點困難了，希望他眼光能再好一點。

他們好像都各有各的心事，相較之下我只為了感情而煩惱，應該是很單純的。

如果他不喜歡用身體進行交流，那我就嘗試看看慢慢跟他培養感情吧。

要是月退最後還是不喜歡我……

嗯，他打了個寒顫看過來，感覺還真敏銳。

其實我也不會死纏爛打，頂多利用剩下的要求，要他找一個條件好的對象給我。

不過這個世界上真的會有比月退還讓我滿意的對象嗎？

我想恐怕是沒有的，所以，為了我在這個世界的新人生，還是好好把握吧。

The End

✧人物介紹（綾侍版）

范統：

今年來到東方城的新生居民。因為各種原因，讓我不得不對他產生印象。嘴巴糟糕也就算了，武器選了拂塵，不知道是怎麼回事，那把拂塵會選他，也不知道是怎麼回事……目前還放在觀察對象中，雖然也沒有真的很認真觀察。他有些記憶有點危險，不適宜解封，不過，反正他的流蘇沒什麼指望提升階級，這點倒是不必擔心的。

珞侍：

東方城五侍之一。我看著他從小長大，不知道該說他是堅強還是脆弱。在能力上，潛能似乎還沒被激發出來，可能需要一點刺激吧？

不過，這孩子將來能不能接任東方城領導者的位子，還是個未知數，我不知道櫻是怎麼想的，反正，他什麼都不知道最好，就這麼一直維持現在的狀態也沒關係。

月退：

也是新生居民。紀錄上去年就來了，但我今年才知道這個人，這點有點奇怪。長得像暉侍也令人覺得有問題，實力也令人覺得有問題，不過從接觸的感覺來說，算是個好孩子，並不討厭。如果他決定安分做個東方城的新生居民就算了，如果不是的話，可能要進行一些處理。

硃砂：

今年來到東方城的新生居民。我對他沒什麼特別的印象，畢竟沒什麼特別的行為舉止，但是，音那個智障在聽說這個人可以變成女人之後，居然也跑來問我我能不能變成女人……他腦袋裡都裝豆腐嗎？

璧柔：

落月來的女人。算是個勇往直前的少女吧？實力大概是金線二紋，感覺有點脫線，這點搞不好跟音侍異常地配。對於她可以對音著迷到那種程度這一點，我也覺得挺敬佩的，反正這世界上就是不存在會熱烈傾慕我的少女，唉，這到底該算到哪筆帳上去呢？

米重：

……嗯。可以不要提這個人嗎？

我覺得有點心煩。送來的花束禮物如果沒處理掉，大概塞爆三個房間了，反正這世界就是只有男人會對我狂熱成這個樣子，我受夠了……

綾侍：

我是東方城五侍之一，符咒軒掌院，主要服侍櫻，為她處理一些日常瑣事。對我來說，順著櫻的意思去做，聽從她的所有命令是最重要的，就算她哪天要我去把音做掉，我也會毫不猶豫執行……搞不好是因為正合我意，音實在是太欠殺了。不過這種事情是不可能發生的，所以也不必想了。

音侍：

東方城五侍之一，術法軒掌院。大白痴一個。我覺得沒有必要再做更多的介紹了，無論他相貌再好，實力再強，都掩飾不了他大白痴的本質，白痴兩個字還不足以形容，一定要大白痴三個字才可以，成天說跟我是好兄弟，但根本就是……明明覺得講大白痴三個字就夠了，結果還是講了一大堆，果然是很容易激起人憤怒的人，我覺得我積怨已久……

違侍：

東方城五侍之一，武術軒代掌院。啊——是個玩弄起來很有成就感的人。我覺得有了他，讓我在神王殿的生活多了許多隱密的樂趣，不管是他對我毫不掩飾的敵意，還是他千方百計想要掩飾的本性。看他慌張想隱瞞我早就一清二楚的事情實在很有意思，這個人總是會讓人惡劣起來，明天早上再告訴他我想給撿到的貓拔個毛，不知道他會露出什麼表情？

暉侍：

東方城五侍之一，武術軒掌院。過去也算曾有過一些交情，只是現在來看，已經沒有意義了。比較可憐的，算是珞侍吧？

矽櫻：

東方城女王，也是我所服侍的主人。自從多年前發生了那件事情後，性情就出現了很大的轉變。對於她如今的情感問題，我無從置喙，能做的我都做了，其實我覺得她還是放棄，換個對象比較好，這感情是不會有結果的……

恩格萊爾：

落月少帝。可以說是東方城最大的敵人，除之而後快吧？只可惜為了水池重生力量的延續，不可能真的把他殺了，但依照過去的事實來看，想殺了他只怕也不是那麼簡單的事情。一個孩子可以達到金線三紋的實力，和天羅炎達到器化的境界……落月都是怎麼養育皇帝的？想一想就覺得一陣惡寒。

伊耶：

落月的魔法劍衛。打過一次，比我強，似乎是那種追求戰鬥中的快感的狂人，不過我有的時候也會變成那種瘋子，好像沒資格說別人。現在殘留的印象只剩下很強跟很矮。我一點也不陰損，因為我知道，他對我殘留的印象大概也只剩下殺不死跟女人。

雅梅碟：

另一個魔法劍衛。算是比較常聽到的傢伙，因為音說到最多次的魔法劍衛就是他。音總說他是個笨蛋，但我覺得，一看到音就會擺出那種「混蛋我怎麼這麼倒楣又遇到你」的表情的人，應該還算在正常人的範圍，相較之下，一看到音就會眼冒愛心的小柔，還更像笨蛋一點……

奧吉薩：

魔法劍衛。沒見過面，據說總是待在落月，不太出外行走。也許以後上了戰場就會見到……誰知道呢？不過，他好像也是金線三紋，世界上又多出一個我打不贏的人，這實在令人很不高興。

國家圖書館出版品預行編目 (CIP) 資料

沉月之鑰．第一部（愛藏版）/ 水泉作．--
初版．-- 臺北市：臺灣角川股份有限公司，
2024.01-
冊；　公分

ISBN 978-626-378-301-0(卷 1：平裝). --
ISBN 978-626-378-302-7(卷 2：平裝). --
ISBN 978-626-378-303-4(卷 3：平裝). --
ISBN 978-626-378-304-1(卷 4：平裝). --
ISBN 978-626-378-305-8(卷 5：平裝). --
ISBN 978-626-378-306-5(卷 6：平裝). --
ISBN 978-626-378-307-2(卷 7：平裝). --
ISBN 978-626-378-308-9(卷 8：平裝)

863.57　　112017496

【愛藏版】

沉月之鑰

第一部・卷二

作者　水泉
插畫　竹官

2024 年 1 月 25 日 初版第 1 刷發行

發行人　台灣角川股份有限公司
總監　呂慧君
編輯　溫佩蓉
書衣設計　單宇
設計主編　許景舜
印務　李明修（主任）、張加恩（主任）、張凱棋

台灣角川

發行所　台灣角川股份有限公司
地址　104 台北市中山區松江路 223 號 3 樓
電話　(02) 2515-3000
傳 真　(02) 2515-0033
網址　http://www.kadokawa.com.tw
劃撥帳戶　台灣角川股份有限公司
劃撥帳號　19487412
法律顧問　有澤法律事務所
製版　尚騰印刷事業有限公司
ISBN　978-626-378-302-7